Sarah Weber
Zwischen den Zeilen
passiert das Leben

Sarah Weber ist als Journalistin und Bloggerin am Niederrhein unterwegs. Auf ihrem Blog *Niederrheinblond* schreibt sie über die Schönheiten ihrer Heimat und taucht mit ihren Leserinnen und Lesern aber auch gern in andere Regionen ab. Neben ihrer Heimat schlägt ihr Herz sehr für die Nordsee, insbesondere für die Insel Borkum.

»Zwischen den Zeilen passiert das Leben« ist ihr Debütroman.

Sarah Weber

ZWISCHEN DEN ZEILEN PASSIERT DAS LEBEN

ROMAN

kopfreisen
VERLAG

IMPRESSUM

1. Auflage 2024 / Deutschland
© 2024 Kopfreisen Verlag
Sonnenstraße 116, 44139 Dortmund
www.kopfreisen-verlag.de

Alle Rechte vorbehalten.

Autorin: Sarah Weber
Zwischen den Zeilen passiert das Leben

Lektorat: Romy Schneider
www.kopfreisen-lektorat.de

Umschlaggestaltung / Layout & Satz: Stefanie Scheurich
www.stefaniescheurich.de

ISBN: 978-3-910248-11-3

Dieses Buch ist auch als E-Book erhältlich
(ISBN: 978-3-910248-12-0).

Für M.

Die Playlist zum Roman

Den Code mit der Spotify-App scannen:

… oder diesen QR-Code mit der Smartphone-/
Tablet-Kamera scannen.

Prolog

ANFANG AUGUST 2022
Emma (Borkum)

Die Autotür fiel ins Schloss. Emma schulterte ihre Tasche, steckte den Schlüssel ein und machte sich auf den Weg zur Fähre. Ihren Koffer zog sie hinter sich her. Möwen schrien vom Himmel und kreisten über dem kleinen Hafen. Einige Urlauberinnen und Urlauber kamen ihr bereits entgegen. Noch fünf Minuten bis zur Abfahrt. Schnell lief sie weiter. Kurz vor der Gangway blieb sie stehen, um ihr Handy, auf dem das Fährticket war, herauszukramen. Autoschlüssel: Check. Handy: Check. Aber wo war *er*? Ihr Puls beschleunigte sich. Das durfte nicht wahr sein!

»Moin, Ihre Fahrkarte bitte.«

Emma durchforstete ihre Tasche erneut. Nein, Nein, Nein.

»Haben Sie keine Fahrkarte?«

Verzweifelt schaute sie den Mann an. »Was?«

»Ich bräuchte Ihre Fahrkarte.«

»Ja, ja«, murmelte Emma und zeigte das E-Ticket.

»Geht doch.«

Hatte der eine Ahnung! Was interessierte sie jetzt das Ticket?

Sie ging an Bord, setzte sich auf die nächstbeste Bank und leerte den Inhalt ihrer Tasche aus. Wie konnte sie ihn verloren haben? Handy, Autoschlüssel, Buch, eine Flasche Wasser, ein Labello, drei Tampons, ein Kugelschreiber, ein Block und ihr Kalender. Emmas Herz hämmerte gegen ihre Brust. Tränen schossen ihr in die Augen. Sie nahm den Block und schüttelte ihn. Nichts. Das Gleiche wiederholte sie mit ihrem Kalender. Wieder nichts. Aber das konnte doch gar nicht sein!

Sie griff in ihre Jackentasche, um sich ein Taschentuch herauszuholen. Da! Ihre Finger umstrichen die Kanten des Briefes, den sie seit über zwei Monaten mit sich herumtrug und von dem sich jedes Wort in ihr Gedächtnis gebrannt hatte. Erleichtert lehnte sie sich gegen die Schiffswand. Eine einzelne Träne rann ihre Wange hinab. Jetzt bloß nicht weinen! Sie stand auf und ging nach oben aufs Deck, um sich auf andere Gedanken zu bringen.

Der Wind wehte ihr eine Strähne ihrer langen blonden Haare ins Gesicht. Die Überfahrt von Eemshaven nach Borkum dauerte nur eine knappe Stunde. Wie oft war sie diese Strecke schon gefahren? Und doch war dieses Mal alles anders. Die Trauer raubte ihr den Atem und mitunter den Verstand. Sie biss sich auf die Innenseite ihrer Lippe, bis sie den metallischen Geschmack von Blut wahrnahm. Das Brennen zeigte ihr, dass sie nicht träumte. Bei dem Gedanken, auf die Insel zurückzukehren, zog sich ihr Herz zusammen. Wie würde es ohne ihn dort sein? War es wirklich die richtige Entscheidung gewesen zurückzukehren? Oder war es ein großer Fehler?

Ein Kinderlachen holte Emma aus ihren wirren Gedanken. Eine Frau mit zwei kleinen Kindern stand neben ihr an der Reling. Mit großen Augen beobachteten die beiden, wie die Möwen sich vom Wind treiben ließen. Sie sah das Festland kleiner und kleiner werden. Eben waren die Windräder noch in voller Größe zu sehen gewesen, doch jetzt waren sie nur noch kleine Punkte am Horizont. Sie warf einen letzten Blick zurück zu ihrem alten Leben, bevor sie sich in Richtung Zukunft umdrehte.

»Lass los«, machte sie sich selbst Mut.

Sie hörte auf, den Brief in ihrer Jackentasche zu umklammern, und ließ ihn los. Ihre Finger schmerzten ohnehin vom langen Festhalten. Doch sie würde ihre Hand gleich anders beschäftigen müssen, damit sie nicht gewohnheitsmäßig wieder in die Jackentasche griff. Sie wollte vorwärtsschauen. Genau das würde sie ab sofort tun.

Emma atmete tief ein, hob ihren Blick und entdeckte in der Ferne schon die Umrisse der Nordseeinsel.

Jonathan, 8 Jahre (Borkum)

Die lustige Zahnlücke und die vielen Sommersprossen fielen Jonathan als Allererstes an dem Mädchen auf. Stracciatella und Zitroneneis hatte sie an der Eisbude bestellt. Er kannte nicht viele Kinder, die Stracciatella und Zitrone mochten. Außer ihm natürlich. Allein Stracciatella richtig auszusprechen war ja schon ganz schön schwierig. Dieses Mädchen mit den langen blonden Haaren und dem Grinsen im Gesicht beeindruckte ihn schon allein deswegen, weil sie den Verkäufer ohne mit der Wimper zu zucken darauf aufmerksam machte, dass er ihr zu wenig Wechselgeld gegeben hatte. Ganz schön mutig. Jonathan behielt sie genau im Blick.

Als sie am Mittag gemeinsam mit Oma Beeke am Strand waren und sein zwei Jahre jüngerer Bruder Max mit den anderen Kindern spielte, blieb er im Schatten des Strandkorbs sitzen und beobachtete, wie sich eine Schar von Kindern um das Mädchen herum versammelte. Sie zeigte auf jedes einzelne, schien genaue Anweisungen zu geben, die Jonathan wegen des Windes nicht verstand, und verteilte Schaufeln, ehe alle los in Richtung Watt rannten.

Max hatte sich der Truppe sofort angeschlossen. Das machte er immer so, auch wenn die »Urlaubskinder« nur für ein paar Wochen im Jahr, meistens in den Sommerferien, auf der Insel waren. Mann, wie Jonathan ihn diesmal darum beneidete, auch wenn er normalerweise mit seinen wenigen Freunden zufrieden war.

»Willst du nicht mit?«, fragte Oma Beeke.

Jonathan schüttelte nur den Kopf und steckte seine Hände in den feinen Sand. Neue Kinder kennenzulernen war für ihn immer eine kleine Herausforderung. Er hatte meist Angst, etwas Falsches zu sagen. Als er vor zwei Jahren in die Grundschule gekommen war, war sein Glück, dass er sowieso schon alle Kinder von der Insel kannte. Trotzdem meldete er sich ungern und hörte eher den anderen Kindern zu. Deswegen blieb er auch heute lieber in sicherer Entfernung sitzen. Das war okay, und er fühlte sich so wohler.

Beim Abendessen ging ihm Max' Gerede über die vielen lustigen Ideen des Mädchens und über den tollen Tag allerdings gehörig auf die Nerven. Und zum ersten Mal wünschte er sich, ein bisschen so wie Max zu sein. Denn eigentlich würde er schon gerne mitspielen. Allein schon, um das Mädchen mal anzusprechen.

Schon während Oma Beeke die Kakaotassen aus dem Schrank über der Spüle geholt und Jonathan das Glas selbstgemachtes Quittengelee samt Butter auf den Esstisch gestellt hatte, musste Max unentwegt reden. Wie gesagt: nervig.

»Als die Flut kam, haben wir auf dem Watt eine irre lange Wasserstraße bis ins Meer gebaut. Emma hat darauf ihre Boote fahren lassen und überlegt, wie breit die Straße wohl sein müsste, damit sie mitfahren kann«, erzählte Max, während er von seinem Salamibrot abbiss.

»Max, erst essen, dann reden«, kam es prompt von Oma Beeke, die immer wusste, was richtig war, und die Max nun zuzwinkerte. »Nur weil deine Eltern nicht da sind, musst du nicht deine Manieren vergessen.«

Mama und Papa mussten im Sommer meist bis spät abends arbeiten, weswegen sich Oma Beeke um Jonathan und Max kümmerte und sie auch ins Bett brachte. Sie war die Coolste. Auch wenn sie ab und an mal streng war. Seit seiner Geburt lebte er mit seinen Eltern auf Borkum, gemeinsam in einem Haus mit seiner Oma. Das alte Reetdachhaus war sein Rückzugsort, seine ganz eigene Festung.

»Gehen wir morgen wieder an den Strand?«, unterbrach Max Jonathans Gedanken.

»Wenn ihr aufesst, können wir das machen.« Oma Beeke schnitt noch ein Stück Paprika in fingerdicke Stücke und reichte eines an Jonathan.

»Au ja, dann kann ich mit Emma und Lena weiter an unserer Wasserstraße bauen«, sagte Max und grinste.

»Ist Lena Emmas Schwester?«, fragte Jonathan, während er auf der Paprika herumknabberte.

»Jup.«

»Was ist mit dir, Jonathan?«, wollte Oma nun von ihm wissen, dabei kannte sie die Antwort bestimmt längst.

»Nö, keine Lust«, antwortete er und goss sich erneut etwas Milch in sein Glas. Dabei war das nur die halbe Wahrheit. Ihm fehlte es einfach an Mut.

Max schaffte es mal wieder nicht, zu warten, bis Jonathan mit Abendessen fertig war. Er rutschte von seinem Stuhl und rannte die knarzende Holztreppe nach oben.

»Händewaschen nicht vergessen!«, schickte Oma Beeke hinterher und murmelte, sodass Jonathan es geradeso verstehen konnte: »Nicht aufzuhalten, dieses Kind.«

Nachdem er das Glas geleert hatte, half Jonathan beim Abräumen. Er stellte alle Teller und Gläser in die alte Spüle, räumte den Käse und die Wurst zurück in den Kühlschrank und fegte zum Schluss sämtliche Brotkrümel vom Tisch mit den Händen zusammen.

»Na, mein Jong, alles gut bei dir?«, fragte Oma Beeke und fing an, die Teller abzuspülen.

Jonathan griff zum Geschirrtuch, fummelte am Aufhänger herum und zog die Schultern hoch.

»Wenn du willst, können wir morgen früh beim alten Bakker vorbei und die leckeren Zimtbrötchen für den Strand holen, die du so gerne isst.«

Er nickte, nahm einen gewaschenen Teller und trocknete ihn ausgiebig ab. Oma Beeke stemmte ihre nassen Hände in die Hüften und schaute Jonathan an. »Du magst das Mädchen, habe ich recht?«

Manchmal war es ihm unangenehm, wenn sie ihn direkt auf seine Gefühle ansprach, und dann hatte sie auch noch immer recht. Er hatte keine Ahnung, wie sie das immer machte. Als Antwort schüttelte er zunächst den Kopf, um am Ende dann doch zu nicken.

»Emma ist toll. Sie hat gar keine Angst vor fremden Kindern und kann sogar Stracciatella richtig aussprechen. Und sie mag auch Zitroneneis. Ich möchte aber nicht mit all den anderen Kindern zusammen an der Wasserstraße bauen. Ich würde lieber allein mit ihr spielen«, platzte es aus ihm heraus.

Oma Beeke seufzte und setzte sich auf den alten Stuhl, der an der Kopfseite des Tisches stand. »Früher haben wir in so einem Fall Briefe geschrieben. Was hältst du davon, wenn du das auch machst und sie auf ein Eis einlädst?«

Eisessen klang zwar nach einer guten Idee, aber einen Brief würde er Emma auf keinen Fall schreiben.

Oma Beeke schien seine Gedanken gelesen zu haben, denn sie knuffte ihn in die Seite und zwinkerte ihm zu. »Mädchen mögen Jungs, die Briefe schreiben. Zumindest zu meiner Zeit war das so.«

»Echt?« Jonathan starrte aus dem Fenster und dachte nach. »Meinst du, das findet sie gut?«

»Na klar, mein Jong. Das Herz eines Mädchens kannst du immer mit einem leckeren Eis gewinnen«, sagte sie und zog einen Fünfmarkschein aus ihrer Schürze. Jonathan nahm den Schein und entschied, dass es nicht schaden konnte, Oma Beekes Plan auszuprobieren. Meistens hatte sie ja gute Ideen und immerhin war sie ja auch ein Mädchen. »Danke, Oma«, sagte er, drehte sich um und lief die alte Holztreppe nach oben.

»Aber dein Bruder kriegt auch eine Kugel ab«, hörte er sie noch rufen.

An seinem Schreibtisch angekommen, der unter dem Fenster im Erker stand, riss er eine Seite aus seinem Hausaufgabenheft und schrieb in schönster Schrift (und ausnahmsweise mit Füller):

Ich mag dich. Gehst du mit mir ein Eis essen?

Darunter malte er drei Kästchen und schrieb *ja*, *nein* und *vielleicht* dazu. Als er sich seinen Brief anschaute, beschloss er, mutig zu sein, und löschte die Kästchen mit seinem Tintenkiller wieder weg.

Zufrieden betrachtete er schließlich sein Werk und

steckte den Brief und den Fünfmarkschein für den nächsten
Tag in seinen Rucksack.

✍

Durch den heißen Sand, den die Sonne bis zum Mittag
bereits aufgeheizt hatte, staksten Jonathan, Max und Oma
Beeke am nächsten Tag zu ihrem Strandkorb mit der
Nummer 7. Er stand seit Jahren an der gleichen Stelle. Immer an dem Strandzugang, an dem eine Fahne mit einer
aufgedruckten Möwe hing. Das war das Erste, was seine
Eltern ihm und Max beigebracht hatten, als sie noch kleiner
waren: »Immer die Möwe suchen, falls ihr euch verlauft.«

Jonathan stoppte und schaute zwischen den Strandzelten
und Körben umher. Er suchte den blau-weißen Korb, der
einige Meter weiter vorne stehen musste und auf dessen
Rückseite die 35 aufgemalt war. Das war Emmas Strandkorb.

Da entdeckte er ihn und gleich darauf erschien auch ein
Kopf mit blonden langen Haaren. Jonathan atmete aus.
Gut, sie waren noch nicht wieder abgereist. Erleichtert lief
er hinter Oma Beeke und Max her, die sich bereits einige
Strandkorblängen von ihm entfernt hatten.

Bis zum Mittag hatte Jonathan zigmal in seinem Kopf
durchgespielt, wann er Emma seinen Brief am besten geben
sollte. Was sollte er sagen? Wie würde sie reagieren? Würde
er es schaffen, sie allein abzupassen? Niemand durfte etwas
mitbekommen. Vor allem Max nicht, der schon wieder mit
den anderen Kindern im Watt unterwegs war. Er würde es
sofort rausposaunen, das wäre viel zu peinlich!

15

Jonathan baute stattdessen eine riesige Sandburg mit Türmen, die er aus nassem Sand errichtet und mit Miesmuscheln verziert hatte. Zum Schluss setzte er noch einen Stock als Fahnenmast obendrauf. Er ging einen Schritt zurück und begutachtete sein Werk.

»Boah, ist die cool«, hörte er die Stimme eines Mädchens hinter sich, und als er sich umdrehte, starrte er geradewegs in Emmas grinsendes Gesicht. Nach ein paar Atemzügen schaffte er es, zu nicken und sich erneut seiner Burg zuzuwenden.

Sah wirklich ziemlich cool aus, fand er, und musste lächeln. Vielleicht lag es daran, dass er sich über Emmas Lob freute. Vielleicht aber auch an ihren Sommersprossen und der lustigen Zahnlücke, die er so mochte. Oder daran, dass sein Magen ganz merkwürdig kribbelte, so als ob er zu viel Brausepulver auf einmal gegessen hatte.

»Sollen wir wieder zu den anderen, Emma?«, rief Max, ohne das Bauwerk auch nur eines Blickes zu würdigen. Jonathan spürte sein Herz pochen, was nicht an Max' fehlender Bewunderung, sondern an seiner Sorge lag, dass Emma wieder weggehen könnte. Er linste verstohlen zum Strandkorb, wo sein Rucksack hing. Irgendwie musste er Emma unbedingt seinen Brief geben. Am besten jetzt.

Max rannte wieder los. Jonathan hielt kurz die Luft an und spürte plötzlich eine Hand, die sanft auf seiner Schulter lag.

»Du hast da etwas vergessen«, sagte Oma Beeke, die aus dem Strandkorb aufgestanden war und ihm nun etwas reichte.

Sein Rucksack!

»Emma, ich hab noch was für dich«, traute er sich endlich zu sagen, während er im Rucksack nach seinem Brief griff, der unter den Handtüchern in einem Buch versteckt lag. Zögerlich übergab er ihn ihr.

Sein Herz klopfte bis zum Hals. Hoffentlich würde sie nicht lachen. Hoffentlich würde sie Ja sagen. Wie lange brauchte sie überhaupt, um die zwei Sätze zu lesen?

Plötzlich grinste Emma, blickte ihm in die Augen und streckte den Daumen nach oben.

AUGUST 2021

Jonathan (Borkum)

Emmas Brief lag auf der alten Kommode im Flur des Reetdachhauses. Er erinnerte sich gut, dass Oma Beeke ihm als Kind erzählt hatte, dass das Möbelstück schon von ihren Eltern stammte und zum Haus gehörte. So wie die Bank, die vor dem Haus stand und mittlerweile kaum noch Farbe hatte.

Immer an der gleichen Stelle und täglich wurde die Post auf der Kommode gesammelt, damit sich jeder seine Briefe aus dem Stapel nehmen konnte. Jonathan wusste noch genau, wie er als kleiner Junge ständig erwartungsvoll von der Schule nach Hause gelaufen und direkt zur Kommode gerannt war, um zu schauen, ob ein Brief von Emma da lag – daran hatte sich auch einundzwanzig Jahre später nichts geändert, bloß, dass er heute nicht mehr aus der Schule heimkehrte, sondern von der Arbeit kam. Sein Bauch hatte jedes Mal gekribbelt, wenn zwischen den förmlich aussehenden Schreiben an seine Eltern ein Brief mit Emmas Schreibschrift hervorgelugt hatte und er den Umschlag am liebsten sofort öffnen wollte. Da er jedoch meist ausgehungert aus der Schule kam, hatte er erst das Mittagessen in aller Eile hinuntergeschlungen und war dann in sein Zimmer gelaufen, um Emmas Brief zu lesen.

Bei dieser Erinnerung musste Jonathan kurz lächeln.

Emmas Schrift hatte er auch nach all den Jahren sofort erkannt und er freute sich, von ihr zu lesen.

Hallo Jonathan,

bestimmt staunst du jetzt nicht schlecht, oder?
Ich dachte mir, es ist viel persönlicher und schöner, dir
einen Brief zu schreiben als eine schnelle E-Mail oder
Whatsapp. Das ist ein bisschen wie früher, und ich mag
den Gedanken, dass du diesen Brief liest und vor dich
hinlächelst. Es erinnert mich an die Zeit, nachdem wir
uns im Sommerurlaub auf Borkum kennengelernt hatten
und ich nach den Ferien zurück ins Ruhrgebiet musste.
Mensch, was waren wir damals verzweifelt, weil wir
uns nicht mehr sehen konnten, erinnerst du dich?
Wie geht es dir? Gefällt dir der Job im Aquarium
noch gut?
Bei mir ist alles sehr neu und aufregend. Und auch ein
bisschen einsam. Verrückt, oder? Ich wollte unbedingt
nach Hamburg, aber manchmal frage ich mich, ob es
wirklich das ist, was ich will. Um ehrlich zu sein, ist das
Leben als Redakteurin manchmal nicht so, wie ich es mir
erträumt habe. Vielleicht war meine Idee, tolle Interviews
zu führen und spannende Recherchearbeit zu machen,
auch etwas naiv. Ach, keine Ahnung, ich bin ganz
verwirrt. Was meinst du dazu?

Ich denke oft an die letzten Jahre zurück und vermisse
unsere langen Gespräche. Weißt du noch, wie wir in der
einen Nacht in Portugal ewig draußen auf der Straße

Jonathans Blick blieb an dem Namen hängen. Emma. Wer
auch sonst käme auf die Idee, ihm einfach so einen Brief zu
schreiben? Emma war schon immer für eine Überraschung
gut gewesen. Sofort blitzte jene Nacht an der Algarve in
seinem Kopf auf. Emma und er waren tagsüber ewige Kilometer gelaufen und ihre geschundenen Füße hatten
abends heftig geschmerzt – daran hatte auch das kühle
Bier nichts geändert, mit dem sie nach Einbruch der Dunkelheit in einer Tapasbar auf den Tag angestoßen hatten.
Noch gut hatte Jonathan Emmas glänzende Augen in Erinnerung, als sie von ihrem Traum sprach, irgendwann bei
einem Zeitungsverlag zu arbeiten und jeden Tag aufs Neue
den Menschen zu berichten, was in der Welt passiert. Und
Interviews zu führen, bei denen sie in die Tiefen der Men-
schenseelen eintauchen durfte. Jetzt hatte sie es geschafft.
Sie war genau dort angekommen, wo sie immer hinwollte.
Und trotzdem offenbarte sie in diesem Brief, dass sie nicht
glücklich war und alles infrage stellte. Ob es vielleicht nur
an der neuen Umgebung lag, an die sie sich erst noch gewöhnen musste? Oder waren Emmas Zweifel anderer Natur?

Mit dem Blatt Papier in der Hand ging er in sein altes Kinderzimmer, das längst mit neuen Möbeln ausgestattet worden war und doch so viele Erinnerungen in ihm wachrief. Er setzte sich auf das ungemachte Bett. Während er den Brief in den Händen hielt, sah er Emma als Jugendliche, die lachend losrannte, weil sie eine Seilbahn auf einem Spielplatz entdeckt hatte.

»Los, komm mit«, rief Emma.

»Wir sind doch keine kleinen Kinder mehr.« Jonathan verdrehte die Augen, war jedoch nicht wirklich genervt.

»Ach komm schon, du Spaßbremse«, versuchte sie, ihn zu überreden, und zog den Pendelsitz hinter sich her. »Wer als Letzter oben ist, muss ein Eis ausgeben. Aber mit Sahne und allem Drum und Dran.«

Jonathan lachte. Er konnte nicht anders, als Emma hinterherzurennen, und kam nur kurz nach ihr zu stehen.

»Im Herzen bist und bleibst du für mich einfach die achtjährige Emma, die am Strand alle Kinder begeistert hat.«

»Dich muss man nicht nur ständig zu einem Spaß überreden, sondern du behältst auch echt alles!«

»Wie sollte ich den Tag, an dem wir uns kennengelernt haben, vergessen?«, antwortete Jonathan. Es war der Tag, als ich mich in dich verliebt habe, fügte er in seinen Gedanken hinzu. »Endlich hatte ich jemanden gefunden, der meine Vorliebe für Zitroneneis teilt«, sagte er laut.

»An Eis kannst du später denken, jetzt müssen wir das hier erledigen, ehe irgendein Kleinkind uns den Spaß verdirbt. Komm, wir fahren gemeinsam«, schlug Emma vor. Ihre Augen funkelten.

Er schluckte. Sein Herz schlug ihm bis zum Hals und er konnte seinen Blick nicht von ihr abwenden. Er würde ihr nahe kommen. Viel zu nahe.

»Jonathan?«

»Nee, fahr du mal allein.«

»Wie du willst«, sagte Emma. Sie nahm Anlauf und brauste jauchzend los.

Es war genau diese Lebenslust, die er an ihr liebte. In jenen Zeilen, die er in den Händen hielt, war davon nichts mehr zu lesen. Wo war Emmas ansteckender Optimismus, mit dem sie ihn von den verrücktesten Sachen überzeugen konnte? Er dachte dabei an jene Nacht, in der sie ihn dazu überredet hatte, über den Zaun des Freibades zu klettern und schwimmen zu gehen. Adrenalin pur war durch seine Adern geschossen und es war sehr aufregend gewesen, bei Vollmond in das Wasser zu springen, immer mit dem Gedanken, dass jederzeit jemand kommen könnte.

Emma war es, die ihm immer wieder die schönen Details des Lebens zeigte. Schon als kleines Mädchen hatte sie sich gefreut, wenn ein Marienkäfer auf ihrem Finger gelandet war und sie seine Punkte zählen konnte. Oder wenn sie bei ihren ersten Surfversuchen auf dem Brett stehen blieb. Ihre Energie hatte ihn immer wieder fasziniert und mitgerissen. Das war auch ein Grund, warum Menschen sie so gerne in ihrer Mitte hatten. Schon damals hatte Jonathan das bei den anderen Kindern beobachtet, aber nicht genau benennen können. Emmas gute Laune war ansteckend.

Zu lesen, dass es ihr nicht gut ging, traf ihn deshalb tief ins Herz. In all den Jahren hatte er es sich unbewusst zur

Aufgabe gemacht, Emma glücklich zu machen. Dieses Lachen, das über das ganze Gesicht bis hin zu den Augen ging, ließ ihre Sommersprossen tanzen. Er erinnerte sich an zahlreiche Stunden vor seinem Rechner, in denen er seine Fotos bearbeitet und Emma angesehen hatte. Sie war ihm so vertraut, dass er jede kleine Regung sofort zuordnen konnte. Er wusste, wann es ihr nicht gut ging.

Er musste ihr sofort antworten. Zu telefonieren war allerdings nicht seine Stärke, und eine Mail kam ihm auch unpassend vor. Deswegen riss er, wie früher und ohne nachzudenken, eine Seite aus einem herumliegenden Collegeblock heraus und begann zu schreiben.

SEPTEMBER 2021
Emma (Hamburg)

Genervt kritzelte Emma kleine Sternchen in ihr Notizbuch und hatte Mühe, sich zu konzentrieren. Das Räuspern ihres Chefs ließ sie aufschauen. Der große Konferenzraum, in dem sie sich einmal wöchentlich mit allen Kolleginnen und Kollegen zusammensetzten, war sehr minimalistisch eingerichtet. Glastische, umringt von sehr modernen, aber superunbequemen Stühlen, bildeten das Herzstück des Raumes. Wenn man von Herzstück überhaupt sprechen konnte, denn herzlich ging es hier niemals zu. Das einzig halbwegs Lebendige schien die mannshohe Monstera in der Ecke neben der Fensterfront zu sein. Allerdings hingen einige gelblich gewordene Blätter müde herab – genauso fühlte sie sich gerade.

Emma versuchte den Worten ihrer Kollegin Luisa zu folgen, deren Rock heute nur bis knapp über den Po reichte. Sie zählte gerade auf, welche Artikel die meisten Klickzahlen im Internet hatten, und Emma fragte sich, ob nur sie das langweilte. Dieses ganze Gerede über Clickbaiting und Zahlen fand sie nicht nur öde, sondern es hatte für sie nichts mit der Vorstellung von der Arbeit einer Journalistin zu tun. Das waren alles nur Begriffe. Emma wollte Leute interviewen, weil sie ihre Geschichten spannend fand und nicht, um mit Fake News und reißerischen Storys um Aufmerksamkeit zu buhlen.

Nach einem Blick auf die überwiegend männlichen Redaktionskollegen, die Luisa an den Lippen zu kleben
schienen und wie die Wackeldackel nickten, beschloss sie,
dass es niemandem groß auffallen würde, wenn sie sich
kurz auf die Toilette schlich.

Lautlos schob sie ihren Stuhl zurück, griff nach ihrem
Handy und erhob sich. Kurzer Seitenblick zur Kollegin,
die weiterhin nach vorne zu Luisa starrte. Emma war kurz
davor, vor ihrer Nase herumzuwinken, um zu überprüfen,
ob sie nicht mit offenen Augen schlief, besann sich dann
aber doch auf den stillen Abgang. An der Tür angekommen
blickte sie sich ein letztes Mal um. Niemand hatte Notiz
von ihr genommen. Niemand außer Luisa, die nur eine
Augenbraue hob und sich nicht weiter aus dem Konzept
bringen ließ. Leise zog sie die Tür hinter sich zu und verschwand kurz darauf in der Damentoilette. Dort schloss
sie sich in einer Kabine ein und checkte ihre Social-Media-
Accounts. Neben einem Foto von ihrer Schwester, die sich
in einem neuen Restaurant in Essen fotografiert hatte, und
ihrer Freundin Marie, die sich gerade im Kurzurlaub auf
Mallorca befand, fiel ihr vor allem auf, wen sie nicht sah.
Jonathan. Sie verfluchte ihn wieder mal dafür, dass er einen
großen Bogen um soziale Medien machte – und sich selbst
schimpfte sie im Stillen, dass sie die Hoffnung, er würde
seine Abneigung überwinden, immer noch nicht aufgegeben
hatte. Wie schön (und vor allem einfach) wäre es, wenn sie
zwischendurch Bilder aus seinem Leben in ihrer Timeline
sehen könnte. Sein braunes, wuscheliges Haar, das oftmals
ein Eigenleben führte. Die süßen Grübchen, die sein seltenes Lachen zu etwas Kostbarem machten, und vor allem

die Momente, die er mit seiner Kamera festhielt. Eine Welle, die brach. Eine Möwe, die um die Menschen kreiste, in der Absicht, sich sofort herunterzustürzen, wenn ein Fischbrötchen unbeobachtet in einer Hand weilte, oder der Sonnenuntergang, der sich im Wasser spiegelte. Jonathan schaffte es immer, mit seinen Fotos Geschichten zu erzählen, besondere Augenblicke einzufangen. Tief in ihrem Herzen bewahrte Emma sie auf, um sie sich in Situationen wie diesen hervorzuholen und sich besser zu fühlen. Aber auch das klappte heute nur bedingt. Seufzend steckte sie ihr Handy wieder in die Hosentasche.

Beim Händewaschen betrachtete sie sich im Spiegel. Im Herbst wurde ihre Haut immer heller, bis sie im Winter nahezu cremefarben schien. Selbst die Sommersprossen, die, sobald die ersten Sonnenstrahlen herauskamen, ihr Gesicht bedeckten, verblassten dann. Emma zog eine Grimasse und stellte mit Erschrecken fest, dass sich erste Fältchen um ihre Augen abzeichneten. Das kalte Halogenlicht sorgte zudem dafür, dass sie aussah, als würde sie jeden Tag mindestens zwei Schachteln Zigaretten rauchen. Das letzte Mal gezogen hatte sie, als sie achtzehn war. Jetzt kam die dreißig immer näher. Nur noch ein knappes Jahr, dann würde sie die Zwanziger hinter sich lassen. Wo waren bloß all die Jahre dazwischen geblieben?

Die dreißig an sich störte sie nicht. Im Gegenteil, sie würde auf jeden Fall eine große Party organisieren. Zum Glück hatte sie im Sommer Geburtstag, perfekt, um draußen zu feiern. Oder vielleicht konnte sie ihre Freundinnen und Freunde überreden, mit ihr gemeinsam ans Meer zu fahren? Emma schloss die Augen und sah die Wellen vor sich. Wie sie sich langsam im kalten Nordseewasser aufbauten und dann bis zum Strand ausliefen. Sie spürte das Salzwasser auf ihrer Haut und den Sand zwischen den Füßen. Wie gerne würde sie sich jetzt nach Borkum beamen. Zu Jonathan.

Sie öffnete ihre Augen wieder und ging zurück zum Konferenzraum, wo sie sich genauso lautlos auf ihren Platz setzte, wie sie ihn verlassen hatte. Um endlich Luisa zuzuhören, die noch immer von den besten Headlines der letzten Woche berichtete und sich diebisch darüber freute, dass sie die Trennung eines bekannten Pärchens als Erste erfahren und sie binnen weniger Sekunden zur Schlagzeile des Tages gemacht hatte. Wie unangenehm. Emma konnte nicht sagen, ob sie Luisa als Person oder doch eher die Art und Weise verabscheute, wie sie ihre Arbeit machte und auch noch damit prahlte. Dazu sah sie auch noch atemberaubend aus: lange dunkle, fast schwarze Haare, ein heller Teint und mandelförmige Augen. Fast ein bisschen wie Schneewittchen, dachte Emma. Warum fiel ihr in Bezug auf Luisa eigentlich eine Märchenprinzessin ein, während sie beim Anblick ihres eigenen Teints eher zusammenzuckte und nur die Fältchen wahrnahm? Social Media hatte eben nicht nur Vorteile. Neben der Möglichkeit, mit anderen in Kontakt zu bleiben, hatte der Optimierungswahnsinn in den letzten Jahren neue Höhen erreicht. Schneller, höher, besser. Genauso wie die Arbeit in der Redaktion.

Na ja, immerhin brauchte es ein bisschen mehr, um sie um die Ecke zu bringen, während man Luisa mit einem vergifteten Apfel … Bei dem Gedanken an etwas Essbares knurrte Emmas Magen. Unauffällig zog sie ein Kaugummi aus der Tasche und steckte es sich in den Mund – für eine Weile würde sich ihr Bauch bestimmt auf diesen kleinen Trick einlassen.

Nach zweieinhalb Stunden Meeting, die ihr wie eine Ewigkeit vorkamen, packte Emma endlich ihre Tasche und wollte gerade die Redaktionsräume verlassen, als sie am Fahrstuhl ausgerechnet auf Luisa traf. War ja klar, dass sie nicht ungeschoren davonkommen würde.

»Du wirktest heute ja nicht sonderlich interessiert«, stellte Luisa fest und drückte den Knopf.

»Weißt du, es gibt Leute, für die nicht nur Zahlen wichtig sind, sondern die Geschichten dahinter.«

»Ach, Emma, ich weiß, du kommst aus einem kleineren Verlag, aber wenn du in dieser Liga mitspielen willst, gewöhnst du dich lieber an unsere Abläufe. Hier weht nun mal ein anderer Wind.« Sie schnalzte abfällig und betrachtete ihre rotlackierten Fingernägel. »Und mal ehrlich, wen interessieren irgendwelche rührseligen Geschichten? Damit kannst du vielleicht bei irgendeinem Käseblatt punkten. Aber doch nicht hier.«

Die Aufzugtür öffnete sich, und Luisa wartete darauf, dass Emma einstieg. »Bitte, nach dir.«

Doch Emma dachte gar nicht daran, ihrer Aufforderung nachzukommen. »Ich denke, du irrst dich«, sagte sie. »Gerade jetzt brauchen die Menschen Storys, die ans Herz gehen. Die Mut machen. Oder einen zum Lachen bringen.«

»Du hast echt keine Ahnung.« Mit diesen Worten stieg Luisa in den Fahrstuhl und drückte auf E. »Bleib ruhig bei deinen Heile-Welt-Geschichten. Aber erwarte nicht, dass du hier damit weiterkommst.«

Die Tür schloss sich und Emma brauchte ein paar Sekunden, um sich zu sammeln. Hoffentlich blieb der Fahrstuhl stecken und … sie räusperte sich. Nein, dachte sie. Irgendwann würde Luisa ganz sicher nicht nur die Quittung für ihr mieses Verhalten bekommen, sondern auch verstehen, dass es mehr gab als Trennungen von Promis.

Emma beschloss, die Treppe zu nehmen, lieber würde sie sich zig Blasen laufen, als mit der eingebildeten Tussi in einem Aufzug zu fahren. Was bildete die sich eigentlich ein?

Im Erdgeschoss angekommen riss sie verärgert die Tür auf und stürmte nach draußen. Prompt stieß sie beinahe mit einem Radfahrer zusammen, der gerade vor dem Verlagsgebäude vorbeifuhr.

»Pass doch auf!«, rief Emma ihm hinterher und lief zur U-Bahn-Station am Jungfernstieg. Normalerweise liebte sie die paar Schritte zur Bahn, aber heute konnte sie selbst der idyllischen Innenalster nichts abgewinnen. Sie drängte sich durch die Masse an Touristinnen und Touristen und war binnen Sekunden im Untergrund Hamburgs verschwunden. Die Stimmung hier unten passte zu ihrer Gemütslage. Kein Tageslicht und dazu roch es auch noch streng nach einer Mischung aus Urin und Frittiertem. Schnellen Schrittes lief sie zur U1 und wartete, dass diese einfuhr.

Was war nur aus den Geschichten geworden, die ihr am Herzen lagen? Sie sehnte sich nach Storys mit Menschen, die wirklich etwas zu erzählen hatten. Wie die alte Frau, bei der sie neulich zu Besuch gewesen war und die ihr ein altes Zuckerdöschen gezeigt hatte. Jenes wunderschön verzierte Stück hatte die Frau vor vielen Jahren von ihren jüdischen Nachbarn in den Niederlanden bekommen, als diese vor den Nazis fliehen und all ihre Habseligkeiten zurücklassen mussten. Jahre später hatte sie zusammen mit ihrem Enkel die Familie im Internet ausfindig machen können. Gemeinsam waren sie zu ihnen gefahren und wollten das Döschen zurückgegeben. Doch die Familie war so dankbar, dass die alte Frau sie zu Kriegszeiten mit Lebensmitteln versorgt hatte, dass sie es ihr zum Dank schenkten. Die Geschichte hatte Emma sehr berührt, und sie hatte sich Zeit gelassen, den Artikel zu verfassen, weil sie ihr gerecht werden wollte. Das waren die Storys, die wirklich zählten.

Die U-Bahn fuhr ein. Emma wartete nicht ab, dass die Menschen ausstiegen, sondern quetschte sich dazwischen und lehnte sich frustriert gegen eine Haltesäule. Beim Blick in die Scheibe erschrak sie über die wütend dreinblickende Frau, die sie darin sah. Was war bloß aus ihr geworden? So wollte sie nicht sein. Es musste sich unbedingt etwas ändern. Doch zuerst wollte sie nur noch nach Hause und sich der nächsten Staffel *This is us* widmen. Einfach abschalten und nicht mehr an die Arbeit denken. Und nach einer gewissen Anzahl an Folgen und belgischer Schokolade würde sie sich einen Plan zurechtlegen. Sie steckte sich ihre Ohrstöpsel in die Ohren und ließ sich von der Stimme ihres Lieblingsmusikers davontragen. Bosse riet ihr zum Tanzen. Zum Küssen. Zum Leben.

Zwanzig Minuten später stieg sie an der Haltestelle Fuhlsbüttel aus. Waren in der Hamburger Innenstadt noch viele Geschäftsleute und Touristinnen und Touristen unterwegs, war das Stadtbild hier geprägt von älteren Leuten und Familien mit kleinen Kindern. Emma mochte diese

Ambivalenz. Sie mochte das Treiben in der Stadt, aber dort wohnen wollte sie nicht. Lieber etwas beschaulicher und ruhiger. Auf dem Spielplatz zu ihrer Linken sauste ein kleiner Junge gerade mit einer Seilbahn den Berg hinunter. Emma blieb kurz stehen und grinste. Ihr Bauch fing an zu kribbeln. Einmal wieder Kind sein und mit der Seilbahn fahren. Sie lief die letzten paar Meter weiter zu ihrer Wohnung und war dabei in Gedanken noch immer bei dem kleinen Jungen.

Im vierten Stockwerk angekommen, schloss sie ihre Wohnungstür auf und hängte ihre Jacke an die Garderobe. Sofort fiel ihr Blick auf das Altpapier, das sich schon seit Tagen neben der Wohnungstür stapelte. Emma seufzte, raffte sich aber dennoch auf, den Müll endlich rauszubringen, auch wenn sie die vier Stockwerke dafür ein weiteres Mal runter und wieder hinaufgehen musste. Nachdem das Papier verstaut war, schloss sie die Haustür wieder hinter sich und ihr Blick fiel dabei auf die Briefkästen. Spontan nahm sie ihren kleinen Schlüssel und schaute hinein. Neben einer Rechnung ihres Stromanbieters lag dort noch ein Brief. Von Jonathan! Emmas Herz machte einen kleinen Hüpfer. Da hatte sich der Weg zur Tonne gelohnt. Schnell lief sie die Treppen wieder hoch.

»Frau Kastner, schön, Sie mal wiederzusehen«, fing sie die alte Nachbarin in der dritten Etage ab.

»Oh, hallo Frau Bernds, ich bin gerade auf dem Sprung. Wie geht es Ihnen?«

»Gut, gut. Haben Sie mitbekommen, dass der alte Haberdank von unten vorgestern mit dem Krankenwagen abgeholt wurde? Einen Herzkasper hatte er. Einfach so.

Zum Glück war seine Tochter zu Besuch, man will sich ja nicht ausmalen, was sonst noch passiert wäre …«

»Der Arme. Hoffentlich geht es ihm bald wieder besser.«

»Ja, das habe ich auch gedacht. Ist richtig was los hier im Haus. Aber Sie erleben ja noch viel aufregendere Sachen bei der Zeitung. Die Tage habe ich erst diesen entzückenden Artikel von Ihnen gelesen. Mit der alten Dame und dem Zuckerdöschen. Das war ganz nach meinem Geschmack.«

Emma blieb stehen und schaute Frau Bernds verwundert an.

»Das hat Ihnen gefallen?«

»Aber natürlich. Es war so tragisch, was diese alte Frau berichtet hat. Herzergreifend«, ereiferte sich Frau Bernds und griff sich dabei selbst ans Herz.

Emma hoffte inständig, dass die alte Frau jetzt nicht auch noch einen Herzanfall erlitt, und lächelte ihr aufmunternd zu. »Das Kompliment können Sie gerne mal meinem Chef mitteilen. Der findet meine Artikel nämlich langweilig.«

»Was für eine Unverschämtheit! Da muss ich wohl doch mal einen Brief an Ihre Zeitung schreiben!«

»Das brauchen Sie nicht, aber danke für die lieben Worte«, sagte Emma, verabschiedete sich und lief eilig die letzten Stufen zu ihrer Wohnung hinauf. Ohne die Jacke auszuziehen, lief sie ins Wohnzimmer und öffnete ungeduldig den Briefumschlag.

Liebe Emma,

du hättest mich mal sehen sollen, als ich den Brief entdeckt und kapiert habe, dass er von dir ist. Ich musste sofort an die Zeit denken, als wir uns nach deinem ersten Urlaub auf Borkum unsere ersten Briefe geschrieben haben. Ist das wirklich schon so lange her?

Es tut so gut, endlich wieder auf der Insel zu leben! Ich kann es mir gar nicht mehr anders vorstellen und frage mich, wie ich es die ganzen Jahre in Essen ausgehalten habe. Nichts gegen das Leben in einer Großstadt, aber die Weite und das Meer haben mir immer gefehlt.

Fehlen sie dir auch manchmal?

Ich verstehe sehr gut, dass du dich ab und an allein fühlst. Mir ging es ähnlich, als ich für meinen Master nach Kiel gezogen bin. Geholfen hat mir die Aussicht, dass es zeitlich begrenzt war. Gib dir noch etwas Zeit, vielleicht lebst du dich noch ein und entdeckst noch neue Seiten im Verlag. Ich könnte dich auch in Hamburg besuchen kommen. Du und ich und zwei Fischbrötchen am Hafen nach einer langen Nacht klingen nach einem guten Grund, die Insel mal zu verlassen.

Gestern hat eine neue Kollegin bei uns im Aquarium angefangen. Jetzt werde ich in Zukunft hoffentlich wieder mehr Zeit für meine Forschung haben. Sie scheint sehr nett zu sein. Wir waren abends zu ihrem Einstand zusammen essen, und sie hat von ihrer bisherigen Arbeit in Cuxhaven erzählt. Sie hat dort im Wattenmeer-Besucherzentrum gearbeitet. Nichts gegen Matti und Fenna, aber es ist auch schön, noch jemand Gleichaltrigen im Team zu

Emma faltete das Papier zusammen. Ihre gute Laune, die sie beim Öffnen des Briefes noch gehabt hatte, war verflogen. Wer bitte war diese neue Kollegin? Sie legte den Brief auf den Esstisch, ließ sich erneut auf die Couch fallen und schaltete den Fernseher an. Konzentrieren konnte sie sich auf ihre Lieblingsserie allerdings nicht. Und die Lust auf die belgische Schokolade war ihr ebenfalls vergangen.

Ihre Gedanken wanderten immer wieder zu Jonathan nach Borkum. Sie malte sich in jeglichen Facetten aus, wie die neue Kollegin wohl aussah. Hatte sie vielleicht ebenfalls lange, blonde Haare? Oder war sie eher der Latina-Typ mit weiblichen Rundungen und braunen Rehaugen? Und warum interessierte sie sich überhaupt dafür, wie Jonathans neue Kollegin aussah? Eigentlich hatte sie gehofft, dass er und sie sich durch die Briefe wieder näher verbunden fühlten. Schließlich war das damals ihr Ding gewesen. Nun räumte er dieser fremden Frau Platz in seinen Zeilen ein. Was hatte das zu bedeuten?

Damals hatten sie sich zwei Jahre lang Briefe hin- und hergeschrieben und sich nur in den Sommerferien gesehen, bis er mit zehn Jahren mit seiner Familie nach Essen gezogen war, weil es seinem Großvater nach einem Schlaganfall sehr schlecht ging. Emma erinnerte sich noch gut an den

Brief mit der Hiobsbotschaft. Sofort war sie zu ihren Eltern gerannt und hatte ihnen berichtet, was vorgefallen war. Emmas Eltern hatten sich zuvor schon gut mit Jonathans Eltern verstanden. Herr Kastner hatte sich umgehört und schnell einen Job für Jonathans Papa in der Gastronomie gefunden. Dass sie beide auf die gleiche Schule gehen wollten, war natürlich beschlossene Sache, bevor ihre Eltern auch nur ein Wörtchen mitreden konnten.

Die Zeit des Briefeschreibens endete damit aber nicht ganz, denn auch im Unterricht schickten sie sich öfter Briefe hin und her. Zwar hatte sie damals neben Marie gesessen, aber Jonathan war trotzdem immer ihr bester Freund gewesen.

Ob sich das nun änderte? Emma seufzte. Sie hatte sich nie vorgestellt, dass Jonathan Dates hatte. Aber er hatte welche. Großartig. Und das störte sie. Emma nahm ihr Smartphone, öffnete die Dating-App, die sie neulich aus Frust heruntergeladen hatte, und begann zu tippen. Was er konnte, konnte sie schon lange.

JULI 2007

Emma, 15 Jahre (Borkum)

Die Sonne brannte vom Himmel, und nur hier und da waren kleine Schäfchenwolken zu sehen. In der Luft lag der Geruch von Sonnencreme, Salzwasser und Ferien. Für sechs Wochen waren Hausaufgaben und nervige Lehrerinnen und Lehrer ganz weit weg, und ein Gefühl von Freiheit breitete sich in Emma aus. Hier auf Borkum, fernab der Schule, konnte sie einfach sie selbst sein und musste sich nicht darum kümmern, ob ihr Verhalten gerade cool war oder eben nicht. So wie bei diesem kleinen Wettrennen, dass sie sich mit Max, Lena und Jonathan lieferte.

»Erste!«, rief sie und ließ sich in den warmen Sand fallen. Sie drehte sich um und stellte fest, dass Jonathan, Lena und Max ebenfalls angerannt kamen, ohne je den Hauch einer Chance gegen sie gehabt zu haben. Im Wettrennen machte Emma niemand etwas vor, das war besonders von Vorteil, wenn der Gewinn ein Eis war. Max sank, nach Luft ringend, neben sie. Ihre kleine Schwester Lena holte auf dem letzten Stück noch mal alles aus sich heraus. Jonathan lag trotzdem ein gutes Stück weiter vorn, allerdings behielt er Lena im Auge, und wenn sich Emma nicht täuschte, verlangsamte er seinen Sprint im letzten Moment, sodass Lena an ihm vorbeizog und als Nächste neben Max und ihr zum Liegen kam.

»Yeah, nicht die Letzte«, jubelte Lena und streckte die Faust in Siegerpose in die Luft.

Jonathan lächelte und blieb neben Emma stehen.

»Dann geht das Eis wohl heute auf mich«, folgerte er und zuckte resigniert die Achseln, woraufhin es in Emmas Herz hüpfte. Jonathan hatte mitbekommen, dass Lena ihr Urlaubsgeld bereits für eine neue Hose ausgegeben hatte. Das wusste Emma. Genau diese Gesten zeigten ihr, was für einen tollen besten Freund sie hatte. Sie lächelte Jonathan an, der dies mit einem Augenzwinkern erwiderte. Sie verstanden sich auch ohne Worte.

Nachdem sich die drei den Sand von der Kleidung geklopft hatten, gingen sie in die Innenstadt. Wegen der Hitze war das Städtchen wie leergefegt. Hier und da saßen ein paar Menschen in Cafés und tranken ein kühles Getränk, aber der Großteil hielt sich am Strand auf. Emmas Blick blieb am neuen Leuchtturm hängen. Der steinerne Turm war eines ihrer Lieblingsmotive. Obwohl es mit dem elektrischen und dem alten Leuchtturm drei Türme auf der Insel gab, war der neue Leuchtturm ihr Lieblingsmotiv, schließlich war er der perfekte Treffpunkt zum Eisessen.

»Es ist so schön, wieder hier auf Borkum zu sein«, sagte sie und stieß einen wohligen Seufzer aus, während sie in Richtung Eisdiele schlenderten.

»Ich bin auch echt froh, dass wir es diesen Sommer alle gleichzeitig geschafft haben«, stimmte Jonathan zu, der nach wenigen Tagen in der Sonne bereits stark gebräunt war und mit seinen wuscheligen Haaren und dem athletischen Körper viel mehr schmachtende Blicke von Mädchen einheimste, als ihm scheinbar auffiel.

Zugegeben, diesmal war ihr die Trennung von zu Hause nicht ganz so leichtgefallen. Immerhin würde sie Erik, mit dem sie erst frisch zusammen war, viel zu lange nicht sehen. Drei Wochen ohne ihn – das war Emma zunächst unvorstellbar vorgekommen. Doch dann waren sie auf der Insel angekommen und gleich zu Oma Beeke gerannt, die die Mädchen an sich gedrückt hatte, als wären sie ihre Enkelkinder. Zum Glück gab es ja SMS, und Emma freute sich jedes Mal über eine Nachricht von Erik, wobei er sich die letzten zwei Tage nicht gemeldet hatte, was ungewöhnlich war.

»Zitrone und Stracciatella? Erde an Emma, Erde an Emma.«

Emma blinzelte und räusperte sich. »Äh, na klar, wie immer.«

Während sie sich im Schaufenster des benachbarten Buchladens umsah, um den anderen Platz vor der Eistheke zu machen, diskutierten Lena und Max, welche Eissorten denn die besten wären. Am Ende würden die beiden sowieso wieder die Sorte des Tages probieren, dachte Emma. Für Jonathan hingegen musste es auch Stracciatella und Zitrone sein, genau wie bei ihr.

»Woran denkst du?«, fragte Jonathan, als er Emma ihr Eis reichte.

»An Eissorten«, erwiderte sie prompt und zeigte auf Jonathans Hörnchen.

Gemeinsam gingen die vier zurück zu Oma Beekes Haus, in dem Max, Jonathan und ihre Eltern immer noch während ihrer Besuche auf der Insel übernachteten, während sie mit ihrer Familie seit Jahren schon in der Ferienwohnung der

Müllers an der Greune Stee unterkamen. Emma fragte sich manchmal, wie es für Oma Beeke war, wenn das Haus so plötzlich wieder mit Leben gefüllt und nach den Sommerferien dann ganz leer war. Sie konnte sich das alte Reetdachhaus nur schlecht ohne die vielen Stimmen und Personen vorstellen. Wie seltsam musste es für Oma Beeke gewesen sein, als Jonathan mit seiner Familie damals von der Insel weggezogen war. Von heute auf morgen war kein Kinderlachen mehr in dem Haus und Oma Beeke auf sich allein gestellt gewesen. Opa Enno war schon früh gestorben, Jonathan und Max hatten ihn kaum gekannt. Niemals hätte sie sich darüber beklagt, allein zu sein, dafür war sie viel zu stur. Trotzdem spürte Emma, wie sehr sich die alte Frau freute, wenn alle zu Besuch zurück auf der Insel waren.

Lena und Max waren in der Zwischenzeit schon vorgelaufen, um sich den besten Platz im Baumhaus zu sichern, das Jonathan und Max mit ihrem Vater in Oma Beekes alte Buche gebaut hatten. Hoffentlich würde Lena sich nicht wieder den Kopf stoßen. Sie war mittlerweile einen guten Kopf größer als Emma und keineswegs mehr »die Kleine«. Das Haus war eben für Kinder gemacht. Trotzdem verbrachte der kleine Trupp gern Zeit dort, wenn sie nicht gerade am Strand waren. Wenn dort allerdings die Urlauberinnen und Urlauber einfielen, war das kleine Baumhaus mit den gehäkelten Sitzkissen perfekt, um dem Trubel zu entkommen.

Emmas Handy piepte.

»Halt mal eben, ja?«, bat sie Jonathan und reichte ihm ihr halb gegessenes Eis.

Er setzte sich auf die alte Bank, die schon immer vor

dem Haus unter dem mit Rüschengardinen geschmückten Küchenfenster gestanden hatte und von der die blaue Farbe abbröckelte.

Emma zog ihr Handy aus der Tasche, und ihr Herz begann zu klopfen, als sie »Erik« auf ihrem Display sah. Schnell öffnete sie die SMS und wünschte sich im gleichen Moment, sie hätte es nicht getan.

> Emma, ich weiß nicht, wie ich es dir sagen soll, aber ich
> habe ein anderes Mädchen kennengelernt. Es tut mir
> total leid, aber ich will auch ehrlich zu dir sein.
> Genieß noch deinen Urlaub, Erik.

Wie bitte? Das durfte doch nicht wahr sein! Hatte er etwa mit ihr Schluss gemacht? Per SMS? Die Buchstaben verschwammen vor ihren Augen.

»Na, was schreibt …«, setzte Jonathan an und brach ab, als Emma aufschluchzte.

Sie drückte ihm ihr Handy in die Hand, sein Eis hatte er bereits aufgegessen, und weinte, während er sich die Nachricht durchlas.

»Scheißkerl«, zischte er und sprang so abrupt auf, dass Emmas Eis auf den Boden fiel.

»Ach Mist, sorry, Emma.« Er schaute zerknirscht auf das zermatschte Eis und danach auf ihr Handy.

»Schon gut, ich will's eh nicht mehr.« Immer noch unfähig, einen klaren Gedanken zu fassen, sank Emma auf die Bank. Nie wieder würde sie aufhören können zu weinen. Dieser fiese, miese … Oje, sie vermisste ihn jetzt schon ganz furchtbar. »Ich wusste es«, jammerte sie. »Er hat sich die letzten zwei Tage nicht gemeldet.«

Jonathan tigerte unruhig vor der Bank auf und ab. »Wenn ich ihn nach den Ferien wiedersehe …«, murmelte er und ballte seine Hände zu Fäusten.

Abermals schluchzte Emma. »Ich dachte, ich sei seine große Liebe.«

»Ach Emma«, sagte er sanft und setzte sich neben sie. »Ich weiß, das klingt jetzt wie ein blöder Spruch, aber er hat dich nicht verdient.« Er legte den Arm um ihre Schultern, und Emma schmiegte sich an ihn. Ihr war egal, dass sie seinen Sweater nass weinte. Es tat gut, von Jonathan getröstet zu werden.

»Er hat gesagt, ich sei etwas Besonderes, und jetzt verlässt er mich einfach.«

»Du *bist* etwas Besonderes«, sagte Jonathan und strich Emma eine Strähne aus ihrem Gesicht. »Jeder, der das nicht sieht, ist ein Idiot.«

Ja, Erik war ein Idiot. Und doch tat es weh, so behandelt zu werden. Zum Glück war Jonathan da. Er würde sie ablenken. Aber zuerst hielt er sie so lange im Arm, bis sie nicht mehr weinen musste. Zumindest fürs Erste.

OKTOBER 2021
Jonathan (Borkum)

Jonathan zog die Kapuze der Regenjacke über seine braunen Haare. Die schönen, sonnigen Tage waren unlängst dem nahenden Herbst gewichen. Konnten sich die Insulanerinnen und Insulaner in der letzten Woche noch über einen warmen Spätsommer freuen, wehte jetzt ein eisiger Wind über die Insel, der Regen und Hagel mitgebracht hatte. Richtiges Schietwetter, dachte Jonathan. In Essen wären bei solch einem Wetter kaum Menschen unterwegs gewesen. Auf Borkum nahmen die Einwohnerinnen und Einwohner das Wetter, wie es kam. Regenmantel an und raus ging es. Genau das war eines von vielen Dingen, die Jonathan an den Ostfriesinnen und Ostfriesen liebte. Er mochte das bodenständige Leben, völlig im Einklang mit der Natur.

Als seine Familie damals, kurz nach seinem zehnten Geburtstag, ins Ruhrgebiet zu seinen Großeltern gezogen war, hatte er sich über die Veränderung gefreut. Natürlich war es traurig, dass es seinem Großvater nicht gut ging, aber die Großstadt klang verlockend für ihn. Er erinnerte sich noch gut daran, wie spannend er es fand, U-Bahn zu fahren, und wie beeindruckt er die vielen großen Gebäude bestaunte. Zwar war er schon ein paarmal in Essen zu Besuch gewesen, aber der letzte war bereits wieder drei Jahre her. Das große

Einkaufszentrum, in dem man alles sofort bekam, ohne tagelang auf die Fähre und die Post warten zu müssen, war eine echte Errungenschaft für ihn. Und Max und er standen damals mit großen Augen vor dem riesigen Multiplex-Kino, das wenig gemein hatte mit dem Kinosaal im Kurgebäude auf Borkum. In seinen Teenagerjahren war er dann nur zu gern mit der Bahn von einer in die nächste Stadt gefahren und hatte die urbane Szene mit seiner Kamera eingefangen. Gebäude, die Natur und Sonnenuntergänge gehörten seitdem zu Jonathans Lieblingsmotiven. Bilder von Menschen machte er äußerst selten, mit Ausnahme von Emma. Er liebte es, Nahaufnahmen von ihr zu machen. Emma, wie sie lachte, Emma, wie sie die Zunge rausstreckte, und Emma, wie sie abends auf einer Schaukel saß und in die Lichter der Großstadt blickte. In Emmas Augen hatte Jonathan damals schon diesen unbändigen Willen gesehen, ihre Ziele zu erreichen. Während er etwas Zeit gebraucht hatte, um die Meeresbiologie für sich zu entdecken, war für Emma früh klar, dass sie einmal Menschen interviewen und ihre Geschichten erzählen wollte. Zielstrebig und willensstark war sie ihren Weg gegangen, doch Jonathan war sich nicht mehr sicher, ob dieser Weg mittlerweile immer noch der richtige für seine beste Freundin war. Er hatte das Gefühl, dass Emma nicht wirklich glücklich war, was ihm das Herz schwer machte. Seitdem er das blonde Mädchen mit den lustigen Sommersprossen als Achtjähriger auf der Insel zum ersten Mal entdeckt hatte, war er fasziniert von ihr. Seit dem Moment war klar, Emma und er waren ein Team. Ihre Verbindung war etwas Einzigartiges.

»Jonathan?«, holte ihn Kathrin aus seinen Gedanken zurück in die Gegenwart. Er war mittlerweile beim Aquarium angekommen und an der Tür auf seine neue Kollegin gestoßen.

»Sorry, ich war total in Gedanken. Ich habe an Emma gedacht, meine beste Freundin. Sie lebt in Hamburg und hat gerade ein paar Schwierigkeiten mit ihrer neuen Stelle.«
Kathrin nickte und hielt die Tür für ihn auf.

𝓮𝓵𝓮

Am Abend nahm Jonathan nicht den direkten Weg nach Hause, sondern lief eine große Runde über die *Heimliche Liebe* in Richtung Südstrand und bog kurze Zeit später in die *Greune Stee* ein. Das kleine Naturschutzgebiet war schon seit Kindestagen wie ein riesiger Abenteuerspielplatz für ihn. Eben noch am Strand tauchte er in eine völlig andere Welt ein: Schmale Pfade führten durch den magischen Inselwald, in dem sogar Wichtel ihr Unwesen trieben. Zumindest zeugten die kleinen Türchen, die an einigen Baumstämmen befestigt waren, davon. Die gab es heute sogar immer noch.

Der Wald war umgeben von einer naturbelassenen Wald- und Dünenlandschaft. Am liebsten ging er abends hier spazieren und genoss die Ruhe und Abgeschiedenheit dieser Naturidylle. Im Einklang mit der hiesigen Flora und Fauna konnte er vom Tag abschalten. Manchmal wunderte Jonathan sich bei dem Gedanken daran, wie schwer er sich mit der Berufswahl getan hatte. Dabei war er als Kind schon liebend gern in der Natur gewesen und hatte sämtliche Meeresbewohner als Tierplakate in seinem alten Zimmer bei Oma Beeke hängen gehabt. Die Entscheidung, seine frühe Leidenschaft zum Beruf zu machen, war letzten Endes der perfekte Anstoß gewesen, wieder zurück nach Borkum zu kommen.

Stöcke knirschten unter seinen Sohlen. Der Geruch von Kiefern lag in der Luft. Zwischen den Baumkronen flogen Möwen umher.

Ein Insulaner kam ihm mit seinem Hund entgegen. »Moin, Jonathan!«

»Moin, Lasse«, grüßte er zurück und strubbelte dem Bernhardiner durchs Fell.

»Feierabend für heute?«

Jonathan nickte.

»Hast du dich wieder gut eingelebt?«

»Als wäre ich nie weggewesen.«

»Well weet, waar 't good för is.«

Jonathan schmunzelte. Ja, wer wusste schon, für was es gut war, dass er nun wieder auf der Insel war.

Lasse nahm einen Stock vom Boden und warf ihn weit geradeaus. »Los, Charly, weiter geht's!«

Jonathan sah Lasse und Charly hinterher. Bei nur knapp über fünftausend Einwohnerinnen und Einwohnern kannten sich die meisten auf der Insel. Vor allem seine Oma, die sowohl im Kirchenchor als auch im Heimatverein war, kannte fast jeden. Durch Oma Beeke hatte er sich auch nach all den Jahren, die er nicht auf Borkum gelebt hatte, schnell wieder eingelebt und Anschluss gefunden. Viele seiner alten Freundinnen und Freunde wohnten noch immer auf der Insel und freuten sich, dass er zurückgekehrt war. Doch er wusste auch, wie schwierig es sein konnte, wenn man niemanden hier kannte. Die Insulanerinnen und Insulaner waren zwar herzlich und halfen einander, wo es nottat, aber man musste erst mal in die Gemeinschaft reinkommen.

Sein Magen knurrte laut vor sich hin. Es wurde höchste Zeit, dass er nach Hause ging, denn abgesehen von seinem knurrenden Magen wurde es auch zunehmend dunkler.

Im alten Reetdachhaus empfing ihn der Geruch nach Fischsuppe. Seitdem sich Jonathan erinnern konnte, kochte Oma Beeke ihre Fischsuppe nach einem streng geheimen Familienrezept. So ganz genau wusste er nicht, was alles in die Suppe reinkam, aber schon beim Anblick lief ihm das Wasser im Mund zusammen. Der Geruch von Zitrone und Lorbeer lag in der Luft, und die halbleere Weißweinflasche neben dem Topf verriet, dass Oma Beeke es mal wieder mehr als gut gemeint hatte. Jonathans Magen knurrte erneut.

»Hast du Hunger, mein Jong?«

Jonathan nickte und schnappte sich eine der Brotscheiben, die Oma Beeke bereits abgeschnitten hatte.

»Iss nicht zu viel Brot, sonst hast du gleich keinen Hunger mehr«, sagte sie. »Im Flur auf der Kommode liegt übrigens ein Brief von Emma für dich. Ist heute mit der Post gekommen.«

Jonathan verschwand im Flur, schnappte sich den Brief, ging die Treppe hinauf in sein Zimmer und hörte gerade noch, wie Oma Beeke hinterherrief: »In fünf Minuten ist die Suppe fertig!«

Manche Dinge änderten sich nie.

Lieber Jonathan,

entschuldige, dass ich mich so lange nicht gemeldet habe. In den letzten Wochen bin ich oft mit einer Kollegin aneinandergeraten. Sie bringt mich zur Weißglut mit ihrer ach so coolen Art. Ständig weiß sie alles besser und denkt, sie sei die Tollste. Mir fällt es zunehmend schwerer, ihre Arbeitsweise zu verstehen, und ich sehne mich manchmal zurück in die Zeit, als wir noch gemeinsam in Essen gewohnt haben und ich in der Schülerzeitung über das schreiben konnte, was ich wollte. Selbst wenn ich eine Geschichte bekomme, die mir Spaß macht, wird sie hinterher so fürs Netz zusammengestampft und mit reißerischen Überschriften versehen, dass es mir in der Seele wehtut. Aber vielleicht bin ich auch einfach zu idealistisch.

Wie geht es Oma Beeke? Ich muss euch unbedingt bald mal auf Borkum besuchen kommen. Ich kann kaum glauben, wie lange ich sie schon nicht mehr gesehen habe. Was würde ich jetzt für eine Portion ihrer Roten Grütze mit Vanillesoße geben. Irgendwann hat sie mir mal verraten, dass in die Rote Grütze ein guter Schuss Rotwein reinkommt, weswegen wir als Kinder auch immer eine andere Variante bekommen haben. Zusammen mit der Vanillenote roch die Rote Grütze immer so herrlich, dass sich mein Bauch gleich vor Freude zusammenzieht, wenn ich daran denke. So eine Erwachsenenportion könnte ich gerade wirklich gut gebrauchen. Kannst du mich vielleicht kurz nach Borkum beamen? ;)

Vor zwei Wochen hatte ich übrigens ein Date mit einem Typen hier aus Hamburg. Es war die reinste Katastrophe. Wir saßen beide da und wussten nicht, was wir einander erzählen sollen. Ganz gruselig. Ich war so froh, als Marie mich nach einer halben Stunde anrief und ich mich mit einer kleinen Notlüge verabschieden konnte.

Wie läuft es bei dir? Gibt es zurzeit jemanden in deinem Leben? Und wie fügt sich deine neue Kollegin ein? Kann sie dir einiges an Arbeit abnehmen?
Halt mich mal auf dem Laufenden!
Ganz liebe Grüße
deine Emma

Jonathan (Borkum)

Matti und Fenna lachten herzlich, als sie das Aquarium verließen. Jonathan wartete noch auf Kathrin, die ihre Jacke gerade zumachte und ihre kurzen braunen Haare unter einer dunkelblauen Mütze versteckte. Sein Handy fing an zu klingeln.

»Hey Emma, wie geht's dir?«

»Ganz okay! Und dir? Ich warte noch auf eine Antwort auf meinen Brief«, antwortete Emma und er konnte ihr Grinsen durch das Telefon hören.

»Ich weiß! In letzter Zeit war echt viel los und …«

»Kommst du, Jonathan?«, rief Kathrin ihm in dem Moment von der Tür aus zu.

»Ähm, sorry, Emma, wir gehen heute Abend essen und wollten gerade los.«

»Ach so, dann will ich euch nicht weiter stören. Habt einen schönen Abend.«

Verdutzt schaute Jonathan sein Handy an, doch das Tuten bestätigte ihm, dass Emma bereits aufgelegt hatte. Er würde ihr später noch mal in Ruhe schreiben. Eilig schloss er das Aquarium ab und lief den anderen hinterher.

»Ich genieße diese Abende immer sehr«, rief Jonathan Kathrin durch den Wind zu, als er sie eingeholt hatte. »Wenn man sich hier erst einmal eingelebt hat, gibt es nichts Schöneres, als den Abend gemeinsam bei einem Sanddorn ausklingen zu lassen«, erklärte er augenzwinkernd.

Es war das erste Mal, dass Kathrin beim monatlichen Treffen dabei war, und Jonathan freute sich darauf, sie näher kennenzulernen. Er kam gut mit ihr aus, doch so richtig viel preis gab sie nicht über sich. Er hatte sich deshalb schon wiederholt vorgenommen, sie abends mal einzuladen oder mitzunehmen, es aber schlicht immer wieder vergessen. Außerdem war er in den letzten Wochen oft kaputt gewesen und früh zu Bett gegangen.

»Ich glaube, den Sanddorn kann ich heute auch echt gut gebrauchen«, sagte Kathrin.

»Stressiger Tag?«

»Kann man so sagen …«, murmelte sie. Den letzten Teil des Satzes verstand er nicht. »Was?«, fragte er deshalb und beugte sich etwas näher zu ihr, doch sie winkte nur ab.

Sie bogen in die kleine Einkaufsstraße ein, in der sich das gemütliche Restaurant befand, das sie für heute Abend ausgewählt hatten. Angenehm warme Luft strömte ihnen entgegen, als sie die Tür aufstießen.

»Wie gefällt es dir denn mittlerweile auf der Insel?«, nahm Jonathan das Gespräch erneut auf, als er sich neben Kathrin gesetzt hatte.

»Ganz gut so weit. Ich mag die Natur hier sehr und gehe gerne spazieren. Es fühlt sich fast wie zu Hause an.«

»Dann warte mal ab, bis du Martini-Singen und Klaasohm im Winter mitgemacht hast, danach kennst du hier jeden auf der Insel und bist richtig angekommen. Im Sommer ist es immer etwas anders, wenn die ganzen Touristinnen und Touristen hier sind. Im Winter rücken alle enger zusammen«, erklärte Matti, während er sich durch seinen langen Bart strich.

»Und bei uns zu Hause bist du natürlich auch jederzeit willkommen, mein Deern«, fügte Fenna hinzu.

Kathrin lächelte, doch Jonathan konnte sich vorstellen, dass sie sich auch nach Kontakten in ihrem Alter sehnte. Die Wintermonate konnten auf der Insel mitunter hart und einsam werden. Ein Grund mehr, sie einmal seinen Freunden vorzustellen.

Als er vor gut anderthalb Jahren zurück auf die Insel gekommen war, war es für ihn eher ein Heimkommen gewesen als ein Neuanfang. Er wollte die Zeit auf dem Festland nicht missen, aber er fühlte sich erst jetzt wieder richtig angekommen. Auch Matti und Fenna kannte Jonathan schon seit Kindertagen. Matti war früher ein guter Freund seines Vaters. Nicht selten waren sie nach einer Runde Skat in der alten Inselkneipe versackt, sehr zur Sorge seiner Mutter. Da der Inselfunk allerdings damals schon gut funktionierte, wusste Jonathans Mutter meist sehr schnell, wo ihr Mann sich aufhielt. Jonathan schmunzelte, als er an die Abende dachte, an denen sein Vater leise die Treppe hochstieg und einen Finger auf die Lippen legte, wenn Jonathan ihn dabei ertappte. Das innige Verhältnis zu seinem Vater war mit dem Umzug nach Essen etwas in den Hintergrund geraten. Jonathan wurde immer älter und entdeckte die Vorteile einer Großstadt und sein Vater arbeitete viel. Erschrocken stellte er fest, dass er in der Zeit, die er mittlerweile wieder auf Borkum lebte, nur selten nach Essen gefahren war. Zu Weihnachten wurde es definitiv wieder Zeit.

»Wirst du über Weihnachten auf der Insel bleiben?«, fragte er Kathrin.

Sie zuckte unschlüssig mit den Schultern, während sie die bestellten Miesmuscheln aß: »Ich denke, ich werde nach Cuxhaven zu meiner Oma fahren. Sie … ist etwas vergesslich geworden in letzter Zeit. Einerseits freue ich mich natürlich, sie zu sehen, aber es macht mich auch traurig, dass sie oft vieles durcheinanderbringt. Heute habe ich mit ihr telefoniert und sie hat mich gefragt, wann ich denn mein Zeugnis bekomme und dass ich dann vorbeikommen soll.«

Jonathan schluckte. Kaum vorzustellen, wie es wäre, wenn Oma Beeke alles durcheinanderbringen würde. Oder nur noch in der Vergangenheit leben würde. Er konnte sich kaum ausmalen, welchen Schmerz es für Kathrin bedeutete, ihre Oma Stück für Stück zu verlieren. Ob sie deshalb auch immer etwas distanziert war?

»Das muss sehr schwierig für dich sein. Wir haben unser ganzes Leben gemeinsam mit Oma Beeke in einem Haus gelebt und sie ist eine so wichtige Person für mich. Wenn sie mich irgendwann nicht mehr erkennen würde …«, fing Jonathan an und brach ab, weil ihm der Gedanke daran die Luft abschnürte.

»Was ist mit deiner restlichen Familie? Besucht sie deine Oma denn auch noch?«, erkundigte sich Fenna daraufhin.

»Leider gibt es da nicht mehr viele«, erklärte Kathrin. »Neben meiner Oma gibt es nur noch eine entfernte Tante, die am Niederrhein wohnt und nur selten zu Besuch in Cuxhaven ist. Deswegen hatte ich auch immer ein sehr inniges Verhältnis zu meiner Oma.«

Fenna legte ihre Hand auf Kathrins und drückte sie kurz: »Falls du dich doch entscheiden solltest, Weihnachten auf Borkum zu bleiben, bist du bei uns auf jeden Fall herzlich willkommen.«

Kathrin lächelte und wischte sich verstohlen über die Augen. »Danke, das bedeutet mir wirklich sehr viel.«

Jonathan war still geworden während des Gesprächs. Er machte sich nicht nur Gedanken um Oma Beeke und ihr Älterwerden, sondern spürte auf einmal eine tiefe Müdigkeit, die ihn überkommen hatte. Er gähnte herzhaft und konnte kaum verbergen, wie müde er war.

»Na, was ist los, Jong? Gestern noch zu lange mit den Jungs gespielt?«, sagte Matti und erinnerte Jonathan an den Fußballabend mit seinen Freunden am vergangenen Tag. Auch da war er ungewöhnlich schnell aus der Puste gewesen und hatte nach einer Halbzeit mit dem Training aufgehört. Er mutmaßte, dass ihn die erste Wintererkältung erwischt hatte. Während er früher auf Borkum kaum krank war, hatten ihn Erkältungen in Essen öfter heimgesucht. Und obwohl er mittlerweile wieder fast ein Jahr zurück auf der Insel war, hatte sich sein Immunsystem scheinbar noch nicht wieder so ganz an das rauere Klima gewöhnt.

»Seid mir nicht böse, aber ich bin platt. Ich mach für heute Schluss«, erklärte Jonathan, während er sein Geld aus dem Portemonnaie holte. »Aber beim nächsten Mal, wenn ich mit den Jungs rausgehe, kommst du mal mit«, versprach Jonathan mit einem Blick auf Kathrin und lächelte ihr zum Abschied aufmunternd zu.

NOVEMBER 2021
Emma (Hamburg)

PLING machte es, als Emmas Handy eine neue Nachricht ankündigte. Sie dippte gerade eine Pommes in die Mayonnaise und beobachtete die Möwen, die vor ihr über der Elbe kreisten und lauernd darauf warteten, dass sie etwas für sie übrig ließ. Sie zog ihr Handy aus der Jackentasche. Eine neue Nachricht von Jonathan.

> Sorry, dass ich dir immer noch nicht geantwortet habe, aber seit letzter Woche liege ich mit einer dicken Erkältung im Bett. Sehen wir uns an Weihnachten in Essen?

Emma tippte schnell einen Daumen nach oben und ein Kleeblatt-Emoji gefolgt von den Worten *Gute Besserung* und *Werd ganz schnell wieder gesund!* Sie überlegte, ob sie noch etwas anderes dazuschreiben sollte, entschied sich aber dagegen. Wahrscheinlich war er auf ihre Fürsorge sowieso nicht angewiesen, bestimmt war ja Kathrin da.

Als sie das Handy wieder wegstecken wollte, piepte es erneut, diesmal eine Nachricht von Lena.

> Schwesterherz, könntest du im Februar dein Sofa hergeben? Ich würde gerne dem Karneval entkommen und dich in Hamburg besuchen ☺

Emma lächelte. Karneval und Lena waren zwei Dinge, die noch nie wirklich zusammengepasst hatten. Während Emma sich als Kind liebend gern in die verschiedensten Figuren verwandelt hatte, hatte Lena stets mit einem Schmollmund daneben gesessen und sich geweigert, auch nur einen Hut aufzusetzen. Eigentlich hätte ihre Mutter ihr damals einfach zwei Katzenohren auf den Kopf setzen müssen, dann wäre sie ohne Probleme als »Grumpy Cat« durchgegangen. Lena hatte schon immer einen Sturkopf gehabt und sich meist auch durchgesetzt, während Emma eher versucht war, es allen recht zu machen. Wie verdammt gerne hätte sie ihre jüngere Schwester jetzt bei sich!

Beim Blick auf die Schiffe, die auf der Elbe an ihr vorbeifuhren, und den Hafen, der für viele DAS Sinnbild für Hamburg war, zog sich Emmas Magen leicht zusammen. Sie war sich nicht sicher, ob sie im Februar überhaupt noch hier in der Stadt sein würde. Ihr graute es schon jetzt wieder vor dem morgigen Tag und der Redaktionskonferenz, bei der alle Kolleginnen und Kollegen ihre neuen Themen und Ziele vorstellen sollten. Emma wusste, dass ihre Ideen selten auf große Begeisterung im Team stießen. »Zu wenig innovativ, zu wenig sensationell«, war meist die einstimmige Meinung. Letzte Woche hatte Luisa sie abfällig gefragt, ob sie nicht lieber zurück zu ihrem Heimatblättchen gehen wolle. Immer wieder stichelte Luisa, und das tat weh. Sie war nach Hamburg gekommen, um bei einem großen Verlag zu arbeiten und eben nicht mehr nur über Provinzgeschichten zu berichten. Doch die Welt, die sie sich in ihren Träumen erhofft hatte, hatte mit der Realität wenig gemein. Wahre Geschichten interessierten hier wenig. Es ging mehr darum, die Sensationsgier der Leser zu stillen. Sex sells, dachte Emma bitter.

Sie stand auf und warf ihre halbgegessene Portion Fritten in den nächsten Mülleimer. Der Appetit war ihr gehörig vergangen. Die Möwen folgten ihr dicht über ihrem Kopf hinweg. Für einen kurzen Moment schloss Emma die Augen und hörte das Rauschen der Wellen. Wie gern würde sie jetzt auf dem Surfbrett stehen und den ganzen Mist einfach vergessen. Sie spürte, wie das Salzwasser auf ihrer Haut prickelte.

Sie öffnete die Augen wieder, diesen schönen Sonntag würde sie sich nicht mit Gedanken an die Arbeit verderben lassen. Sie spazierte weiter entlang des Wassers in Richtung Elbphilharmonie. Es war heute ungewöhnlich mild. Viele Restaurants hatten spontan ein paar Stühle nach draußen gestellt, und die Hamburgerinnen und Hamburger nahmen das Angebot dankend an. Die letzten Sonnenstrahlen des Spätherbstes spiegelten sich auf der Wasseroberfläche wider und tauchten den Hafen in ein sanftes Licht.

Spontan beschloss Emma, sich ebenfalls noch irgendwo hinzusetzen und den Tag gemütlich ausklingen zu lassen. Das kleine Café direkt in der Nähe der Elbphilharmonie war Emma schon bei ihrem letzten Spaziergang aufgefallen. Die Einrichtung war schlicht gehalten und bestand vor allem aus vielen liebevoll gestalteten Möbeln aus alten Paletten. An der Decke befanden sich zahlreiche Blumentöpfe, die durch Makramees in der Luft gehalten wurden. Die Wände waren mit großformatigen Strandbildern bedeckt. Genau Emmas Stil.

Bei der riesigen Auswahl an der Kuchentheke kam ihr

Appetit auch wieder zurück. Neben Franzbrötchen lagen dort Schokomuffins, pinke und gelbe Macarons mit zarten Blümchenmuster, eine Apfelschmandtorte und Karottenkuchen mit Frischkäsetopping.

»Ein Stück Karottenkuchen und einen Latte«, bestellte Emma, nachdem sie sich den letzten freien Platz draußen gesichert hatte.

Neugierig schaute sie sich um. Ihr Blick blieb an einer älteren Frau hängen. Für einen kurzen Moment dachte Emma, es wäre Oma Beeke, bevor sie registrierte, dass die Frau mit einem älteren Mann und einem Hund am Tisch saß. Emma seufzte.

»So ein schwerer Seufzer an solch einem schönen Tag?«, erklang es neben ihr.

Emma drehte sich um und sah in die grünen Augen eines attraktiven jungen Mannes.

»Entschuldigung?«

»Ich habe mich nur gefragt, welche Laus dir über die Leber gelaufen ist und ob neben dir noch Platz ist«, antwortete der Fremde und grinste sie vergnügt an.

Emma wusste für einen kurzen Moment nicht, was sie antworten sollte. Sie begutachtete den Typen. Kurze blonde Haare, die mit Gel nach hinten gekämmt waren. Ein dicker schwarzer Parka, der viel zu warm sein musste bei diesen Temperaturen. Und diese grünen Augen. Ihr Blick wanderte zu seinem Mund, der sich zu einem Lächeln verzog. Der Spruch war zwar etwas drüber gewesen, aber sie beschloss, dass der Tag zu schön war, um sich ärgern zu lassen.

»Klar, kannst du dich setzen. Ich kann allerdings nicht versprechen, dass ich aufhöre zu seufzen.«

»Kann ich mit leben, wenn du mir dafür erzählst, woran du gerade denkst. Ich bin übrigens Mats«, erklärte er und ließ sich neben ihr nieder.

»Emma. Und du bist ganz schön neugierig.«

»Manchmal schon.«

»Und heute ist manchmal?«

»Sagen wir, heute habe ich auf jeden Fall jemanden getroffen, bei dem ich wirklich neugierig bin, weil sie interessant wirkt.«

Emma musterte ihn erneut. Sollte sie ihn zappeln lassen?

»Meine Gedanken behalte ich für mich, aber du darfst gerne sitzen bleiben.«

»Schon verstanden. Bist du Touristin oder Einheimische?«

»Ich lebe hier, allerdings erst seit ein paar Monaten.«

»Verstehe. Die ersten Monate in der neuen Stadt. Ich erinnere mich noch gut, wie es war, als ich vor zehn Jahren hergekommen bin. Die Stadt kann anfangs ganz schön beängstigend sein. Viele Menschen, schnelllebig, viel Anonymität. Ich verrate dir aber ein Geheimnis: Neue Leute kennenlernen hilft ungemein,« sagte Mats mit einem Augenzwinkern.

Emma verdrehte die Augen, konnte aber nicht verhindern, dass sie lachen musste. Der Kerl hatte etwas.

»Gar nicht eigennützig, was?«

»Wie kommst du denn darauf?«, fragte er grinsend.

»Okay, okay! Du hast gewonnen! Hast du Lust auf ein Stück Kuchen mit einer Fremden, die das Heimweh überkommen hat?«, fragte Emma, als die Kellnerin ihr gerade ihren Kuchen brachte.

»Bei Kuchen bin ich immer dabei und das Heimweh kriegen wir bestimmt auch in den Griff«, antwortete Mats mit einem Lächeln und wandte sich an die Kellnerin: »Ich nehme das Gleiche!«

»Hätte gar nicht gedacht, dass du auch der Karottenkuchen-Typ bist.«

»Da sind Karotten im Kuchen?«

»Was meinst du, warum er carrot cake heißt?«

Mats zog die Augenbrauen hoch und schaute auf Emmas Stück. »Ich esse sonst eher selten Kuchen …«

Emma grinste und führte ihre Gabel genussvoll zum Mund. »Diese Möhrenaromen … hmmm …«

»Du verarschst mich doch, oder?«

Sie lachte laut und ließ die Gabel wieder sinken. »Nö, warum sollte ich? Allerdings geben die Möhren dem Kuchen nur die Frische. Man schmeckt sie eigentlich nicht wirklich heraus. Los, probier mal!«

Zögernd stach Mats die vorderste Ecke von dem Kuchenstück ab, das ihm die Kellnerin gerade auf den Tisch gestellt hatte, und führte es zum Mund. Als er kaute, veränderte sich sein Gesichtsausdruck von skeptisch zu sehr zufrieden.

»Hast recht, der schmeckt wirklich gut.«

»Na siehst du! Man muss zwischendurch auch immer mal etwas Neues probieren.«

»Machst du das gerne?«

»Was?«

»Na, neue Sachen ausprobieren.«

»Also, ich liebe die guten alten Sachen wie Waffeln oder Milchreis mit Roter Grütze, aber ich probiere auch gerne mal was Neues aus.«

»Das ist interessant, aber ich meinte das eher generell auf dein Leben bezogen.«

»Ach sooo«, Emma zog die Nase kraus. »Ich glaube, manchmal fällt es mir schwer, loszulassen.«

»So wie jetzt gerade? Weil du noch an deiner Heimat hängst, anstatt diese aufregende Stadt zu genießen?«

Sie überlegte. War es nur das? Hatte sie einfach Sehnsucht nach ihrer gewohnten Umgebung?

»Ja, das kann schon sein«, antwortete sie diplomatisch. »Und wie ist es bei dir? Bist du offen für neue Sachen?«

Mats legte die Gabel beiseite. Er hatte gerade erst zwei winzige Stücke gegessen. Auf Emmas Teller lagen nur noch Krümelreste.

»Ich denke schon. Ich fand es sehr spannend, meine Heimat hinter mir zu lassen und hier Medizin zu studieren. Außerdem reise ich unheimlich gerne und entdecke neue Länder und Kulturen. Und ich setze mich sonntags gern zu schönen, wildfremden Frauen an den Tisch und probiere neue Kuchen in der Hoffnung, sie zu beeindrucken.« Er zwinkerte ihr zu.

»So leicht bin ich nicht zu beeindrucken«, antwortete Emma und drehte sich zur Seite. Etwas Spaß machte es ja schon. Sie hatte viel zu lange nicht mehr geflirtet.

»Wie kann ich dich denn beeindrucken?«

Emma zog einen Mundwinkel hoch und tat, als müsse sie noch darüber nachdenken.

»Indem du noch ein zweites Stück von dem Kuchen bestellst«, antwortete sie schließlich.

»Das sollte kein Problem sein«, erklärte Mats, während er den Arm hob und der Kellnerin zuwinkte. »Das müssen wir uns aber teilen.«

»Geht klar«, antwortete Emma und ihr Magen blubberte.

Ob das wegen der Aussicht auf ein weiteres Stück von diesem leckeren Kuchen oder wegen Mats war, konnte sie nicht genau sagen. Aber das war im Moment auch nicht wichtig.

SEPTEMBER 2014

Emma, 22 Jahre (Borkum)

Genüsslich stach Emma die Gabel in den Brandteig. Die Sahne quoll an den Seiten hervor und vermischte sich mit der Kirschsoße. Beim Anblick des gefüllten Windbeutels lief ihr das Wasser im Mund zusammen. Hungrig nahm sie den ersten Bissen, schloss genießerisch die Augen und lehnte sich gegen die Lehne des alten Sessels, der den gemütlichen Charme der Teestube unterstrich.

»Was habe ich diese Windbeutel vermisst«, sagte sie und seufzte glücklich.

Jonathan lachte und machte es Emma gleich.

»Komm schon, es gibt nicht viel, was besser ist.«

»Ka scho sei«, antwortete Jonathan nuschelnd.

Emma lachte laut auf, sodass sich die anderen Gäste, die ebenfalls bei dem regnerischen Wetter in der Teestube eingekehrt waren, nach ihr umdrehten.

»Es war einfach die beste Idee, noch mal nach Borkum zu fahren, bevor das neue Semester beginnt«, erklärte Emma. »Ich kann gar nicht glauben, dass es schon wieder sieben Jahre her ist, seitdem wir das letzte Mal gemeinsam hier waren.«

Jonathan schluckte den Bissen hinunter und hob seine Teetasse hoch. »Dafür waren wir vor zwei Jahren zusammen in Portugal«, erinnerte er sie.

»Stimmt, das war die beste Zeit meines Lebens. Diese warmen Sommernächte, das leckere Essen und die Wellen«, schwärmte Emma und ihre Augen begannen zu funkeln.

»O ja, ich habe dich damals kaum aus dem Wasser gekriegt.«

»Ich weiß, ich weiß, aber die Wellen waren auch einfach einmalig. Apropos, ich muss morgen auch unbedingt noch mal aufs Wasser.«

»Klar, morgen soll das Wetter sogar etwas sonnig werden. Dann kann ich mit der Kamera am Strand ein paar Fotos machen«, schlug Jonathan vor.

»Das klingt nach dem perfekten Deal.« Emma grinste und schob sich den letzten Bissen ihres Windbeutels auf die verschnörkelte Kuchengabel. »Ich fürchte, heute kann ich mich nach dem hier allerdings nur noch aufs Sofa werfen und chillen. So lecker die Dinger sind, danach bin ich für den Rest des Tages meist im Essenskoma«, gestand sie und hielt sich den Bauch.

»Na dann, ab zu Oma Beeke und aufs Sofa.«

Jonathan

Als er am nächsten Morgen aus dem Fenster seines ehemaligen Zimmers schaute, schien ihm die Sonne entgegen. Es versprach in der Tat, noch mal ein richtig schöner Tag zu werden, und Jonathan freute sich, gemeinsam mit Emma an den Strand zu gehen. Er lief nach unten in die Küche, wo Oma Beeke bereits mit frisch gebrühtem Kaffee wartete.

»Na, mein Jong, gut geschlafen?«

Jonathan nickte und schnappte sich ein Brötchen.

»He, Emma ist noch nicht wach. Es wird gewartet!«, schimpfte Oma Beeke liebevoll.

Jonathan verdrehte die Augen und legte das Brötchen wieder zurück. Manche Dinge änderten sich einfach nie, egal ob er mit acht oder mit zweiundzwanzig am Tisch seiner Oma saß.

»Die alte Langschläferin steht doch bestimmt sowieso nicht vor elf Uhr auf«, knurrte Jonathan und schaute sehnsuchtsvoll auf die Brötchen, während er seinen Kaffee trank.

»Die ›Langschläferin‹ wurde vom Duft des Kaffees und dem Rufen der Wellen geweckt«, erklang es lachend hinter ihm.

Jonathan drehte sich um und schaute in Emmas Augen, die ihn belustigt anfunkelten.

»Sieh mal einer an«, kommentierte er nur und griff erneut nach dem Brötchen. »Dann können wir jetzt ja frühstücken.«

»Geht klar, Mr. Morgenmuffel«, erwiderte Emma und wuschelte ihm durch die Haare.

Im Gegensatz zu Emma, die zwar gerne länger schlief, aber sofort nach dem Aufstehen immer die beste Laune hatte, musste Jonathan erst mal mit einem frischen Kaffee langsam wach werden. Er hoffte inständig, dass Emma ihm noch die Zeit gab und nicht direkt auf dem Sprung zum Strand war. Er kannte den Blick in ihren Augen nur zu gut und wusste, dass es sie kaum noch auf der alten Eckbank hielt und sie sich am liebsten umgehend in die Wellen stürzen würde. Nur Oma Beeke zuliebe blieb sie sitzen und frühstückte gemütlich. Was Jonathan ihr hoch anrechnete.

»Na, Emma, gehts heute noch mal aufs Wasser?«, fragte Oma Beeke, während sie bereits wieder am Herd stand und Beeren in einen Topf gab.

In Jonathans Erinnerung stand Oma Beeke immer in der Küche und bereitete etwas zu. Egal ob einen Kuchen, einen deftigen Eintopf oder Emmas geliebte Rote Grütze wie heute. Oma Beeke hatte ihr versprochen, diese noch einmal zu kochen, bevor sie die Insel wieder verlassen mussten.

»Na klar, diese letzte Gelegenheit lasse ich mir nicht entgehen«, sagte Emma und biss von ihrem Brötchen ab, das sie mit Oma Beekes selbstgemachter Erdbeermarmelade bestrichen hatte. Ein kleiner Rest blieb ihr am Mund hängen und Jonathan ertappte sich dabei, wie er auf ihre Lippen starrte. Am liebsten würde er sie darauf hinweisen oder ihr die Marmelade mit seinem Daumen wegstreichen …

»Hab ich da was?«, fragte Emma irritiert.

»Nur ein bisschen Marmelade«, murmelte Jonathan und schaute schnell zu Boden.

»Sollen wir los?«

Jonathan nickte, schnappte sich sein belegtes Brötchen und sprang auf. Emma war schon fast aus der Tür.

Emma

Sie spürte die Sonne, die nicht mehr ganz so erbarmungslos auf sie hinab schien wie im Hochsommer, und genoss das kühle Wasser, während sie der nächsten Welle entgegenpaddelte. Etwas Wehmut überkam sie bei dem Gedanken daran, dass sie am nächsten Tag die Insel schon wieder verlassen mussten und es für sie nach Dortmund und für Jonathan nach Essen zurückging. Das Wissen, dass sie im nächsten Jahr mehr als ein paar Kilometer trennen würden, verursachte ein unangenehmes Ziehen in Emmas Magengegend. Jonathan hatte ihr seine Pläne, seinen Master in Kiel zu machen, schon lange anvertraut, und Emma hatte ihn in seiner Entscheidung bestärkt. Trotzdem fiel es ihr alles andere als leicht, ihn gehen zu lassen. Aber immerhin hatten sie noch ein Jahr bis dahin. Kein Grund also, schon jetzt in Trauerstimmung zu verfallen. Sie würde dieses Jahr komplett auskosten und jede Sekunde genießen. Und danach würde sie Jonathan einfach möglichst oft in Kiel besuchen fahren. Emma fokussierte sich auf die Welle, die sie am Horizont sah und bereitete sich vor. Ihr Körper kannte den Ablauf schon im Schlaf. Genau im richtigen Moment stand sie auf und bekam sie an der perfekten Stelle. Pures Glück durchströmte ihren Körper, und sie fühlte sich eins mit dem Meer.

Nach dieser Welle paddelte sie wieder zum Strand. Jonathan stand dort mit der Kamera vor dem Gesicht und grinste breit. »Spaß gemacht?«, fragte er.

Emma grinste zurück und streckte ihren Daumen in die Höhe. Sie wusste jetzt schon, dass das wieder ein Schnappschuss war, der später definitiv an ihrer Wand landen würde. Jonathan schaffte es einfach immer, die perfekten Momente einzufangen. Sie liebte seine Fotos. Erschöpft ließ sie sich neben ihn in den weichen Sand fallen. »Das hier könnte ich immer machen«, murmelte sie zufrieden.

»Dann mach das doch«, kam es von Jonathan zurück.

Emma öffnete ihren Neoprenanzug ein Stück, wrang ihre nassen Haare aus und schaute Jonathan an. »Wie meinst du das?«

»Na, schließ dein Studium ab und schau, dass du hier oder vielleicht irgendwo anders am Meer einen Job bekommst. Da kannst du dann schreiben und gleichzeitig immer, wenn du willst, surfen gehen.«

»Als ob das so einfach wäre. Außerdem möchte ich ja nicht ewig bei irgendeinem kleinen Blatt bleiben, sondern bei einem der großen Verlage arbeiten. Und die sitzen nicht irgendwo am Meer, sondern in Hamburg oder München«, sagte Emma.

»Okay, okay, war ja nur so 'ne Idee.«

Es passte gar nicht zu Jonathan, so idealistisch zu sein, dachte Emma. Sie war eigentlich die Träumerin von ihnen, aber wie sollte sie Karriere machen, wenn sie weit weg der Metropolen lebte? Ihr Berufswunsch stand schon früh fest, und für sie war immer klar, dass sie hoch hinaus wollte. Und hoch hinaus bedeutete, bei einem bekannten Magazin oder einer großen Zeitung zu arbeiten. Dass war es, was zählte.

Emma blickte zu Jonathan, der seine Kamera mittlerweile neben sich gelegt hatte und aufs Meer schaute.

»Bist du sauer?«, fragte sie leise.

Jonathan schaute Emma verwundert an. »Ach Quatsch, Em. Ich will doch nur das Beste für dich.«

Emma lächelte bei der Erwähnung ihres Spitznamens. Sie lehnte sich an Jonathans Schulter und folgte seinem Blick aufs Meer.

»Weißt du, der Gedanke, dass du nächstes Jahr weit wegziehst, ist irgendwie komisch«, fing Emma an.

»Weiter weg als Hamburg oder München ist Kiel von Essen aus auch nicht«, antwortete er.

»Ja, ja, ich weiß. Aber seit der fünften Klasse waren wir immer zusammen an einem Ort. Du wirst mir einfach fehlen.«

»Ich werde dir Briefe schreiben, versprochen!«, sagte Jonathan und knuffte sie gegen die Schulter.

Emma nickte und spürte ein ungewohntes Gefühl in ihrem Bauch, das sie in letzter Zeit öfter hatte, wenn sie mit Jonathan zusammen war. Und bei dem Gedanken daran klopfte ihr Herz plötzlich schneller. Sie rückte ein Stück von ihm ab und nagte unschlüssig an ihrer Unterlippe. Dann fuhr sie sich durch die nassen Haare und öffnete den Mund, um noch etwas zu sagen, als ein Schatten über sie fiel.

»Na, ihr Turteltäubchen, alles klar?«, erklang eine Stimme.

Emma drehte sich um. Nils stand hinter ihnen, ein alter Freund von Jonathan und mittlerweile Besitzer der Surfschule am Nordstrand.

»Hey Nils«, erwiderte Jonathan und erhob sich, um ihn zu begrüßen. »Du weißt doch, Emma und ich sind nur beste Freunde.«

Emmas Lächeln gefror auf ihren Lippen, während sie Nils zunickte und ihren Neoprenanzug auszog. Freunde, mehr nicht.

5. DEZEMBER 2021
Jonathan (Borkum)

Kathrin und Jonathan liefen zügig durch die kalte Winternacht in Richtung Großes Kaap, wo Nils seit einigen Jahren wohnte. Er hatte zum traditionellen »Klaasohm«-Feiern zu sich nach Hause eingeladen und Jonathan hatte die Gelegenheit genutzt, Kathrin mitzunehmen. Vielleicht konnte er so etwas mehr hinter ihre Fassade schauen. So richtig durchgedrungen war er zu ihr noch nicht.

»Wird Klaasohm bei euch auch gefeiert?«, fragte er, als sie über die dunkle Straße liefen. Überall in den Häusern brannten zahlreiche Lichter, die die Insel an diesem besonderen Tag in ein Lichtermeer verwandelten.

»Ich kenne eher das Nikolausfest von meiner Tante, bei der wir früher oft waren. Am Vorabend musste man seinen Stiefel rausstellen und am nächsten Tag war dieser meist mit Süßigkeiten gefüllt«, erklärte Kathrin und fügte dann hinzu: »Zumindest, wenn man lieb war. Ansonsten gab es eine Rute von Knecht Ruprecht.«

Jonathan nickte. Diese Art der Nikolausfeier kannte er auch aus seiner Zeit, in der er in Essen gelebt hatte.

»Hier auf Borkum ist Klaasohm etwas ganz Besonderes. Sechs Männer verwandeln sich in Klaasohm und besuchen Familien zu Hause.«

»Dann bin ich ja mal gespannt, ob wir auch das Glück haben.«

»Wer weiß.« Er öffnete die Tür, die an diesem Abend nur angelehnt war, und betrat Nils' Wohnung.

Lautes Stimmengewirr hallte ihnen entgegen. Nils hatte, wie jedes Jahr zu Klaasohm, alle Freundinnen und Freunde zu sich eingeladen. An diesem Abend waren die Insulanerinnen und Insulaner völlig unter sich und Jonathan genoss es, endlich wieder Teil dieser Gemeinschaft zu sein. Zaghaft folgte Kathrin ihm in das große Wohnzimmer, in dem ein Feuer im Kamin den ansonsten fast dunklen Raum erhellte. Über dem schlichten Sofa hing ein Surfbrett, das von Nils' Leidenschaft für die Sportart zeugte. Der Rest des Raumes war eher puristisch eingerichtet. Neben dem Sofa standen eine große Pflanze und ein Wohnzimmertisch aus Treibholz, den Nils selbst zusammengebaut hatte. Ein groß eingerahmter Schnappschuss, der einen Surfer auf dem Wasser zeigte und gegenüber dem Sofa neben dem Kamin hing, rundete die Dekoration des Raumes ab. Durch die bodentiefen Fenster konnte man raus auf die Terrasse schauen, auf der eine Feuerschale stand und Jonathan Nils unter den Umherstehenden ausmachen konnte.

»Ich stelle dir Nils kurz vor«, raunte er Kathrin zu und zog sie mit nach draußen.

Das Knistern der Holzscheite wirkte fast schon meditativ auf Jonathan und er fühlte sich zurückversetzt in seine Kindheit. Damals waren er und Max immer sehr aufgeregt gewesen, umso näher der Abend des Klaasohms rückte. Die Stimmung auf der Insel war tagsüber schon voller Spannung und sie konnten es kaum erwarten, dass es dunkel wurde. Entweder hatten ihre Eltern versucht, sie mit Gesellschaftsspielen abzulenken, oder sie hatten mit Oma Beeke Kekse gebacken. Die Zeit bis zum Abend schien ewig zu dauern.

»Jonathan, schön, dass du da bist!« Nils klopfte ihm auf den Rücken.

»Das ist Kathrin, meine neue Arbeitskollegin«, stellte Jonathan sie vor.

»Hey, danke, dass ich mitkommen durfte«, begrüßte Kathrin Nils und reichte ihm die Hand.

Nils grinste, ignorierte ihre Hand und umarmte sie stattdessen direkt: »Kein Thema, Jonathans Freunde sind bei mir immer willkommen.«

Bevor Jonathan Nils weiter vorstellen konnte, wurde er schon wieder von neuem Besuch in Beschlag genommen.

»Er scheint nett zu sein«, sagte Kathrin an Jonathan gewandt.

»Ist er. Nils betreibt die Surfschule am Nordstrand mit einem guten Freund zusammen. Du findest ihn fast immer auf dem Wasser – oder bei seinen Freunden.« Suchend blickte Jonathan sich um, »so, ich besorge uns mal eben etwas zu trinken.« Kurz blieb er am Feuer stehen und beobachtete das Spiel der Flammen, die immer größer wurden und die Holzscheite unter sich begruben. Er hielt seine Hände an die Flammen und rieb sie gegeneinander. Seit einigen Tagen war ihm ständig kalt. Die Wärme des Feuers tat gut. Dann nahm er zwei Flaschen Bier aus einem Kasten, den er auf dem Boden unweit des Feuers entdeckt hatte, und bedeutete Kathrin, sich auf die Palettenbank neben dem Feuerkorb zu setzen. Nachdem Kathrin sich in eine Wolldecke eingemummelt hatte, trank Jonathan den ersten Schluck und lauschte weiter dem beruhigenden Knistern des Feuers. Er betrachtete Kathrins Profil im Schein der Flammen. Ihre Augen wirkten traurig.

»Hast du dich mittlerweile eigentlich entschieden, ob du über Weihnachten hierbleiben oder nach Hause fahren wirst?«

»Ich habe mich entschlossen, nach Cuxhaven zu fahren, auch wenn ich Fennas Angebot, mit ihr und Matti zu feiern, sehr nett fand«, antwortete Kathrin. »Ich weiß nicht, wie lange meine Oma noch lebt, und die verbleibenden Jahre möchte ich sie gerne an Weihnachten sehen – auch wenn sie manchmal etwas durcheinander ist.«

»Das kann ich verstehen. Ich wäre auch froh, wenn ich meine Oma mal überzeugen könnte, über Weihnachten mit nach Essen zu meinen Eltern zu kommen«, sagte Jonathan. »Auch wenn sie auf der Insel sowieso jeden kennt und genügend Freundinnen und Freunde hat, mit denen sie feiern kann, wäre es auch schön, sie bei uns zu haben. Aber alte Leute können da manchmal ganz schön stur sein.«

»Ich finde es schön, dass dir deine Familie auch so wichtig ist.«

»Für meine Familie würde ich alles tun, auch wenn wir mittlerweile an getrennten Orten leben. Ich bin zwar nicht immer gut darin, mich zu melden, aber wenn was ist, sind wir alle füreinander da. Es war mir deshalb auch wichtig, nach all den Jahren wieder zurück nach Borkum zu kommen, um wieder bei Oma Beeke zu sein. Meine Familie und Emma sind alles für mich.«

Auf Kathrins Gesicht legte sich ein kleiner Schatten,

aber vielleicht bildete Jonathan sich das auch nur ein, weil die Flamme kleiner geworden war.

»Emma ist deine beste Freundin, oder?«, erkundigte sie sich leise.

Jonathan nickte. »Emma kenne ich, seit ich acht Jahre alt bin. Damals war sie in den Sommerferien zum ersten Mal mit ihrer Familie auf Borkum. Seit diesem Moment waren wir unzertrennlich. Wir waren oft gemeinsam hier auf der Insel und haben jeden Stein umgedreht. Ohne sie hätte ich die Schule bestimmt geschmissen und es niemals bis zum Ende durchgezogen. Sie hat mich immer angestachelt und mich motiviert. Emma ist eigentlich viel mehr als meine beste Freundin. Emma ist Familie«, schloss Jonathan und schaute mit einem Lächeln in das Feuer.

»Das ist echt schön. So einen Menschen möchte ich auch gerne haben«, antwortete Kathrin und fügte dann leise hinzu: »Einen Menschen, dem man blind vertrauen kann und der alles für einen bedeutet und … den man von ganzem Herzen liebt.«

Jonathan verschluckte sich an seinem Bier und hustete.

»So ist das nicht. Emma und ich sind beste Freunde, immer schon. Wir kennen uns halt schon so ewig, deswegen sind wir so vertraut miteinander und …«, versuchte er zu erklären.

Kathrins Lächeln wirkte traurig, während sie Jonathan die Schulter drückte: »Das, was ihr habt, ist etwas ganz Besonderes, Jonathan. Ich wünschte mir manchmal, ich könnte mich einem Menschen so öffnen.«

Jonathan schaute auf seine Flasche und fuhr mit dem Finger über den Flaschenhals. Sein Herz klopfte. Wie kam

Kathrin darauf, dass er mehr für Emma empfand? Als er den Blick hob, sah er ein Pärchen gegenüber dem Feuer sitzen. Sie hatte sich bei ihm angelehnt und er strich ihr liebevoll über den Rücken. Beide schienen vollkommen in ihrer eigenen Welt versunken zu sein. Da kam ihm eine Idee. Jonathan hob die Flasche und trank einen Schluck.

23. DEZEMBER 2021

Ein letztes Mal blickte Emma in den Spiegel und zog einen Schmollmund. Im Hintergrund hörte sie schon, wie es an der Wohnungstür klingelte. Über den Jahreswechsel hatte sie sich wieder bei ihren Eltern einquartiert. Schnell hob sie ihren Mantel vom Bett und rannte die Treppenstufen hinunter. Unten stand schon ihre beste Freundin Marie, die sich mit ihrer Mutter unterhielt.

Marie und sie hatten sich auf dem Gymnasium kennengelernt, und vom ersten bis zum letzten Schultag waren sie unzertrennlich gewesen. Wenn Emma nicht gerade mit Jonathan Zeit verbrachte, dann war sie bei Marie. Oft unternahmen sie auch gemeinsam etwas oder mit ihrer gesamten Clique, aber meist hatte Emma darauf geachtet, dass sie entweder Zeit mit Marie verbrachte oder mit Jonathan. Noch genau erinnerte sie sich an die zwei Schulwochen, als sie mit Scharlach zu Hause bleiben musste und Marie und Jonathan sich nebeneinandergesetzt hatten. Als Emma wieder zur Schule gehen konnte, hatte ihr der Anblick einen Stich ins Herz versetzt und unausgesprochen war klar, dass sie sich wieder in die Mitte setzte. Die ersten Tage war die Stimmung zwischen ihnen komisch gewesen. Marie und Jonathan hatten über Dinge gescherzt, die vorgefallen waren, als Emma zu Hause war, und es hatte ihr überhaupt nicht gefallen, wie vertraut beide miteinander wirkten. Zu Emmas Erleichterung entdeckte Marie kurz darauf das Interesse an einem Jungen aus der Parallelklasse, weswegen sie Jonathan wieder ganz für sich hatte.

Emma schmunzelte bei dieser Erinnerung und lief ihrer besten Freundin entgegen. Kurz darauf stiegen sie in Maries Auto und fuhren zu der Bar, in der sie sich in diesem Jahr mit ihren Schulfreundinnen und Freunden zum regulären Treffen am Abend vor dem 24. Dezember versammelten. Die Straßen waren erleuchtet von Lichterketten in den Bäumen und die Vorfreude auf Heiligabend lag in der Luft.

Als sie eintraten, entdeckte Emma die Gruppe direkt in einer Ecke. Ihr Blick blieb an Jonathans Hinterkopf hängen, kurz schlug ihr Herz schneller. Die letzten Wochen hatten sie kaum Kontakt gehabt, und dann war da auch immer noch seine Kollegin. Im selben Moment wurden Emma und Marie auch von ihren Freundinnen und Freunden entdeckt und mit einem großen Hallo begrüßt. Jonathan drehte sich um, und Emma blickte direkt in seine braunen Augen. Er lächelte ihr zu, sodass ihr ganz warm wurde. Schon immer hatte er diese Wirkung auf sie gehabt. Auch wenn es ihr mal richtig schlecht ging, reichte ein Lächeln von Jonathan, um ihre Stimmung zu heben. Emma umarmte nacheinander alle und blieb dann vor Jonathan stehen. Tausend Gedanken strömten ihr durch den Kopf.

»Hey Emma, schön, dich endlich wiederzusehen«, sagte er und zog sie in eine Umarmung.

Er roch gut. Irgendwie anders als beim letzten Mal, als sie sich gesehen hatten. Das war im Sommer gewesen, kurz bevor sie nach Hamburg gezogen war. Als sie kurz verharrte, merkte sie, wie sehr er ihr gefehlt hatte. Sie blinzelte eine aufkommende Träne weg und setzte sich zu den anderen. Irgendwie war sie in letzter Zeit besonders sensibel. Sie konnte es selbst nicht richtig benennen, und doch war ihr bewusst, dass dieses Jahr nicht so verlaufen war, wie sie es sich erhofft hatte. Vielleicht lag ihre Melancholie an der Erkenntnis, dass ihr Traumjob sich nicht als der entpuppte, von dem sie ihr Leben lang geträumt hatte. Vielleicht war es der Umzug nach Hamburg und die räumliche Entfernung zu ihrer Familie und ihren Freundinnen und Freunden, die ihr zu schaffen machte. Aber tief im Inneren spürte Emma, dass es noch etwas anderes war, das sie bedrückte. Das sie unruhig schlafen ließ und sie quälte. Vielleicht war es aber auch einfach die emotionale Stimmung so kurz vor den Feiertagen, die sie rührselig werden ließ. So oder so wollte sie sich diesen Abend nicht von aufkommenden Sentimentalitäten verderben lassen und griff zur Bierflasche, die ihr jemand in die Hand gedrückt hatte, und stieß mit den anderen an.

Jonathan

Jonathan beobachtete, wie Emma mittlerweile die fünfte Bierflasche binnen zwei Stunden leerte. Er kannte Emma gut genug, um zu wissen, dass das nicht wirklich üblich für sie war. Er sah ihr Lächeln auf den Lippen, das aber ihre Augen nicht erreichte. Die ganze Zeit wollte er schon allein mit ihr sprechen, doch in solch einer großen Runde erwies sich das als gar nicht so einfach. Immer wenn er sich ihr zuwandte, fing sie ein Gespräch mit jemand anderem an.

Seit dem Sommer hatten sie sich nicht mehr gesehen und auch nur sporadisch miteinander gesprochen – mit Ausnahme der Briefe. Als Marie aufstand und zum Rauchen rausging, ging Emma mit. Jonathan beobachtete sie durch die große Glasscheibe im vorderen Bereich der Bar und nahm seinen Mantel.

»Ich dachte, ich leiste euch mal Gesellschaft.«

Marie drückte ihre Zigarette aus. »Ich brauche dringend ein neues Bier. Ich lass euch beide mal allein«, sagte sie und verschwand wieder im Inneren der Bar.

Jonathan verspürte auf einmal eine Nervosität, die er vorher noch nie bemerkt hatte, wenn er mit Emma allein war. Irgendetwas war komisch zwischen ihnen, aber was?

»Wie geht es dir? In deinen letzten Briefen wirktest du irgendwie etwas … angespannt«, versuchte er einen vorsichtigen ersten Vorstoß.

Emma lächelte und machte eine abwehrende Handbewegung. »Ach, es war einfach etwas stressig und …«

»Emma!«

Sie zuckte zusammen.

»Ich bin es. Du musst mir keine Geschichten erzählen oder mir irgendetwas vorlügen. Was ist los?«

Sie biss sich auf die Lippe und strich sich durchs Haar.

»Es ist … ich weiß es nicht … Es war mein Traum, nach Hamburg zu gehen. Als Redakteurin zu arbeiten. Und doch fühlt es sich irgendwie falsch an. Ich hatte alle Chancen, alles stand mir offen, und ich dachte, ich rocke das jetzt richtig. Aber es ist überhaupt nicht so, wie ich es mir vorgestellt habe«, antwortete sie in einem Redeschwall. »Ich gehe jeden Tag zur Arbeit, aber es macht mir einfach keinen Spaß. Ich habe das Gefühl, ich versuche etwas aufrechtzuerhalten, was sich schon längst als falsch entpuppt hat. Aber ich habe doch so lange gekämpft dafür, allen erzählt, wie wichtig mir dieser Job ist, ich kann doch jetzt nicht …«

Emmas Schluchzen unterbrach sie.

Jonathan nahm sie in den Arm und strich ihr langsam über den Rücken. Es brauchte keine Worte zwischen ihnen. Er verstand den Schmerz, den sie gerade fühlte. Als er im letzten Jahr festgestellt hatte, dass das Leben in der Großstadt ihn nicht zufrieden machte und er etwas ändern musste, war es auch keine einfache Entscheidung gewesen. All die Jahre hatte er fernab seiner Heimatinsel gelebt und dieses Leben auch zu schätzen gelernt. Trotzdem hatte ihm immer etwas gefehlt. Er hatte einiges an Zeit gebraucht, um zu begreifen, dass er zurück zu seinen Wurzeln, zurück nach Borkum musste, um diese Zufriedenheit zu finden. Manchmal führte der Weg eben nicht geradeaus, sondern man musste Umwege gehen, um ans Ziel zu kommen. Und er konnte sich nur zu gut vorstellen, wie schmerzhaft die Erkenntnis war, dass der eingeschlagene Weg vielleicht nicht der richtige war.

»Wenn es nicht das ist, was dich glücklich macht, wirst du etwas anderes finden. Etwas, was dich erfüllt und dich wieder lächeln lässt. Das weiß ich.«

Er strich ihr eine Träne von der Wange.

»Ich fühle mich nur so gelähmt. Ich bin vollkommen unfähig, irgendeine Entscheidung zu treffen, ganz gleich welcher Art.«

»Du musst aber doch auch nicht sofort irgendetwas entscheiden. Gib dir Zeit und finde für dich heraus, was dich glücklich macht. Und wenn das seine Zeit dauert, dann ist das so. Du hast all die Jahre voll durchgepowert und immer allen Erwartungen entsprochen. Jetzt bist du mal dran!«

Ein kleines Lächeln bildete sich auf Emmas Lippen. Alles hätte er getan, um genau dieses Lächeln immer wieder zu sehen.

»Aber stell dir vor, ich ziehe wieder um oder mache beruflich noch mal etwas anderes. Ich kann doch jetzt nicht …«

»Doch, du kannst«, unterbrach Jonathan sie. »Mal ehrlich, wer weiß denn heute schon so genau, was er sein Leben lang machen will? Klar, es gibt Ausnahmen, aber was spricht dagegen, seine Entscheidung zu ändern, wenn man merkt, dass man unglücklich ist? Das Schreiben hat dir früher so viel Spaß gemacht, aber jetzt scheint es eine Last für dich zu sein. Deine Augen funkeln nicht mehr, wenn du von einer spannenden Reportage sprichst. Eigentlich sprichst du überhaupt nicht mehr darüber.«

»Ich weiß. Alles dreht sich nur noch um Klicks und welcher Artikel am besten ankommt. Die Geschichten von echten Menschen fehlen mir total.« Emma seufzte.

»Aber das ist es doch, wofür du brennst. Für Menschen. Für ihre Geschichten. Wenn du das in deinem Beruf nicht findest, ist er nicht der richtige für dich. Ich kenne niemanden, der so begeistert ist, Menschen und ihre Geschichten kennenzulernen, wie du. Emma, das ist eine Gabe und du wirst definitiv irgendwo eine Möglichkeit finden, genau das auszuleben.«

Ein verträumter Blick lag in Emmas Augen. Sie war in ihrer Welt. In der Welt der Geschichten.

»Danke«, murmelte sie leise und Jonathan drückte sie fest an sich.

Sie roch nach einem Tag am Meer. Nach einem Hauch Zitrone und Jasmin. Er dachte an die Tage in Portugal zurück, als er und Emma jede freie Minute am Meer verbracht hatten. Immer wieder war sie mit ihrem Surfbrett auf der Suche nach der perfekten Welle gewesen, und Jonathan hatte ein Foto nach dem anderen geschossen. Wie tiefenentspannt und glücklich Emma abends gewirkt hatte, als sie auf der Terrasse gesessen und den Sternenhimmel bewundert hatten. Diese Wochen gehörten zu den glücklichsten in seinem Leben. Die Leichtigkeit, die sie beide empfunden hatten, wärmte ihm bis heute das Herz.

Emma schaute zu ihm hinauf und ihre Blicke verloren sich ineinander. Er spürte ihre Nähe. Ihr Herz schlug genauso schnell wie seins. Die Welt um sie herum schien still zu stehen. In ihrem Blick lag Traurigkeit, aber auch die Hoffnung und Sehnsucht nach etwas, das er in sich selbst ebenfalls fühlte. Er hielt ihre Hand und strich sanft über ihren Daumen. Als Emma ihre Augen schloss, nahm er all seinen Mut zusammen und beugte sich zu ihr rüber.

»Kommt ihr mit? Wir wollen noch weiterziehen«, ertönte es auf einmal hinter ihnen. Emma öffnete verwirrt die Augen und drehte sich um. Die anderen aus der Gruppe standen wartend vor der Bar. Ihre Hände lösten sich aus seinen und wenige Sekunden später standen auch sie bei den anderen. Sein Herz schlug ihm immer noch bis zum Hals.

31. DEZEMBER 2021
Emma (Essen)

Emma zog den Reißverschluss ihres Jeanskleids zu. Jetzt nur noch schnell einmal durch die Haare kämmen und etwas Lipgloss auf die Lippen. Zufrieden schaute sie in den Spiegel. Die letzten Tage hatte sie viel Zeit mit ihrer Familie verbracht und es genossen, sich bemuttern zu lassen. Ihre Mutter hatte extra noch Spritzgebäck gebacken und Emmas Lieblingskäse, eine Packung belgische Schokolade und Schokostreusel aus dem Supermarkt mitgebracht, damit Emma in Hamburg nicht verhungerte.

Hamburg. Sie war sich immer noch nicht klar darüber, wie es im nächsten Jahr für sie weitergehen sollte, wie sie beruflich weitermachen wollte und wo es sie hinzog. Trotzdem hatte ihr das Gespräch mit Jonathan kurz vor Weihnachten Zuversicht gegeben. Sie hatte das Gefühl, nicht allein zu sein. Ihrer Familie hatte sie ihre Gedanken noch nicht mitgeteilt. Das würde sie tun, sobald sie wusste, was sie wollte. Einzig ihrer Schwester Lena hatte sie sich anvertraut. Aber Lena war ja auch nicht nur Schwester, sondern auch Freundin.

Und dann war da auch noch dieser eine Moment vor der Bar mit Jonathan, der sie immer noch irritierte. Was zum Teufel war das gewesen? Und was war mit dieser Kathrin?

Jetzt freute sie sich aber auf die Silvesterparty bei Marie, zu der viele ihrer Freundinnen und Freunde eingeladen waren. Gedankenverloren kämmte Emma sich das Haar und ihr Blick glitt dabei durch ihr ehemaliges Kinderzimmer, das ihre Eltern vor langer Zeit zum Gästezimmer umgewandelt hatten. Er blieb an einem Foto hängen, das sie selbst am Strand zeigte. Sie erinnerte sich noch gut an den Tag der Aufnahme. Sie waren auf Borkum gewesen und Emma hatte surfen gelernt. Ungefähr fünfzehn musste sie damals gewesen sein. Jonathan hatte da schon seine Leidenschaft für die Fotografie entdeckt und ein Foto von ihr gemacht, wie sie stolz mit ihrem Brett aus dem Wasser gelaufen kam. Durch die Sonne leuchteten ihre blauen Augen mit dem Meer um die Wette und in ihrem Blick lag pure Glückseligkeit.

»Fertig?«, hallte es von weit weg in ihre Gedanken. Emma drehte sich um, Lena war ins Zimmer gekommen. Da Lena mal wieder keine Lust gehabt hatte, sich darum zu kümmern, wo sie feiern wollte, hatte sie sich kurzerhand angeschlossen und kam mit zu Maries Party. Während Emma schon immer Wochen im Vorfeld plante, was sie wann machen wollte, war Lena spontan. Manchmal beneidete sie ihre Schwester um diese Charaktereigenschaft. Bei ihr hingegen musste alles gut durchgeplant sein. Deshalb war es auch so schwer zu akzeptieren, dass das auf ihr Leben gerade nicht zutraf.

»Ich muss nur noch kurz mein Handy einstecken, dann können wir los.«

Die Party war bereits in vollem Gange, als sie Maries Wohnung im Essener Westen betraten. Emma stellte ihren selbstgemachten Nudelsalat in die Küche und machte sich auf die Suche nach ihrer Freundin. Marie saß im Wohnzimmer mit mehreren alten Freunden und sprang begeistert auf, als sie Emma entdeckte.

»Ich dachte schon, ihr kommt nicht mehr«, rief sie und fiel ihr lachend um den Hals. Offenbar hatte sie schon einiges getrunken, Emma musste schmunzeln. Marie gehörte zu der Sorte Menschen, die nach zwei Gläsern Sekt alle umarmte und ihnen versicherte, dass sie sie abgöttisch liebte. Sie drückte Marie und setzte sich aufs Sofa.

»Rate mal, wer über den Jahreswechsel auch in Essen ist und wen ich diese Woche in der Stadt getroffen habe?«, fragte Marie.

Emma zog die Schultern hoch und schüttelte den Kopf: »Keine Ahnung?«

»Wirst du auch nie draufkommen. Erik!«

Emma schluckte. Erik. Ihr erster Freund, den sie intensiv geliebt und der sie mit einer lapidaren SMS abserviert hatte. Was war sie damals sauer und wütend gewesen. Am liebsten hätte sie ihn an den Nordpol verbannt. Aber, wie es in dem Alter oftmals war, nach einigen Monaten hatte sie einen neuen Schwarm gehabt. Bestimmt fünf Jahre hatte sie Erik seit Ende der Schulzeit nicht mehr gesehen. Sie hatten immer mal wieder Kontakt gehabt, aber dann war dieser eingeschlafen. Ob er mittlerweile eine feste Freundin hatte oder sogar verheiratet war?

»Wie lustig. Wie geht es ihm denn? Was macht er aktuell?«

»Das, meine Liebe, fragst du ihn am besten selbst.« Lachend stand Marie auf und deutete zur Wohnzimmertür, durch die Erik gerade hereingekommen war.

Etwas überrumpelt starrte Emma Erik an. Marie war schon in der Küche verschwunden, um sich vermutlich ein weiteres Glas Sekt zu holen.

»Hallo Emma!«, begrüßte Erik sie und kam zu ihr rüber.

Immer noch etwas überrascht horchte Emma kurz in sich hinein. Nein, da war kein Groll mehr und auch keine Gefühle. Sie hoffte nur, dass er das Gespräch gerade nicht mitbekommen hatte.

»Erik, schön, dich wiederzusehen«, erwiderte sie und stand auf, um ihn zur Begrüßung zu umarmen.

»Ebenso.« Er grinste. »Ich hab mich wirklich gefreut, als Marie mich eingeladen hat … und gehofft, dich zu sehen.«

ele

Jonathan

Heute oder nie! Nach Weihnachten hatte er ununterbrochen daran denken müssen, was gewesen wäre, wenn er und Emma sich geküsst hätten. Wenn die anderen nicht in genau diesem Moment aus der Bar gekommen wären. Wenn er seinem Herzen gefolgt wäre. Verdammt, zu viele Wenns.

Deshalb hatte er sich fest vorgenommen, mit Emma heute über diesen Moment zu reden.

Als er das Wohnzimmer betrat, sah er sie vertieft in ein Gespräch neben einem Mann sitzen. Irgendwie kam er ihm bekannt vor. Er beschloss, sich erst einmal etwas zu trinken zu holen und sie später zu begrüßen. Auf dem Weg in die Küche kam ihm Marie entgegen.

»Jonathan, es ist sooo schön, dass du da bist«, säuselte sie und Jonathan konnte sich ein Grinsen nicht verkneifen.

»Schon ’n bisschen was getrunken, was?«, fragte er lachend und Marie stieg kichernd ein.

»Ach was, nur ein, zwei Gläser Sekt. Und ein Glas Wein und die Runde Kurze und …«

»Verstehe«, beendete Jonathan ihre Aufzählung und hielt sie kurz am Arm fest. »Sag mal, wer ist denn das bei Emma?«

»Bei Emma? Ach, Erik! Aus unserer Stufe, erinnerst du dich? Er ist nach dem Abitur für ein Jahr nach Australien gegangen. Ich habe ihn diese Woche zufällig in der Stadt getroffen und gedacht, es wäre doch nett, wenn er auch kommen würde.«

Nett. Jonathan seufzte. Alles, was er mit Erik verband, war alles andere als nett. Emma hatte damals unentwegt von ihm geschwärmt. In der Zeit, in der die beiden zusammen waren, hatten sich Emma und er nur selten allein gesehen. Ständig war Erik mit dabei. Und dann hatte er Emma einfach fallen lassen wegen eines anderen Mädchens. Auf dieses Arschloch hatte er überhaupt keine Lust. Aber Emma würde wohl kaum noch mal auf diesen Typ hereinfallen. Oder?

Er holte sich ein Bier aus dem Kühlschrank und steuerte auf das Wohnzimmer zu. Auf dem Sessel am anderen Ende des Raums saß Lena und war gerade mit ihrem Handy beschäftigt.

»Hey«, begrüßte er sie und stupste sie sanft am Arm an.

»Jonathan, wie schön, dich zu sehen!«, rief Lena und umarmte ihn. Nun hatte auch Emma ihn entdeckt und zwinkerte ihm zu. Schließlich ging er rüber zu ihr.

»Lange nicht gesehen, Erik.«

»Jonathan, Wahnsinn, ja, ewig her!«

»Ich glaube, ich brauche mal etwas Neues zu trinken«, erklärte Emma und machte Anstalten, aufzustehen.

»Nein, bleib sitzen, ich besorge uns noch was«, kam Erik ihr zuvor, sprang auf und verschwand im Flur.

»Erik also, hm?«

Emma verdrehte die Augen. »Sagen wir so, manche Menschen verändern sich nie.«

Ihm lag noch ein Spruch auf den Lippen, aber er beschloss, dass es das nicht wert war. »Schön, dass wir uns noch mal sehen, bevor du wieder nach Hamburg fährst. Dein Zug geht doch übermorgen, oder?«

Emma nickte.

»Hast du Lust, einen Moment raus auf die Terrasse zu gehen?«, fragte Jonathan und Emma nickte erneut.

Auf dem Weg nach draußen berührte er sie sanft am Rücken. Im Hintergrund hörte er bereits erste Böller. Nicht mehr lange bis Mitternacht, dachte Jonathan und zog die Terrassentür zu. Er hoffte, dass Erik sie draußen nicht finden würde.

»Irgendwie ist es schön, wieder hier zu sein«, sagte Emma, »es fühlt sich vertraut an und in den letzten Tagen musste ich mir keine Gedanken machen, was im neuen Jahr passieren wird. Auch dank unseres Gesprächs.«

Sie lächelte ihn an. Selbst in der Dunkelheit dieser Silvesternacht konnte er noch einzelne Sommersprossen auf ihrem Gesicht erkennen, so nah standen sie beieinander. Sein Herzschlag beschleunigte sich.

»Emma, wegen letztens, als wir …«

Plötzlich ein Knall. Erschrocken drehte er sich um, eine Rakete war direkt neben ihnen hochgegangen.

Still beobachteten sie den Goldregen, der vom Himmel auf die Erde niederfiel.

»Ich bin dir wirklich dankbar, dass du mir zugehört hast und mich verstehst. Ich weiß manchmal wirklich nicht, was ich ohne dich tun würde«, flüsterte Emma.

Er sah sie an und konnte etwas sehen, das er sich in all den Jahren ihrer Freundschaft immer gewünscht hatte. Er sah sich und Emma gemeinsam auf Borkum. In einem kleinen Haus, direkt am Meer. Sie vervollständigte sein Leben mit ihrem Optimismus, ihrer Freude an den kleinen Dingen und mit ihrer guten Laune. Er war glücklich, wenn sie es war.

»Emma«, sagte er, zog sie sanft zu sich heran und umfasste mit seinen Händen ihre Taille.

Sie kaute auf ihrer Lippe, ihre Wangen waren leicht gerötet. Im Hintergrund hörte er, wie die anderen drinnen den Countdown herunterzählten, doch er hatte nur Augen für Emma. Langsam näherte er sich ihrem Mund. Und als seine Lippen auf ihre trafen, legte sich eine Gänsehaut über seinen gesamten Körper. Seine Zunge suchte ihre und leidenschaftlich spielten beide miteinander. Aus Emmas Kehle kroch ein wohliges Seufzen und Jonathan drückte sie leicht gegen die Wand. Seine Hand wanderte von ihrer Taille zu ihrem Kopf. Emma drückte sich gegen ihn und er spürte die Erregung, die ihn wie eine Welle überrollte.

Da krachte es unmittelbar neben ihnen und Emma zuckte zusammen. Ein Böller war auf der Terrasse gelandet und explodiert. Dann wurde die Terrassentür aufgerissen und ein Jubelschrei ertönte. »Frohes neues Jahr!«, rief ihnen Lena entgegen, und ehe Jonathan sich versah, stand sie neben ihnen und zog Emma in eine Umarmung. Er ging einen Schritt zur Seite und blickte zum Himmel. Das würde definitiv ein schönes neues Jahr werden, da war er sich sicher.

2. JANUAR 2022
Emma (Essen – Hamburg)

Emma beobachtete den Regen, der laut gegen das Fenster des ICEs peitschte. Die zunächst winzigen Tropfen hatten sich binnen weniger Minuten zu einem Starkregen entwickelt. Emma kuschelte sich tiefer in ihren dicken Wintermantel. Nach den fast zwei Wochen, die sie über Weihnachten und den Jahreswechsel in Essen verbracht hatte, fühlte sie sich jetzt irgendwie leer. Statt der Vorfreude, die sie auf der Hinfahrt empfunden hatte, wurden nun mit dem Regen alle positiven Erlebnisse der letzten zwei Wochen weggewischt.

Emma seufzte, griff nach ihrer Tasche und zog ihr Handy heraus. Als sie durch ihre Fotogalerie scrollte, blieb ihr Blick an einem Schnappschuss von Marie und ihr hängen. Spontan öffnete sie ihre Nachrichten-App und schrieb ihrer Freundin.

> Es war so schön, dich endlich wiederzusehen. Sitze gerade im Zug nach Hamburg und bin ganz niedergeschlagen ☹!

Keine zehn Sekunden später klingelte ihr Handy. Marie.

»Was ist los, Emma? Hast du 'nen Januar-Blues?«

»Ach, keine Ahnung. Die letzten zwei Wochen waren einfach echt schön und ich habe mich so gefreut, euch alle wiederzusehen«, sagte Emma und beobachtete den Regen, wie er weiter unaufhörlich gegen das Fenster pladderte.

»Freust du dich denn gar nicht, zurück nach Hamburg zu fahren?«, erkundige sich Marie weiter.

Emma stockte. Sie versuchte, ihre Gefühle einzuordnen. Außer mit Jonathan hatte sie mit niemandem so richtig über ihre Bedenken gesprochen. Niemand außer ihm wusste, was in ihr vorging.

»Ich … ich weiß nicht … wahrscheinlich hast du recht und ich hänge im Neujahrs-Blues fest«, stammelte Emma und wünschte sich, sie hätte ihrer Freundin anvertraut, was sie in den letzten Monaten so sehr bewegte. Aber jedes Mal, wenn sie es aussprach, wurde es gefühlt realer. Als würde sie sich und ihre Träume verraten. Sie fühlte sich wie eine Versagerin. Außerdem hatte sie Marie auch noch nichts von dem Kuss erzählt, weil sie selbst nicht wusste, wie sie ihn einordnen sollte. Was war das gewesen? War es die Magie der Silvesternacht? Oder empfand Jonathan mehr für sie? Und was wollte sie eigentlich? Was würde aus ihrer Freundschaft werden?

Nach einem kurzen Small Talk legte Emma wieder auf und fühlte sich trotzdem keinen Deut besser. Zögerlich drehte sie ihr Handy in ihren Händen hin und her und rang mit sich, ob sie Jonathan anrufen sollte. Er war an Silvester direkt nach Mitternacht verschwunden und hatte sich seitdem auch nicht mehr bei ihr gemeldet, was ganz untypisch für ihn war. Emma schluckte ihre Bedenken herunter und wählte Jonathans Nummer. Ihr Herz klopfte wie verrückt. Sollte sie ihn auf den Kuss ansprechen? Sollte sie ihn fragen, wie es ihm geht? Wann sie sich wiedersehen würden? Alles war auf einmal durcheinander.

Nach einigen Sekunden wollte Emma bereits wieder auflegen, als ein gehetztes »Jaaa?« auf der anderen Seite der Leitung erklang.

»Hey, sorry, ich wollte dich nicht stören. Ich sitze nur gerade im Zug auf dem Weg zurück nach Hamburg und dachte an die letzten zwei Wochen …«

»Du störst nie, Emma, ganz im Gegenteil, ich freue mich, dass du anrufst«, kam es von Jonathan zurück. »Ich musste mich nur gerade beeilen, weil ich am Hafen bin und die Fähre auf die Insel noch bekommen möchte.«

Sofort füllte Emmas Herz sich mit Erinnerungen an wundervolle Borkum-Aufenthalte. Das Ankommen auf der Insel begann bereits mit der Überfahrt auf der Fähre. Emma konnte fast das Rauschen der Wellen hören und das Salzwasser auf ihren Lippen schmecken. Wie gern wäre sie jetzt bei Jonathan und würde sich auf der Insel vor dem Alltag verkriechen. Natürlich wäre das auf Dauer keine Lösung, aber auf Borkum wirkten ihre Probleme immer nicht ganz so schlimm. Die Insel brachte sie zur Ruhe, und der Gedanke daran stimmte sie melancholisch.

»Bist du noch da?«, erklang es in diesem Moment von Jonathan.

»Äh ja, sorry. Ich war gerade mit den Gedanken ganz woanders. Also eigentlich … um genau zu sein … bei dir.«

»Bei mir?«

»Ja, also bei dir auf der Fähre. Dort wäre ich jetzt auch gerne«, erklärte Emma.

Die Stille, die darauf entstand, fühlte sich nicht schlecht an.

»Du kannst mich immer besuchen kommen, das weißt du, oder?«, fragte Jonathan.

Emma schloss die Augen. Jetzt einfach am nächsten Bahnhof aus- und in einen Zug nach Emden wieder einsteigen. Jonathan wiedersehen. Ihn einfach fragen, was dieser Kuss bedeutete. Ob er überhaupt etwas bedeutete. Was sie ihm bedeutete. Aber sie musste morgen wieder arbeiten.

»Ja, das weiß ich. Ach, ich glaube, ich bin einfach etwas traurig, weil die letzten zwei Wochen so unbeschwert waren und es großartig war, alle wiederzusehen. Dich wiederzusehen.«

»Das war es wirklich. Ich habe mich auch sehr gefreut, dich zu sehen …«

Emma seufzte.

»Meinst du, deine Niedergeschlagenheit hat vielleicht auch mit deinen Bedenken wegen des Jobs zu tun?«, fragte Jonathan.

»Du mit deiner schonungslosen Ehrlichkeit«, jammerte sie.

»Ach Emma, mir brauchst du doch nichts vormachen. Setz dich nicht so unter Druck und nimm dir Zeit, um zu überlegen, wie du weitermachen möchtest.«

Die Schwere, die auf Emma lastete, fühlte sich gleich weniger ermattend an.

»Danke«, murmelte sie leise in ihr Handy und wünschte sich einmal mehr, jetzt bei ihm zu sein, anstatt nur am Telefon seine Stimme zu hören.

»Hey, solange du mich beim nächsten Brief nicht damit überraschst, dass du doch wieder mit Erik zusammen bist, ist alles gut.«

Emma musste lachen, doch sie hatte auch die Unsicherheit in Jonathans Stimme gehört.

»Ist da etwa jemand eifersüchtig?«, antwortete sie kichernd.

»Eifersüchtig? Auf den Vollpfosten, der es noch nicht mal fertiggebracht hat, eine Wunderkerze an Silvester anzuzünden, weil er Angst hatte, seine neue Jacke könnte etwas abbekommen?«

Emma lachte laut auf bei der Erinnerung, wie entsetzt Erik geschaut hatte, als Marie ihm die Wunderkerze gereicht hatte. Die anderen Mitreisenden drehten sich schon zu ihr um. Sie hielt sich den Mantel vors Gesicht und versuchte, ihr Lachen zu unterdrücken, was jedoch nur dazu führte, dass ihr Tränen die Wangen hinabliefen.

»Lass mich raten, das ganze Zugabteil schaut dich missbilligend an«, mutmaßte Jonathan.

Emma kicherte erneut.

»Nööö, nur das halbe«, antwortete sie in alberner Stimmung und atmete tief ein. Wie sehr genoss sie diese Art Gespräche mit Jonathan. Kurz darauf wurde sie jedoch ernst.

»Du weißt aber schon, dass er niemals wieder eine Chance bei mir hätte, oder? So gut kennst du mich doch wohl!«

Auf der anderen Seite der Leitung herrschte Stille. Emma spürte, dass Jonathan seine Antwort genau abwog, und der Gedanke daran, dass er eifersüchtig sein könnte, bescherte ihr ein angenehmes Kribbeln.

»Man weiß ja nie«, antwortete Jonathan diplomatisch.

Emma lächelte. Sie hatte sein Zögern genau herausgehört.

»Danke fürs Zuhören und Dasein«, verabschiedete sie sich kurz darauf von Jonathan, dessen Verbindung mit Ablegen der Fähre wegzubrechen drohte.

»Für dich immer«, erklang es noch am anderen Ende.

95

MÄRZ 2017

Jonathan, 25 Jahre (Borkum)

Der Himmel über der Insel wurde immer dunkler und Jonathan zog den Reißverschluss seiner Jacke ganz hoch. Ein Blick nach oben verriet ihm, dass der angekündigte Regen nicht mehr lange auf sich warten lassen würde. Schnellen Schrittes lief er Richtung Bahnhof und hoffte, dass das Wetter Einsehen mit ihm hatte und der Regen erst in einer halben Stunde losgehen würde, wenn er mit Emma zurück bei Oma Beeke war.

Das Signal am Bahnübergang kündigte bereits den ankommenden Zug an und Jonathan stellte sich schnell in der Ankunftshalle unter. Ganz spontan hatte er Emma in der letzten Woche gefragt, ob sie ihn auf Borkum besuchen kommen wolle, da er für ein paar Wochen für Forschungszwecke auf der Insel war. Nachdem Emma es in den letzten drei Jahren aufgrund ihres Studiums gar nicht mehr nach Borkum geschafft hatte, hatte sie das Angebot sofort angenommen.

Als die Inselbahn im Bahnhof einfuhr, spähte Jonathan in die einzelnen Abteile, die aufgrund der Jahreszeit eher spärlich besetzt waren. Im vorletzten Abteil erblickte er Emma, wie sie bereits ihren Rucksack schulterte und nach draußen schaute. Für einen kurzen Moment trafen sich ihre Blicke und ein breites Grinsen zeichnete sich auf ihrem

Gesicht ab. Als der Zug zum Stehen kam, lief Emma zum Ausgang, sprang die kleine Treppe herunter und rannte ihm entgegen. Lachend fiel sie in seine Arme.

»Ich bin endlich wieder da«, quiekte sie.

»Das bist du«, kommentierte Jonathan ebenfalls lachend.

»Kaum zu glauben, dass ich es in den letzten zweieinhalb Jahren kein Mal geschafft habe, herzukommen. Ich muss gestehen, dass ich mich ein bisschen schäme.«

»Ach was, du hattest halt viel mit deinem Studium zu tun.«

»Hm, trotzdem. Ich hoffe, Oma Beeke ist mir nicht böse, dass ich mich so lange nicht habe blicken lassen.«

»Ach Quatsch! Sie freut sich unheimlich, dass du es jetzt geschafft hast, dir ein paar Tage freizuschaufeln.«

Gemeinsam überquerten sie die Bahngleise und schon prasselten die ersten Tropfen auf sie nieder.

»Mist, ich hatte gehofft, der Regen wartet noch, bis wir bei Oma Beeke sind«, sagte Jonathan mit Blick gen Himmel.

»Na, dann mal schnell los«, antwortete Emma.

Doch bereits nach wenigen Schritten verwandelten sich die ersten Tropfen binnen Sekunden in einen Starkregen. Jonathan versuchte noch schnell mit Emma unter einen Hausvorbau zu gelangen, aber auch dort kam ihnen der Regen von allen Seiten entgegen. Jonathan zog die Stirn kraus und wollte gerade einen Schritt vorwärts machen, als aus der Rinne von oben eine große Menge Wasser auf ihn herabfiel. Wie ein begossener Pudel stand er da und schaute ungläubig nach oben.

»Verdammter Mist, das kann doch wohl nicht wahr sein!«

Aus Emmas halb unter der Regenjacke verstecktem Gesicht erklang ein Glucksen.

»Emma, du lachst jetzt nicht ernsthaft, oder?«

»Nö, würde ich doch nie wagen«, antwortete sie und brach im nächsten Moment in lautes Gelächter aus.

»Wie du losgelaufen bist … und dann diese Wasserwand von oben kam«, giggelte sie und hielt sich den Bauch vor Lachen.

Jonathan konnte nicht mehr genau sagen, ob das Wasser, das ihr über das Gesicht lief, von Lachtränen oder vom Regen kam. Aber bei diesem Anblick änderte sich seine Stimmung schlagartig, und auch er fing an, über das ganze Gesicht zu grinsen. »Mensch, Emma, du machst auch aus jeder Situation etwas Gutes.«

»Sollen wir einfach losrennen und schauen, wer zuerst bei Oma Beeke ist?«, fragte Emma, und in ihren Augen blitzte es verräterisch.

»Gegen dich hat doch eh niemand eine Chance«, antwortete Jonathan halb protestierend.

»Eben drum«, konterte Emma und rannte los.

Kopfschüttelnd blickte Jonathan ihr hinterher. Emma war schon ein ganz besonderer Mensch.

»Angekommen«, ertönte es wenige Minuten später keuchend aus Emmas Richtung. Jonathan hatte dicht hinter ihr gelegen, musste sich aber am Ende geschlagen geben.

»Ich bin nicht im Training«, entschuldigte er sich mit Blick auf Emmas Laufschuhe.

»Als ob du jemals eine Chance gegen mich hättest«, witzelte sie, während die alte Holztür geöffnet wurde.

»Kinner, kommt rein, et pläddert ja ohne Stopp«, begrüßte

Oma Beeke sie und reichte ihnen zwei Handtücher für die Gesichter. »Gut, dass ich eben einen Tee aufgesetzt habe und der Apfelkuchen gerade frisch aus dem Ofen raus ist. Aber lass dich erst mal drücken, Emma. Schön, dass du da bist.«

Emma

Gegen Abend machten es sich Jonathan und Emma im Wohnzimmer gemütlich. Der Kamin flackerte und tauchte den Raum in sanftes Licht. Auf dem Wohnzimmertisch stand ein kleines Porzellanstövchen mit einer Kanne Tee. Oma Beeke hatte sich schon vor einer Stunde verabschiedet, da sie mit ihren Freundinnen zum Rommé-Spielen verabredet war.

»Wie läuft deine Forschung eigentlich?«, erkundigte sich Emma, während sie träge auf dem Sofa lag und dem Regen zusah, wie er gegen das große Fenster klatschte.

»Großartig! Du glaubst gar nicht, wie viele Schweinswale ich bei der letzten Zählung im Borkum Riffgrund notiert habe. Es scheint, dass sich die Population in den letzten Jahren stark vermehrt hat. Obwohl die meisten Schweinswale immer noch im Sylter Außenriff zu finden sind, konnte ich hier einige Jungtiere mit ihren Müttern ausmachen. Das bestätigt meine Vermutung, dass das Gebiet hier insbesondere für die Mutter-Kalb-Paare von großer Bedeutung ist.«

Emma schmunzelte. Wenn Jonathan von seiner Forschung sprach, wirkte er wie ein anderer Mensch. Er konnte sich ewig über Schweinswale oder andere Meerestiere unterhalten, und gerade diese brennende Leidenschaft fand Emma bemerkenswert.

»Das heißt, dass hier ein neues Gebiet für Jungtiere entsteht?«, fragte sie.

»Ja, vermutlich. Die Ausgangslage ist nicht unbedingt schlecht, da das hohe Nahrungsangebot für die Mütter wichtig ist. Stell dir vor, Emma, das Borkumriff würde zum Spielplatz für Schweinswale werden!«

Emma grinste weiter. Sie konnte sich definitiv niedlichere Tiere als Schweinswale vorstellen.

»Wie lange wirst du noch hier auf Borkum bleiben?«

»Vermutlich bis Ende des Monats. Ich werde mich noch ein paar Mal mit einem Kollegen vom Nationalpark des Niedersächsischen Wattenmeeres treffen, um die Ergebnisse zu verifizieren, und werde die Ergebnisse dann mit an die Uni nehmen und für meine Masterarbeit verwenden.«

»Apropos, hast du schon eine Idee, wo es für dich nach dem Master hingeht?«, fragte Emma weiter.

»Nicht wirklich. Vielleicht erst mal zurück nach Essen, vielleicht bleibe ich auch in Kiel«, überlegte Jonathan laut. »Was ist mit dir?«

»Das«, antwortete Emma und machte eine weit ausholende Handbewegung, »ist wohl der passende Zeitpunkt, um zu verraten, dass ich eine Stelle bei einem Verlag in Essen als Redakteurin angeboten bekommen habe.«

»Was? Das erzählst du erst jetzt? Glückwunsch!«

»Danke! Es steht erst seit vorgestern fest, und ich wollte es dir unbedingt persönlich erzählen.«

»Mensch, Emma, das freut mich wirklich für dich. Du

bist bald da angekommen, wo du immer hinwolltest. Du hast deinen Traumjob. Und wir sitzen hier und trinken Tee! Warte, ich hol uns etwas anderes, und wir stoßen auf dich an.«

Emma nickte lächelnd und beobachtete, wie Jonathan aus dem Raum verschwand. Ja, sie hatte ihren Traumjob ergattert und doch war da etwas in ihr, eine tiefe Sehnsucht nach einem Zuhause, die sie ruhelos machte. So sehr sie sich auch über diese Jobzusage freute, fehlte Emma irgendetwas zu ihrem Glück, doch sie wusste nicht genau, was es war. Als Jonathan kurz darauf mit zwei Bierflaschen in den Händen zurückkkam und sie anstießen, blickte sie ihm einen langen Moment in seine braunen Augen, die sie voller Stolz und Wärme ansahen. Es war dieser eine Moment, in dem Emma sich vollkommen angekommen fühlte.

Emma (Hamburg)

Mit eiligem Schritt stieg Emma in die S-Bahn, und schon schlossen sich die Türen hinter ihr. »Das war knapp«, murmelte sie und suchte sich einen freien Sitzplatz. Sie setzte sich gegenüber von zwei jungen Frauen, die gerade eine Proseccoflasche hin- und herreichten und »Selfietime« riefen.

Auch Emma zog ihr Smartphone heraus und wollte Marie eine Nachricht schicken, beschloss dann aber, erst den Abend abzuwarten. Wer weiß, vielleicht würde sie Marie sowieso noch anrufen müssen. Sie öffnete den Chat ihrer letzten eingegangenen Nachricht.

19 Uhr passt, freu mich!

War es richtig, was sie hier tat?

Oder würde es alles nur komplizierter machen? Emma schaute auf. Die beiden Frauen machten ein Selfie nach dem anderen und kicherten wie zwei pubertierende Teenager. Aber sie schienen Spaß zu haben. Und genau das wollte sie auch. Einen Abend all die Sorgen vergessen.

Als die Stimme durch die Lautsprecher *Hauptbahnhof* verkündete, stieg sie aus. Ihr war etwas flau. Einen kurzen Moment schaute sie auf die gegenüberliegende Seite, wo gerade eine weitere Bahn einfuhr. Sie konnte jetzt sofort wieder einsteigen und zurückfahren. Und dann? Allein zu Hause sitzen? Entschlossen drehte sie sich zu den Treppen und lief los.

Bis zum Restaurant waren es nur knapp fünf Minuten. Emma blieb vor einem Schaufenster stehen, fuhr sich durch die Haare und trug Lippenstift auf. Sie zupfte ihren Schal zurecht und fuhr sich erneut durchs Haar. Dann lief sie weiter. Schon von weitem sah sie ihn vor dem Eingang stehen. Er war pünktlich. Sie atmete tief ein. Ihr Herz schlug schneller.

»Hey!«

Er drehte sich um. Ein Lächeln umspielte seine Mundwinkel und erreichte seine grünen Augen. »Emma, schön, dass du da bist!«

»Ich freue mich auch, dich wiederzusehen, Mats.«

Er hielt ihr die Tür auf und sie betrat das Restaurant. Ihr Tisch lag direkt an einem großen Fenster. Sie konnte die Binnenalster sehen. Das Interieur war schlicht, aber edel. Die Stühle in modernem Industrielook. Das Licht war leicht gedämmt, im Hintergrund lief leise Musik.

»Um ehrlich zu sein, hätte ich fast nicht mehr damit gerechnet, dass du dich meldest.«

Emma knabberte an ihrer Lippe. »Es tut mir leid. Vor Weihnachten war in der Redaktion die Hölle los, und dann war ich erst mal zu Hause über den Jahreswechsel …«

Dass Jonathans ausbleibende Nachrichten ihr den letzten Anstoß gegeben hatten, Mats wieder zu kontaktieren, musste er ja nicht wissen.

»Alles gut, du musst dich nicht entschuldigen. Ich freu mich ja, dass wir jetzt hier gemeinsam sitzen.«

»Wie geht es dir denn? Wie hast du den Jahreswechsel verbracht?«

»Ich war erst ein paar Tage zu Hause und bin dann aber direkt zurück nach Hamburg gefahren, um hier mit ein paar Freunden Silvester zu feiern. Länger als ein paar Tage würde ich es zu Hause auch nicht aushalten.«

»Warum? Verbringst du nicht gerne Zeit mit deiner Familie? Oder deinen alten Freundinnen und Freunden?«

»Meine Freunde sind fast alle weggezogen und meine Eltern, na ja, ein, zwei Tage geht es, aber danach wird es auch schnell anstrengend. Du warst länger bei deiner Familie?«

»Ja, fast zwei Wochen. Ich freue mich immer, meine kleine Schwester zu sehen und natürlich meine ganzen Freundinnen und Freunde. Es war …«, Emmas Blick glitt nach draußen auf die Binnenalster, »wie in einem kuscheligen Kokon, aus dem ich am liebsten gar nicht mehr rausgekommen wäre. Ich habe mich so wohlgefühlt und wäre so gern noch länger geblieben.«

»Dein Zuhause fehlt dir immer noch, oder?«

»Ich weiß gar nicht, ob es unbedingt mein Zuhause ist, oder vielmehr die Menschen, die ich dort um mich habe. Ein Zuhause ist für mich viel mehr als nur ein Ort. Es ist ein tiefes Gefühl der Zufriedenheit. Des Geliebtwerdens und Angekommenseins.«

»Wow, das klingt fast poetisch. Man merkt, dass du gut mit Worten umgehen kannst. Und du musst Freunde haben, die dir wirklich viel bedeuten.«

»Das habe ich«, antwortete Emma und dachte daran, dass sie gerade gerne mit Jonathan hier sitzen würde. Obwohl, nicht hier, eher irgendwo am Strand. Mit einem

Krabbenbrötchen in der einen und einem Bier in der anderen Hand. Aber Jonathan hatte sich schließlich nicht mehr gemeldet. Und Mats saß hier, live und in Farbe, vor ihr. Sie würde dem Abend eine Chance geben. Und Mats.

Nach dem zweiten Glas Wein war Emma wesentlich entspannter. Sie hatte sich nicht getäuscht. Mats war charmant und lustig. Immer wieder war es ihm gelungen, sie zum Lachen zu bringen. Ohne zu zögern hatte er die Rechnung beglichen und ihr in den Mantel geholfen.

»Magst du noch etwas spazieren gehen?«

Emma nickte. Die kalte Luft draußen kühlte ihr erhitztes Gesicht ab.

»Ich frage mich, ob ich mich in Zukunft wirklich noch in Hamburg sehe …«

»Bist du so unglücklich hier?«

»Hm, unglücklich ist vielleicht etwas übertrieben. Ich weiß auch nicht genau, ob es an meinem Job liegt oder an der Stadt oder sogar an beidem. Es ist nur irgendwie … so ein Gefühl, dass ich hier nicht richtig bin. Verstehst du, was ich meine?«

Mats zögerte. »Vielleicht dauert es einfach noch etwas, bis du dich eingelebt hast. Wenn so vieles gerade neu im Leben ist, braucht man manchmal etwas Zeit. Aber du hast doch einen aufregenden Job.«

Emma nickte erneut. Dass ihr toller aufregender Job gar nicht das war, was sie sich vorgestellt hatte, wollte sie jetzt nicht ansprechen. Es fühlte sich nicht richtig an, mit ihm darüber zu reden.

»Und außerdem …«, fing Mats an und blieb stehen. »Außerdem fände ich es sehr schade, wenn du wieder wegziehen würdest.«

Sie blieb ebenfalls stehen. Seine Hand griff nach ihrer.

Ihr Atem beschleunigte sich.

»Weißt du, Emma, ich habe wirklich sehr gehofft, dass du dich noch mal meldest. Ich war sogar bestimmt fünfmal in dem Café an der Elbphilharmonie in der Hoffnung, dich dort wiederzusehen.«

»Ich hoffe, du hast auch jedes Mal ein Stück Karottenkuchen gegessen«, witzelte sie.

»Natürlich. Die Kellnerinnen müssen denken, dass ich total darauf stehe.«

Emma lachte. Seine Finger verwebten sich mit ihren.

»Dabei stehe ich eigentlich nur auf die Frau, die ich dort kennengelernt habe.«

Er kam einen Schritt auf sie zu, fuhr mit dem Daumen über ihre Wange und schaute sie fragend an. Sie nickte und schloss die Augen. Als sich seine Lippen auf ihre legten, wartete sie darauf, dass sich ein Feuerwerk in ihr entfachte, so wie es am Silvesterabend mit Jonathan gewesen war. Aber stattdessen fühlte sie … nichts.

Mats intensivierte den Kuss. Er schmeckte nach Minze. Vielleicht hatte er nach dem Restaurant noch schnell ein Bonbon gelutscht. Aber warum dachte sie darüber überhaupt nach?

Als er sich von ihr löste, lehnte sie sich gegen ihn und schaute auf die Binnenalster. Schon immer hatte Wasser eine magische Anziehung auf sie gehabt. Doch übte auch Mats diese Anziehung auf sie aus oder war er nur ein Trostpflaster, weil Jonathan sich nicht meldete? Sie schloss die Augen. Heute würde sie darüber nicht weiter nachdenken. Morgen vielleicht.

ZWEI TAGE SPÄTER
Emma (Hamburg)

Auf dem Weg vom Verlag nach Hause holte Emma noch schnell eine neue Packung Kaugummis, bevor sie sich zur U-Bahn aufmachte. Nach ihrem Date mit Mats vorgestern hatte sie nur zu Hause auf der Couch gelegen, Serien geschaut und belgische Schokolade gegessen. Er hatte ihr noch am gleichen Abend geschrieben, wie schön er es gefunden hatte. Und sie hatte geantwortet *Ich auch.* Stimmte doch, oder?

Die U-Bahn war wie so oft überfüllt, und sie suchte vergeblich nach einem freien Platz. Etwas missmutig zog sie ihr Smartphone aus der Tasche und scrollte sich durch ihre Social-Media-Kanäle. Eine Erinnerung von vor zehn Jahren ploppte in ihrer Facebook-Timeline auf: sie und Jonathan mit den Köpfen aneinander gelehnt, die Bierflaschen in die Luft haltend, im Hintergrund das portugiesische Meer. Sofort spürte Emma wieder dieses Kribbeln im Bauch. Vielleicht sollte sie ihn demnächst überraschend besuchen. Einfach auf die Insel fahren, mit einem Sixpack in der Hand vor seiner Tür stehen und diese komische Stimmung zwischen ihnen vergessen. Mittlerweile war sich Emma fast sicher, dass dieser Kuss an Silvester nichts zu bedeuten hatte. Wahrscheinlich war es nur dieser Augenblick gewesen. Mitternacht. Sie hatte ihm an Weihnachten ihr Leid geklagt und er hatte wahrscheinlich Mitleid gehabt. Etwas unangenehm, aber nichts, was ihre lange Freundschaft zerstören sollte.

Eine neue Whatsapp-Nachricht von Lena riss sie aus ihren Überlegungen.

Die Aussicht, Lena in zwei Wochen um sich zu haben, heiterte Emma auf. Beschwingt stieg sie aus der Bahn, als diese quietschend an ihrer Haltestelle hielt. Auf dem Weg in ihre kleine Einzimmerwohnung in Fuhlsbüttel kam sie an dem Hermes-Shop vorbei, in dem sie unbedingt noch ihr Paket abholen musste. Dummerweise hatte sie ihre Abholkarte zu Hause vergessen. Musste ihr neuer Neoprenanzug halt noch bis morgen auf sie warten. Vor der Arbeit wollte sie einen Abstecher in den Shop machen und ihn dann aber wirklich abholen.

Beflügelt von dem Gedanken, bald endlich wieder auf dem Wasser zu sein, öffnete sie die Haustür und schloss den Briefkasten auf. Neben einem Flyer, der ihr Burger zu unschlagbaren Preisen anpries, fischte sie einen Brief heraus. Ihr Herz schlug schneller, als sie den Umschlag drehte und Jonathans Namen las. Na endlich! War das Gedankenübertragung? Schnell lief sie die Treppen in den dritten Stock hoch, schloss die Wohnungstür auf und schmiss ihre Arbeitstasche in die Ecke. Sie zog ihre Schuhe aus, holte sich ein Getränk aus dem Kühlschrank und setzte sich auf die Couch. Voller Vorfreude und mit leichtem Herzklopfen öffnete sie den Briefumschlag.

Liebe Emma,

ich weiß nicht, wie ich das, was ich dir sagen muss, am besten in Worte packe. Wie immer fehlen sie mir, weswegen ich dir auch lieber schreiben wollte, als zu telefonieren. Emma, ich habe Krebs.
Ich kann mich nur noch dunkel an die letzten Tage erinnern. Ich bin in Essen. Wir wollten zu Opas Geburtstag und dann hatte ich Schmerzen. Unglaubliche Schmerzen. Max hat mich direkt ins Krankenhaus gebracht. Ein Termin folgte dem nächsten, ich war wie in einem Tunnel und ließ alles nur noch über mich ergehen.
Scheiße, Emma, mit 29 Jahren bekommt man doch keinen Krebs!
Meine Eltern sind sofort ins Krankenhaus gekommen und haben darauf bestanden, dass ich auf den Kopf gestellt werde und die besten Behandlungsmöglichkeiten gesucht werden. Aber seien wir doch ehrlich, Krebs ist ein absolutes Arschloch und ich habe eine Scheißangst, gegen diese Krankheit zu verlieren. Ich kann dir nicht sagen, wie es mir gerade geht, weil ich mich absolut leer fühle. Leer und voller Angst. Ich weiß nicht, wie es weitergeht, und es tut mir leid, dass ich nicht in der Lage war, dir das persönlich zu erzählen.
Jonathan

Ein Keuchen entrang ihrer Kehle. Ihre Brust war auf einen Schlag so furchtbar eng, dass sie kaum noch richtig Luft holen konnte. Während sie sauer gewesen war, dass er sich nicht meldete, hatte er die wohl schlimmste Diagnose bekommen, die es gibt. Was war sie für ein schlechter Mensch! Er hatte Schmerzen durchlitten, während sie sich mit Mats getroffen hatte und …

Sie sprang auf. Mit einer Hand vor dem Mund hechtete sie in die Küche und schaffte es gerade noch bis zum Spülbecken, in das sie sich kurz darauf erbrach. Zum Schluss kam nur noch Galle. Ihr Magen war leer und gleichzeitig war ihr Kopf so voll. Zitternd glitt sie zu Boden und blieb dort regungslos sitzen. Jonathan. Hat. Krebs.

Sie spürte einen riesigen Kloß in ihrem Hals, und es war ihr unmöglich, einen klaren Gedanken zu fassen. Was sollte sie nur tun?

Sie zog sich am Griff des Kühlschranks hoch und nahm eine kalte Flasche Wasser heraus. Gierig trank sie die kühle Flüssigkeit. Es gab nur eine Person, mit der sie jetzt reden wollte. Sie fischte ihr Smartphone aus der Pullitasche. Noch bevor Jonathan etwas sagen konnte, brach es aus Emma heraus:

»Es tut mir so leid. Wenn ich irgendetwas tun kann, sag mir sofort Bescheid. Wie geht es jetzt weiter? In welchem Krankenhaus bist du? Ich könnte mir ein paar Tage Urlaub nehmen und nach Hause kommen«, sagte Emma pragmatisch und ließ Jonathan kaum Zeit zu antworten. »Ich könnte meinem Chef auch sagen, dass ich ins Homeoffice gehen möchte und von Essen aus arbeiten. Ja, das mache ich morgen als Allererstes. Dann kann ich dich im Krankenhaus besuchen kommen und …«

»Emma?«

»Ja?«

»Ich habe Angst.«

Stille. Emma fühlte, wie sich Tränen aus ihren Augenwinkeln den Weg nach unten bahnten. Sie musste tapfer bleiben, musste sich um Jonathan kümmern. Positiv bleiben.

»Ich weiß. Ich wünschte, ich wäre jetzt bei dir.«

Erneute Stille.

»Weißt du, eigentlich wollte ich dich in den nächsten Wochen besuchen kommen in Hamburg. Ich dachte, wir könnten gemeinsam morgens auf den Fischmarkt gehen und uns Fischbrötchen kaufen, nachdem wir abends aufm Kiez die Nacht durchgetanzt haben. Ich fürchte aber, das muss jetzt noch etwas warten.«

Emma spürte, wie ihr das Herz bis zum Hals schlug. Sie schaute sich um, und ihr Blick blieb an einem vergilbten Brief hängen, der am Kühlschrank klebte. *Ich mag dich. Gehst du mit mir ein Eis essen?*, stand dort gekritzelt. Schon seit einundzwanzig Jahren konnte sie sich von diesem Stück Papier nicht trennen. Emma fasste einen Entschluss.

EINEN TAG SPÄTER
Emma (Hamburg)

Emma öffnete die Augen einen kleinen Spalt, nur um sie direkt wieder zu schließen. In ihrem Kopf hämmerte es und sie drückte sich mit beiden Fingern an die Schläfen, um den Druck etwas zu mildern. Ihr kompletter Rücken schmerzte und jede kleine Bewegung ließ sie zusammenzucken. Das letzte Mal hatte sie sich nach einer langen Partynacht so elendig gefühlt. Ein Blick zum Nachttisch zeigte zwar keine Anzeichen für eine harte Nacht, dafür fiel ein Stück Papier in ihr Blickfeld.

Jonathan hat Krebs.

Ihre Hände fingen an zu kribbeln. Eine Hitzewelle überrollte sie und sie rang nach Luft. Am liebsten wäre sie sofort aufgestanden und auf der Stelle eine Runde um das Viertel gerannt. Nicht durchdrehen. Sie musste für Jonathan da sein und das möglichst schnell.

Mit diesem Gedanken versuchte sie sich zu beruhigen und das Ganze pragmatisch anzugehen: bei ihrem Chef anrufen und sich krankmelden, Tickets buchen, Koffer packen und losfahren. Emma tippte die Punkte in ihr Smartphone und nahm sich gleich den ersten vor.

»Morgenpost, Luisa Bender.«

Auch das noch.

»Hallo Luisa, hier ist Emma. Kannst du mich an Herrn Kerkmann weiterleiten?«

»Emma! Wir haben uns schon gewundert, wo du bleibst! Schließlich ist doch heute der große Termin mit dem neuen Kunden. Kerkmann ist schon so gut wie auf dem Weg und, na ja, ich werde ihn dann wohl begleiten … da du ja nicht pünktlich hier warst …«

Durchatmen.

»Richte ihm bitte aus, dass ich krank bin. Ich habe gestern wohl was Falsches gegessen.«

»Wie bedauerlich.«

Emma hatte keine Energie für diese Spielchen. Heute nicht.

»Viel Spaß bei dem Termin, Luisa.«

Das musste reichen. Den Rest würde sie später mit ihrem Chef telefonisch besprechen. Bevor sie ins Badezimmer ging, buchte sie noch schnell die Zugfahrt von Hamburg nach Essen.

Nur wenige Stunden später fand sie sich am Hamburger Hauptbahnhof wieder und schrieb ihrer Schwester ihre Ankunftszeit. Am Abend zuvor hatte Emma nach ihrem Telefonat mit Jonathan sofort Lena angerufen und ihr von der Schockdiagnose berichtet. Ihre sonst so fröhliche Schwester, die immer einen flapsigen Spruch auf den Lippen hatte, war ganz leise geworden und hatte ihr sofort angeboten, dass sie bei ihr schlafen könne. Emma hatte es dankend angenommen. Sie brauchte gerade ihre Schwester mit ihrer lockeren Art und nicht ihre Eltern, die sie wahrscheinlich wahnsinnig machen würden mit ihrer Fürsorge.

Als der Zug in den Essener Hauptbahnhof einrollte, war es kein Gefühl von nach Hause kommen, dabei hatte Emma fast ihr ganzes Leben hier verbracht. Wie konnte das sein? Und wo war ihr Zuhause, wenn nicht hier?

Den Weg vom Bahnhof bis in den Essener Süden kannte sie im Schlaf, und doch löste die kurze Fahrt mit der U-Bahn keine Vorfreude in ihr aus. Ganz tief in ihr drinnen war eine große Leere.

»Danke noch mal, dass ich hier bei dir übernachten darf.« Sie saßen nebeneinander auf Lenas Couch und Emma atmete schwer aus.

»Machst du Witze? Das ist ja wohl das Mindeste! Du kannst so lange hierbleiben, wie du möchtest.«

»Eigentlich hatte ich gestern spontan überlegt, ihn besuchen zu fahren, als dann sein Brief im Briefkasten lag …« Emma spürte, wie ihr die Tränen, die sie so lange zu unterdrücken versucht hatte, über die Wangen liefen.

Lena nickte verständnisvoll.

»Ich weiß, es ist verrückt, aber in letzter Zeit hatte ich immer mehr das Gefühl, dass sich unsere Freundschaft verändert hat. Dass wir uns verändert haben«, Emma stockte, »und dann war da dieser eine Kuss an Silvester, bei dem ich jetzt noch wackelige Beine bekomme, wenn ich daran zurückdenke … Er war einfach perfekt und hat nach so viel mehr geschmeckt.« Sie seufzte. »Und dann hat er sich nicht gemeldet und ich dachte, na ja, vielleicht hat er mich nur geküsst, weil Silvester war.«

»Ja, ist klar«, erwiderte Lena und schaute Emma triumphierend an. »Ernsthaft, ihr seid doch seit unserem ersten

Urlaub auf Borkum füreinander bestimmt. Ich hab noch nie gecheckt, warum ihr das nicht seht!«

»Na ja, eigentlich sind wir schon nur befreundet«, sagte Emma verlegen und schaute auf den Boden, »und ich weiß auch nicht, ob Jonathan überhaupt …«

»EMMA!«

Sie sahen einander an und mussten im gleichen Moment kichern.

»Aber selbst wenn er das Gleiche empfindet, ist das jetzt gerade total egal. Er hat Krebs, Lena. Ich kann doch jetzt nicht um die Ecke kommen und ihm erklären, dass ich mich in ihn verknallt habe. Ich weiß doch noch nicht mal, wie es weitergeht. Wie er die Behandlung verträgt, ob er jemals wieder in seinen alten Beruf zurückkehren kann, ob er komplett geheilt wird oder ob er … ob er …«

Emma schluchzte, die ganze Anspannung des vergangenen Tages fiel von ihr ab. Das durfte alles einfach nicht wahr sein! Wie konnte Jonathan jetzt hier mit dieser beschissenen Krankheit liegen?

Ihre Tränen tropften auf Lenas Pullover.

»Es wird alles wieder gut. Und wenn er den scheiß Krebs überwunden hat, packt ihr gemeinsam eure Sachen und fahrt nach Borkum. Du kannst endlich wieder ans Meer, und Jonathan wird im Sand sitzen und dich die ganze Zeit anschmachten. Was meinst du, warum es so viele Fotos gibt, wo du drauf bist? Ganz ehrlich, Em, bestimmt nicht, weil es keine spannenderen Motive als eine Surferin auf dem Meer gibt. Jonathan ist verschossen in dich. Das war er schon immer!«

Emma lächelte müde. »Vielleicht hast du ja wirklich

recht. Ich wäre so gern mal wieder mit ihm auf der Insel. Er könnte mir seine neue Arbeit zeigen, wir würden am Meer sitzen und den Sonnenuntergang genießen und ich müsste mir keine Gedanken um meine Zukunft machen.«

Emmas Augen wurden mit einem Mal immer schwerer. Sie gähnte, rutschte näher an ihre Schwester heran und schloss die Augen. Bevor sie einschlief, merkte sie noch, wie Lena die Wolldecke vom Sessel nahm und sie damit zudeckte.

Emma schluckte, als sie vor dem großen Krankenhaus stand. Als sie sich an Silvester hier in Essen geküsst hatten, hatte sie nicht im Entferntesten damit gerechnet, ihn einen knappen Monat später wieder in Essen zu treffen. In einem Krankenhaus liegend. Mit einer Diagnose, die alles andere an den Rand drängte. Die sich über einen drüber stülpt und völlig unklar lässt, wie man am Ende wieder herauskommt. Oder ob.

Verdammt, nicht weinen, jetzt bloß nicht weinen!

Auf der Onkologie-Etage angekommen, achtete Emma wie in Trance auf die Zimmernummern und stand schließlich vor Jonathans Tür. Angespannt starrte sie auf die Zahl. Was würde sie erwarten? Wie würde es Jonathan gehen? Sie kaute auf ihrer Lippe und versuchte den Moment so lang wie möglich hinauszuzögern. Das Klappern eines Wagens ließ sie aufblicken. Eine Krankenschwester kam ihr entgegen und lächelte sie freundlich an.

»Sind Sie eine Freundin von Herrn Martens?«

Emma nickte unsicher. »Ähm, ja, ich bin Emma …«

»Ach, von Ihnen hat er schon erzählt. Er freut sich schon sehr auf Ihren Besuch«, sagte die Krankenschwester und ging weiter.

Emma drehte sich um und wusste, dass sie diesen Schritt jetzt machen musste. Es war Jonathan, der da drinnen in einem Bett lag und für den sie jetzt da sein musste. Ihr Jonathan, der sie immer aufgebaut und sie zum Lachen gebracht hatte. Emma atmete tief ein und klopfte an.

Jonathan

Jonathan schaute zur Türklinke, als diese nach unten gedrückt wurde. Er fühlte sich schlapp und wünschte sich, dass er auf die Vorspultaste drücken könnte, um die nächsten Monate zu überspringen. Er hatte ein ausführliches Gespräch mit einem der Ärzte gehabt: Lymphdrüsenkrebs lautete die Diagnose, die ihn von nun an für längere Zeit ans Krankenhaus binden würde. Der Arzt hatte ihm erklärt, dass ein großer Lymphknoten im Bauch die Schmerzen im Rücken verursacht hatte. Und als Jonathan gefragt wurde, ob er in den letzten Monaten abgenommen und sich niedergeschlagen gefühlt habe, musste er das bejahen. Aber er hatte auch viel gearbeitet und sich wieder neu auf der Insel eingelebt, da war es schließlich logisch, dass er abends immer müde ins Bett fiel. Oder nicht? Er hatte das auf die gute Seeluft geschoben und den Umstand, dass er sich erst wieder an das Inselleben gewöhnen musste. Nie im Leben wäre ihm der Gedanke gekommen, dass er krank sein könnte. Und schon gar nicht, dass er Krebs haben könnte. Jonathan schloss die Augen. Krebs. Das Wort schien noch unendlich weit weg zu sein und es war noch nicht in seinem Kopf angekommen, dass es ihn nun selbst betraf.

Emmas Kopf lugte vorsichtig durch den Türspalt. Ihre Stirn war gekräuselt und ihr Blick sorgenvoll.

»Schau nicht so ernst, mir geht es gut!«

»Deswegen liegst du auch im Krankenhaus«, konterte Emma, während sie das Zimmer betrat und Jonathan zweifelnd ansah.

»Okay, du hast gewonnen. Mir geht es nicht gut, aber trotzdem musst du nicht so skeptisch gucken. Die haben mir etwas gegen die Schmerzen gegeben, und ich werde den scheiß Krebs zerstören!« Zuversichtlich lächelte er sie an und hoffte, dass sie ihm glaubte. Er wollte nicht, dass sie sich zu viele Gedanken machte, schließlich hatte sie gerade mit ihrer beruflichen Zukunft mehr als genug um die Ohren.

»Ich tue jetzt mal so, als würde ich dir glauben«, sagte Emma und schaute sich suchend im Zimmer um.

»Da hinten steht ein Stuhl, aber du kannst dich auch gerne zu mir aufs Bett setzen«, sagte Jonathan und klopfte auf die Bettkante neben sich.

Emma nahm Platz. Jonathan spürte ihre Unsicherheit und strich ihr über den Arm. Warum saßen sie jetzt zusammen hier in diesem Krankenhaus? Das erste Aufeinandertreffen nach dem Kuss hätte doch ganz anders laufen sollen.

»Es ist schön, dass du extra hergekommen bist.«

»Das ist ja wohl das Mindeste, was ich tun konnte. Ich wäre am liebsten noch vorgestern Abend direkt in den Zug gestiegen. Hättest du mich mal direkt angerufen, als du eingeliefert wurdest. Ich wäre doch direkt vorbeigekommen, ich meine …«

»Emma, ich weiß, dass du sofort hergekommen wärst«, unterbrach Jonathan sie, »aber ich wusste nicht, wie ich es dir sagen soll. Ich wusste selbst noch gar nicht, was das alles jetzt für mich bedeutet und wie es weitergehen wird. Es war alles so unwirklich und ich wollte erst mal wissen, womit ich es zu tun habe. Ich wollte dich einfach nicht verunsichern und dir Sorgen bereiten.«

Emma senkte den Blick. Jonathan wusste, dass er es trotzdem getan hatte. Er sah es in ihren Augen. Sah die Angst in ihnen und die Sorge. Nur zu oft hatte er in den letzten Tagen diesen Ausdruck gesehen. In den Augen seiner Mutter, deren Lächeln aufgesetzt gewirkt hatte. In den Augen seines Bruders, als er ihn ins Krankenhaus gebracht hatte. Überall sah Jonathan diese Angst, doch er wollte sie nicht mehr sehen. Er wollte nicht gespiegelt bekommen, was er tief im Inneren fühlte. Er hatte eine scheiß Angst und wollte einfach nur, dass alle ihm sagten, dass alles schon wieder gut werden würde. Aber selbst wenn sie es taten, sprachen ihre Augen eine andere Sprache. Er sah die Zweifel und die Sorge, dass es anders kommen könnte. Es machte ihn verrückt.

»Versprichst du mir etwas?«, flüstere er.

Emma schaute ihn an und nickte.

»Bitte bleib weiterhin du selbst. Spiel mir nichts vor. Ich brauche das jetzt. Wirklich.«

Emma

Emma wusste genau, was Jonathan da von ihr verlangte. Kein Vortäuschen, kein Um-den-heißen-Brei-Reden. Sie konnte sich nur zu gut vorstellen, wie alle die letzten Tage um ihn herumgetigert waren und ihn mit ihrer Aufmerksamkeit ganz verrückt gemacht hatten. Sie sah die Verunsicherung in seinen Augen. Obwohl ihr zum Weinen zumute war, setzte sie ein Lächeln auf.

»Klar!«

Als Emma das Krankenhaus eine Stunde später verließ, fiel ihr das Atmen schwer. Ihr Mund war ganz trocken. Immer wieder fuhr sie sich mit der Zunge über die Lippen. Sie steckte sich eine Haarsträhne hinters Ohr, nur um sie dann wieder hervorzuholen und wieder dahinterzustecken. Ihr Herzschlag rauschte in ihren Ohren. Sie kniff die Augen auf und zu. Ein ekliges Gefühl breitete sich in ihr aus. Musste sie sterben? Fühlte sich so ein Herzinfarkt an?

Sie entdeckte eine Bank vor dem Krankenhaus und schleppte sich dort hin. Ganz langsam rollte eine erste Träne ihre Wange hinunter, gefolgt von der nächsten. Alles, was sie in der letzten Stunde versucht hatte zu verbergen, suchte sich jetzt den Weg nach draußen. Immer mehr Tränen kamen und ein Schluchzer drang aus Emmas tiefstem Inneren.

»Entschuldigen Sie, ist alles in Ordnung bei Ihnen?«, vernahm Emma eine Stimme hinter sich.

Sie drehte sich um und schüttelte den Kopf. Eine ältere Frau an einem Rollator gebeugt stand hinter ihr und musterte sie besorgt.

»Mein bester Freund … er … hat Krebs«, flüsterte Emma und schluchzte erneut laut auf.

»Ach herrje«, murmelte die Frau und nestelte an ihrer

Handtasche. Kurz darauf reichte sie Emma ein Taschentuch und setzte sich auf ihren Rollator.

»Dass diese tückische Krankheit aber auch wirklich vor niemandem Halt macht. Egal ob vor so jungen Leuten oder uns Alten. Aber wenn ich eines in den letzten Jahren gelernt habe, dann, dass man gegen diesen Mist kämpfen kann«, redete sie weiter.

Emma schaute sie zweifelnd an und hickste vor lauter Schluchzen. Was wusste sie schon!

»Ich weiß, am Anfang mag man das nicht glauben, aber ich kann dir sagen, es wird wieder besser werden«, versicherte die Frau, die zum vertraulichen Du übergegangen war. »Als ich vor fünf Jahren die Diagnose bekommen habe, hätte ich nicht gedacht, jemals wieder das Krankenhaus zu verlassen. Mal ehrlich, in meinem Alter rechnet man nicht mehr unbedingt mit dem Besten, wenn man das Wort Krebs hört«, erklärte sie nüchtern und drückte daraufhin Emmas Hand. »Und dennoch sitze ich jetzt hier und mir geht es gut.«

Emma spürte einen winzigen Funken Hoffnung in sich aufsteigen. »Welche Art von Krebs war es?«, fragte sie.

»Brustkrebs. Glaub mir, es war mit Sicherheit kein einfacher Weg, aber am Ende habe ich den Krebs besiegt und nur das zählt.«

Emma atmete tief durch und beobachtete die alte Frau genau. Zahlreiche Falten spiegelten die Erlebnisse vieler Lebensjahre wider. Falten, die von vielen lustigen Stunden mit herzhaftem Lachen sprachen, aber auch Falten, die von Sorgen und Kummer geprägt waren. Mit Sicherheit hatte auch der Krebs einige äußerliche Narben hinterlassen, aber die Frau saß vor ihr und war gesund. Konnte dann nicht auch Jonathan diesen Kampf gewinnen? Vielleicht würde auch er Narben davontragen, aber was waren schon Narben, wenn der Gewinn dafür das eigene Leben war? Emma griff beherzt die Hand der Frau und drückte sie ebenfalls. »Danke«, war alles, was sie in diesem Moment herausbrachte. Sie atmete tief ein und starrte geradeaus. Sie wusste, dass es für Jonathan nur einen Weg gab. Und der war direkt aus der Krankheit heraus.

28. JANUAR 2022

Emma (Essen)

Behutsam trug Emma den kleinen Kuchen mit der Kerze in der Mitte die Stufen nach oben. Das Flackern des Lichtes zeigte nicht nur, wie nervös sie selbst war, sondern schien auch sinnbildlich für die Fragilität der gesamten Situation zu stehen. Nur ein kleiner Windhauch und das kleine Licht konnte erlöschen. Trotzdem versuchte sie, all die schweren Gedanken zur Seite zu schieben und sich völlig auf diesen einen Tag zu konzentrieren.

Als sie vor Jonathans altem Zimmer stand, kamen so viele Erinnerungen an alte Zeiten hoch. Emma sah sich als Jugendliche, wie sie immer freudestrahlend die Treppe hochgerannt war und Jonathan meist vor dem Computer sitzend und Fotos bearbeitend vorgefunden hatte. Bevor sie sich damals einen Film ansehen oder ausgehen konnten, musste sie sich meist noch seine neusten Schnappschüsse anschauen. Wobei der Großteil der Fotos von ihr waren, was ihr oft ein bisschen unangenehm war. Doch Jonathan hatte das Talent, sie immer in den Momenten zu fotografieren, wenn sie vollkommen eins mit sich war und nicht auf ihre Umgebung achtete. Wenn er nicht Meeresbiologe geworden wäre, hätte er wirklich gute Chancen als Fotograf gehabt. Aber seine Leidenschaft für die Fotografie konnte er in seinem Job immerhin auch gut ausleben. Nicht selten wurden seine Fotos für Fachpublikationen oder Ausstellungen verwendet.

Emmas Herz hämmerte wie wild, als sie auf die geschlossene Tür blickte. Noch vor einem Monat hatten sie beide gescherzt, als es um diesen Tag ging. Jonathan hatte keine großen Pläne gehabt und wollte den Tag am liebsten nur im ganz kleinen Kreis oder gar nicht feiern. Emma hingegen hatte protestiert und verkündet, dass zumindest eine kleine Party stattfinden müsse. Bei der Ankündigung war es dann geblieben, weil Jonathan sich nicht mehr gemeldet hatte. Das war, bevor die Diagnose sein und auch ihr Leben völlig durcheinandergewirbelt hatte. Es schien Emma eine Ewigkeit her zu sein. Beinahe ein ganzes Leben. Und doch stand sie jetzt hier und klopfte zaghaft an die Tür.

»Ja?«, erklang es von drinnen.

Emma atmete noch mal tief durch und drückte dann die Türklinke nach unten.

»Happy Birthday«, flüsterte sie, als sie das Zimmer betrat. Jonathan lag im Bett und stützte sich auf seinen Ellbogen ab. Er betrachtete den Kuchen, den Emma auf dem Nachttisch abstellte. »Alles Liebe zum Dreißigsten«, sagte Emma und beugte sich zu ihm herunter, um ihn zu umarmen. Binnen der letzten zwei Wochen hatte er schon etwas abgenommen, wie Emma mit Entsetzen feststellte. Dennoch ließ sie sich nichts anmerken und schaute ihm fest in die Augen. »Ich weiß, das ist nicht der Geburtstag, den du dir vorgestellt hast, obwohl … du wolltest ja sowieso nicht groß feiern«, zog sie ihn liebevoll auf.

Jonathan grinste schwach. »Ertappt. Perfekter Vorwand, um meinen Geburtstag einfach ausfallen zu lassen«, erklärte er mit blecherner Stimme.

Emma knuffte ihn vorsichtig in die Seite und nahm ihren Rucksack vom Rücken. Sie holte ein Päckchen heraus und überreichte es ihm. »Es ist nur eine Kleinigkeit, aber ich dachte, es lenkt dich vielleicht ab.«

Jonathan nahm das Paket und öffnete es. Seine Augen begannen zu leuchten und Emmas Herz machte einen freudigen Hüpfer.

»Emma, das ist … Danke!«, murmelte Jonathan ergriffen, als er das schwere Buch in seinen Händen drehte und behutsam durch die Seiten blätterte.

»Ich habe mich erinnert, dass du diese Ausgabe schon immer haben wolltest, und hatte schon vor Weihnachten angefangen zu recherchieren, wo ich sie herbekomme. In einem kleinen Antiquariat in Hamburg bin ich dann fündig geworden.«

Jonathan blätterte noch immer fasziniert durch die Seiten, die voll waren mit den atemberaubendsten Unterwasseraufnahmen der Tierwelt.

»Ich war so lange auf der Suche nach diesem Buch«, flüsterte er.

»Ich weiß«, antwortete Emma.

Jonathan legte das Buch weg und zog Emma zu sich heran.

»Danke. Wirklich. Das alles bedeutet mir unheimlich viel. Nicht nur das Buch, auch dass du da bist.«

Emma spürte, wie sich ein Kloß in ihrem Hals bildete, und sie bemühte sich, die aufkommenden Tränen herunterzuschlucken. Nicht weinen, nicht weinen. Das heute war

Jonathans Geburtstag und sie wollte ihn nicht trauriger machen, als er sowieso schon war.

»Für dich immer«, flüsterte sie.

Jonathan

Erschöpft lehnte er sich etwas später gegen sein Kopfkissen und blickte auf den Kuchen, den Emma vorhin angeschnitten hatte. Er hatte sich wirklich bemüht, ein Stück zu essen, hatte aber lediglich die Krümmel von der einen auf die andere Seite des Tellers geschoben. Emmas Blick brach ihm das Herz, wie viel Traurigkeit darin lag. Sie hatte sich alle Mühe gegeben, ihm einen schönen Geburtstag zu bereiten, aber beide konnten nicht ignorieren, wie schlecht es ihm ging und wie ungewiss die Zukunft war. Schon am Morgen, als seine Familie zu ihm gekommen war, hatte Jonathan die Sorgen in den Gesichtern seiner Eltern und seines Bruders gesehen und doch zu ignorieren versucht. Klar, er hatte seinen dreißigsten Geburtstag zwar nicht groß feiern wollen, aber er hatte auch nicht damit gerechnet, hier in Essen in seinem alten Kinderzimmer zu liegen, ans Bett gefesselt durch diese beschissene Krankheit. Jonathan seufzte. Er wusste, dass solche Gedanken ihn im Moment nicht weiterbrachten, und dennoch konnte er nichts dagegen tun, dass sie immer wieder aufkamen und er sich nach dem Sinn des Ganzen fragte. Im Krankenhaus hatten sie ihm direkt am Anfang einen Psycho-Onkologen empfohlen. Für die nächste Woche hatte er schweren Herzens einen Termin gemacht. Er wusste, dass es enorm wichtig war, sich psychische Hilfe zu holen, und dass er da nicht allein durchmusste. Trotzdem fiel ihm dieser Schritt alles andere als leicht. Auch wenn er der Behandlung von psychischen Erkrankungen offen gegenüberstand, war es immer noch etwas anderes, wenn man selbst derjenige war, der Hilfe benötigte.

Jonathans Blick fiel auf seinen Schreibtisch, auf dem der dicke Bildband lag, den Emma ihm geschenkt hatte. Sein Herz füllte sich mit Wärme und er rappelte sich auf, um danach zu greifen. Vorsichtig zog er das Buch auf sein Bett und begann, durch die Seiten zu blättern. Binnen weniger Minuten war er völlig abgetaucht in eine Welt in den Tiefen des Ozeans.

ANFANG FEBRUAR 2022
Jonathan (Essen)

Das Sonnenlicht fiel durch den schmalen Schlitz des Vorhangs in den Raum. Jonathan hatte träge die Augen geöffnet und sah, wie kleine Staubflocken durch das Zimmer wirbelten. Sein Kopf fühlte sich genauso an wie der Tanz dieser Staubflocken. Nichts war mehr da, wo es vorher war. All seine Pläne waren von einen auf den anderen Moment nichtig.

Er schloss wieder die Augen und spürte die bleierne Müdigkeit, die ihn schon in den letzten Tagen nach der ersten Chemotherapie übermannt hatte. Hinzu kam eine große Übelkeit, die ihn davon abhielt, irgendetwas hinunterzubekommen. Immer wieder versuchte seine Mutter ihn mit seinen Lieblingsgerichten zu verwöhnen, aber sein Magen rebellierte. Nur mit Mühe hatte er gestern ein Stück Zwieback runterbekommen. Wie konnte sich sein Leben innerhalb eines Monats so verändern? Vor einem Monat war er nach den Weihnachtsfeiertagen und der Silvesterparty bei Marie gerade zurück nach Borkum gefahren. Zu gern hätte er Emma danach in Hamburg besucht. Und nun lag er hier in seinem alten Kinderzimmer, das seine Eltern unlängst zum Gäste- und Sportzimmer umgewandelt hatten. An der Wand stand der Heimtrainer seiner Mutter, den sie schnell zur Seite geschoben und mit einem Tuch bedeckt hatte, als klar war, dass er vorerst wieder bei ihnen einziehen würde. Sein Kopf fühlte sich an wie in Watte gepackt, es fiel ihm schwer, Erinnerungen der letzten Wochen genau zuzuordnen. Die einzige Konstante, neben seinen Eltern und seinem Bruder, war Emma. Jeden Tag stand sie vor seiner Tür. Mal mit einem Spiel in der Hand, mal mit einem Buch. Manchmal las sie ihm vor, manchmal schafften sie es, eine Partie Karten zu spielen, aber meist saß Emma einfach nur bei ihm und erzählte ihm aus ihrem Leben. Diese Momente waren es, die er jeden Tag herbeisehnte und in denen er alles gab, um seine Müdigkeit zu verbergen. Erschöpft öffnete er erneut die Augen, als es an der Zimmertür klopfte.

»Ja?«, krächzte er mit leiser Stimme.

Seine Mutter kam rein und sah ihn besorgt an. »Wie geht es dir heute?«, fragte sie und setzte sich neben sein Bett auf einen Stuhl.

»War schon mal besser.«

Und wieder sah er die Angst in ihren Augen. Angst, die ihn selbst auffraß.

»Das wird schon wieder«, murmelte sie leise und strich ihm behutsam mit einem nassen Waschlappen über die Stirn. Der Nachtschweiß war gestern zum ersten Mal aufgetreten, doch Jonathan nahm die Nebenwirkungen der Chemotherapie nur noch schulterzuckend hin. Was blieb ihm auch anderes übrig, wenn er den Kampf gewinnen wollte?

»Und was, wenn nicht?«, fragte er und schaute seiner Mutter in die Augen.

»So etwas darfst du noch nicht mal denken«, antwortete sie, stand auf und ging zum Fenster.

»Warum nicht? Es ist schließlich kein Geheimnis, dass die Krankheit auch nicht gut enden kann.«

»Das wird bei dir aber nicht der Fall sein!«, antwortete seine Mutter, den Blick rigoros aus dem Fenster gerichtet, doch Jonathan sah das verräterische Zucken ihrer Schultern, das ihm ihre wahren Gefühle verriet.

»Mama, ich …«, fing Jonathan an und brach ab. Wie konnte er all die wirren Gedanken, die ihm durch den Kopf gingen, in passende Worte fassen? Die Angst schnürte ihm förmlich die Luft ab. Der Gedanke daran, dass er es nicht schaffen könnte, machte ihn wahnsinnig. Er versuchte sich mit aller Macht all die positiven Fälle durchzulesen, von denen immer berichtet wurde. All die Menschen, die es geschafft und den Krebs besiegt hatten. Er sog geradezu jede positive Nachricht ein, um sich daran zu erinnern, dass es möglich war. Dass die ganze Sache gut ausgehen konnte. Doch die Angst war da. Besonders nachts, wenn er von Schmerzen gequält wach lag und die Dunkelheit seine Sinne vernebelte. Dann kam sie rausgekrochen und setzte sich in seinem Kopf fest. Eine kleine Stimme, die immer wieder das Gleiche fragte: »Und was, wenn du nicht wieder gesund wirst?«

Seine Mutter drehte sich wieder zu ihm um und setzte sich erneut ans Bett. Jonathan sah, dass noch Tränen in ihren Augen schimmerten.

»Ich weiß, Jonathan. Ich weiß. Wir haben alle Angst. Aber du bist ein kleiner Nordkopf, und die haut nichts so schnell um. Du wirst wieder gesund!«

Sie beugte sich zu ihm und er spürte die Wärme ihrer Umarmung. Als sie ihm über den Rücken strich und er es ihr gleichtat, war er sich nicht sicher, wer in diesem Moment wen tröstete. Aber vielleicht hatten sie es auch beide gebraucht.

»Emma wollte heute Morgen übrigens über den Wochenmarkt gehen und dir frisches Obst und Gemüse mitbringen, wenn sie dich gleich besuchen kommt.«

Jonathan nickte und spürte, wie die Müdigkeit schon wieder Besitz von ihm ergriff. Er schloss die Augen und dämmerte weg.

Als es erneut an der Tür klopfte, schreckte Jonathan aus einem Albtraum hoch. Er konnte sich nicht mehr genau an den Inhalt erinnern, nur noch, dass er zuletzt ins Bodenlose gefallen war. Als er zur Tür blickte, sah er in Emmas blaue Augen, die ihn anstrahlten. Bisher hatte sie stets versucht, ihn aufzuheitern, so beschissen es ihm auch ging.

»Na, du Langschläfer«, sagte sie und stellte einen Teller mit frischem Obst neben seinem Bett ab.

»Gib's zu, du bist neidisch«, erwiderte er und versuchte zu lächeln.

Er sah, wie Emma versuchte, ihre Gefühle zu verbergen, doch ihr Gesicht verriet sie.

»Schon gut, Em, ich weiß, dass ich schon mal besser ausgesehen habe.«

Emma schüttelte den Kopf. »Du siehst immer gut aus, du bist heute einfach nur etwas blass. Wird Zeit, dass du wieder in die Borkumer Sonne kommst.«

Jonathan nickte. Wie gerne wäre er jetzt auf der Insel. Doch er wusste genau, dass sein nächster Besuch noch in weiter Ferne lag. Seine Behandlung war erst einmal auf sechs Zyklen Chemotherapie alle zwei Wochen ausgelegt. Für die Zeit wohnte er bei seinen Eltern. Danach würde er erneut auf den Kopf gestellt werden, um zu schauen, wie die Therapie angeschlagen hatte. Das bedeutete, in den nächsten zwei bis drei Monaten setzte er mit Sicherheit keinen Fuß auf Borkumer Boden. Und danach? Wer wusste das schon?

»Ich weiß, was du denkst«, riss ihn Emma aus seinen düsteren Gedanken. »Aber, ich plane schon einen Sommerurlaub auf Borkum für uns beide. Oma Beeke wird dich dann zwar keine Sekunde aus den Augen lassen und betüdeln bis zum Gehtnichtmehr, aber da musst du durch«, erklärte sie. Entschlossen verschränkte sie ihre Arme vor sich.

Jonathan schloss die Augen. Das Bild vom Nordstrand tauchte auf. Er fühlte beinahe den Wind, der ihm ins Gesicht blies. Und er sah Emma, wie sie lachend mit ihrem Surfboard den Wellen entgegenrannte, und die Sonne, die sich auf dem Wasser spiegelte. Egal, wann er die Augen schloss, es war immer Emmas Gesicht, das er als Letztes sah.

»… liebe …«, murmelte Jonathan noch, während er schon wieder wegdämmerte.

Emma

Emma fühlte sich elend, als sie Jonathan so kraftlos in seinem Bett liegen sah. Wie sehr mussten ihm die Insel und sein Leben dort fehlen. Sie wusste, dass es für ihn wie eine Heimkehr nach langer Zeit gewesen war. Ein Ankommen.

Sein Zuhause. Die Liebe, die Jonathan zu Borkum verband, war so stark, dass er selbst in seinen Träumen davon zu faseln schien. Es bestärkte Emma in ihrem Vorhaben, so schnell wie möglich mit ihm nach Borkum zu reisen, wenn er wieder einigermaßen fit war. Seufzend strich sie ihm durch die Haare und wischte ihm mit einem Waschlappen über die feuchte Stirn. Wie gerne würde sie ihm etwas von seinem Schmerz abnehmen, doch ihr blieb nichts anderes übrig, als einfach für ihn da zu sein und ihn aufzumuntern.

Langsam stand Emma auf und ging aus dem Zimmer. Auf dem Flur kam ihr Max entgegen.

»Wie geht's ihm?«, fragte er.

»Er ist heute sehr müde und hat Temperatur«, antwortete Emma niedergeschlagen. »Ich glaube, ihm fehlt die Insel auch mehr, als er zugibt. Endlich hat er dort sein Zuhause gefunden, und nun musste er wieder weg. Das ist einfach nicht fair.«

»Borkum läuft ihm nicht davon. Wichtig ist, dass er jetzt erst mal wieder gesund wird. Und das wird er, so gut, wie du dich um ihn kümmerst.«

Emma nickte und sah sich Jonathans kleinen Bruder genauer an. Auch um seine Augen waren dunkle Ringe zu erkennen. Auch ihn hatten die letzten Wochen kalt erwischt, und Emma wollte sich gar nicht ausmalen, was es für ihn bedeuten musste, seinen Bruder so leiden zu sehen. Spontan drückte sie Max' Hand.

»Wie geht es dir denn?«

»Na ja, es muss«, antwortete Max schulterzuckend.

Emma wusste genau, was Max meinte. Die Sorge um Jonathan machte sie fast verrückt, aber im Gegensatz zu

Jonathan, der den ganzen Mist selbst durchmachen musste, war alles andere harmlos.

»Bleibst du noch länger in Essen?«

»Ja, ich habe mit meinem Chef gesprochen und darf vorübergehend, bis auf Ausnahmen, aus dem Homeoffice arbeiten. Das bedeutet zwar, dass ich die Geschichten telefonisch reinholen muss und den Menschen nicht gegenübersitzen kann, aber immerhin kann ich so hier vor Ort bleiben.«

»Das ist schön. Das bedeutet Jonathan viel, das weiß ich«, antwortete Max, bevor er sie zum Abschied umarmte.

»Bis Morgen?«

»Bis Morgen!«, antwortete Emma, bevor sie leise die Haustür hinter sich ins Schloss zog.

ENDE FEBRUAR 2022
Emma (Essen)

Das Klingeln des Telefons riss Emma aus ihren Tagträumen. Sie konnte nicht sagen, wie lange sie auf der Parkbank gesessen und auf den See im Grugapark gestarrt hatte. Für Ende Februar war es erstaunlich mild und viele Spaziergängerinnen und Spaziergänger genossen die wärmeren Temperaturen bei einem ausgiebigen Spaziergang, während Emma sich in ihre eigene kleine Welt zurückgezogen hatte.

»Ja?«, meldete sie sich.

»Da ist sie! Ich dachte schon, du bist völlig untergetaucht, nachdem du auf meine letzten Nachrichten gar nicht mehr geantwortet hast.«

»Äh …«, antwortete sie ausweichend und versuchte Zeit zu gewinnen. Seine Nachrichten hatte sie zwar gesehen, aber nur ausweichend darauf geantwortet, dass sie viel Stress habe. Jonathan war wichtiger. Viel wichtiger. Das war ihr jetzt klar geworden.

»Ist alles in Ordnung bei dir?«, kam es von der anderen Seite.

»Leider nicht … Mats, es tut mir wirklich leid …«

»Okay, Sätze, die so anfangen, enden nie gut.«

»Das ist es nicht. Also, es hat nichts mit dir zu tun, dass ich mich nicht mehr gemeldet habe. Es ist einfach so verdammt viel passiert.«

»Wenn du Lust hast, lass uns doch heute Nachmittag im Café treffen. Dann kannst du mir erzählen, was los ist«, schlug er vor.

Emmas Magen zog sich zusammen. Hamburg erschien ihr auf einmal so unfassbar weit weg. Ihr Leben dort war wie ein Blick in eine andere Zeit.

»Ich bin zurzeit gar nicht in Hamburg«, antwortete Emma leise.

»Okay, wo bist du dann? Beruflich unterwegs?«

»Nein, nicht wirklich«, antwortete Emma und überlegte, wie viel sie ihm anvertrauen konnte. Und wollte. Ihr Leben glich gerade einer einzigen Baustelle und stand gefühlt auf Pause. Konnte sie jetzt noch eine weitere Baustelle gebrauchen? Und war es überhaupt fair, ihn im Glauben zu lassen, dass sie sich vielleicht noch mal wiedersehen würden?

»Ich bin gerade wieder in meiner Heimat in Essen. Mein bester Freund ...«, setzte Emma an. Ihr fiel es immer noch schwer, den Satz auszusprechen, »... er hat Krebs.«
Stille.

Da war sie wieder. Die Nachricht, die wie eine Bombe einschlug und nach der Explosion nur noch Stille und einen riesigen Schutthaufen hinterließ und damit unweigerlich jedes Gespräch zum Erliegen brachte. Egal wo Emma in den letzten Wochen dieses Wort herausgepresst hatte, war die Reaktion die gleiche gewesen. Betretenes Schweigen, gefolgt von gestammelten Mitleidsbekundungen, der Frage nach der genauen Diagnose und den Aussichtschancen sowie dem schnellen Beenden des Gesprächs.

»Das ist scheiße. Ich kann mir vorstellen, dass es für dich mit Sicherheit keine einfache Situation ist. Wenn du

Lust hast, erzähl doch mal, wie es dir damit geht«, antwortete Mats.

Die Frage brachte Emma aus dem Tritt. Um ihr eigenes Leben hatte sie sich in den letzten Wochen keine Gedanken gemacht, schon gar nicht, wie es weitergehen sollte, wenn es Jonathan wieder besser gehen würde. Würde sie nach Hamburg zurückkehren? Wollte sie das überhaupt? Wollte sie weiter in ihrem Job arbeiten oder würde sie sich nach etwas Neuem umschauen? Aber wenn ja, nach was? Sie wollte doch Redakteurin sein, seitdem sie denken konnte. Ihr Kopf schwirrte.

»Ich kann dir gar nicht so richtig sagen, wie es mir geht. Ich weiß aber ehrlich gesagt auch gar nicht, ob ich noch mal zurück nach Hamburg komme, und ich habe momentan auch keinen Kopf für …«

»Halt, Stopp«, unterbrach Mats sie. »Ich habe dich auch nicht gefragt, was du planst. Ich möchte nur wissen, wie es dir in den letzten Wochen ergangen ist und ob du jetzt im Moment vielleicht ein Ohr zum Zuhören brauchst.«

Emma schluckte und beobachtete ein Schwanenpaar, das auf dem See schwamm und seine Köpfe aneinander gelehnt hatte. Aus der Ferne sah es aus, als bildeten sie ein Herz. Sie erinnerte sich daran, dass Jonathan ihr einmal erzählt hatte, dass Schwäne sich in der Regel für ein Leben lang binden.

»Ich könnte gerade wirklich jemanden zum Zuhören gebrauchen«, antwortete Emma und begann von den Geschehnissen der letzten Wochen zu berichten. Auf einmal fiel ihr eine winzige Information ein, ein Nebensatz, der damals gefallen war.

»Warte mal … hast du nicht Medizin studiert?«

»Ja, warum?«

»Könntest du dich vielleicht mal umhören, welche Behandlungsmethoden Jonathan noch helfen könnten? Ich möchte einfach, dass nichts unversucht bleibt.«

»Ähm, ich habe keine Krankenakte von ihm und weiß nicht …«

»Die kann ich dir besorgen. Das kriege ich schon irgendwie hin. Es geht auch erst mal nur um eine weitere Meinung. Mann, das wäre wirklich super, wenn du dir das mal anschauen und mit deinen Kollegen drüber sprechen könntest. Ich werde einfach verrückt, wenn ich nur rumsitze und gar nichts tun kann.«

Emmas Herz begann schneller zu schlagen. Es war mit Sicherheit gut, noch eine andere Meinung einzuholen und sicherzustellen, dass Jonathan die beste Behandlung erhielt.

»Ich schau mal, was ich machen kann.«

Das waren gute Nachrichten.

ele

Mit dem Gefühl, dass nicht mehr die Last der ganzen Welt auf ihr lag, lief sie das Stück zum Wohnhaus der Martens. Nachdem sie auf die Klingel gedrückt hatte, dauerte es etwas, bis schließlich jemand öffnete.

»Emma! Wie schön, dich endlich wiederzusehen, mein Deern!«

Emmas Mund klappte auf und sie machte große Augen.

»Oma Beeke, du bist hier. In Essen.«

»Ja, ja, ich weiß. Eine waschechte Insulanerin kriegst du

nicht so schnell von der Insel runter. Aber ich muss doch nach meinem Jong schauen. Ich hab gerade erst mal eine große Portion Hühnersopp gekocht, er muss ja bei Kräften bleiben bei dieser unsäglichen Therapie«, antwortete Oma Beeke und drückte Emma fest an sich, um sie dann wieder ein Stück von sich wegzuschieben und prüfend anzuschauen.

»Du bist aber auch ganz schön dürr geworden, mein Kind. Ab in die Küche mit dir, da steht der große Topf noch auf dem Herd.«

Emma wusste, dass Widerstand zwecklos war, und ergab sich ihrem Schicksal in Form von Hühnersuppe. Als sie Oma Beeke in die Küche folgte, spürte sie, dass auch die Stimmung im Haus auf einmal eine andere war. Oma Beeke hatte das Ruder übernommen und auf ihre pragmatische Art nicht nur mindestens für die nächsten drei Wochen vorgekocht, wie Emma beim Anblick auf die Küchenzeile feststellte, sondern den anderen auch ihren Optimismus zurückgegeben. Wenn Oma Beeke da war, würde alles wieder gut werden, da war sich Emma ganz sicher.

NOVEMBER 2020
Jonathan, 28 Jahre (Kiel)

Langsam drehte er sich in seiner kleinen Zweizimmerwohnung im Kieler Stadtteil Düsternbrook um. Die meisten Möbel hatte er bereits verkauft, da in Oma Beekes Haus sowieso alles vorhanden war. Lediglich sein Bett und seinen Sekretär wollte Jonathan mit auf die Insel nehmen. Die Einbauküche hatte er seinem Nachmieter verkauft, genauso wie den kleinen Holztisch mit den zwei Stühlen. Die alte Couch stand noch im Wohnzimmer, würde aber morgen von einem Interessenten abgeholt werden. Es fühlte sich richtig an, diese Wohnung, in der er fünf Jahre gelebt hatte, nun zu verlassen. Die Entscheidung, zurück nach Borkum zu ziehen, vermittelte ihm das Gefühl, endlich wieder richtig frei atmen zu können. Die Aussicht, wieder jeden Morgen auf seiner geliebten Insel aufzuwachen, stimmte Jonathan voll Vorfreude. Doch heute hatte er noch mal viele seiner engsten Kolleginnen und Kollegen und Freunde eingeladen, um Abschied von Kiel zu nehmen.

Lächelnd betrachtete Jonathan die Aufnahme eines Schwertwals, die seine Wohnzimmerwand zierte. Die Zeit in Kiel hatte ihn nicht nur beruflich weitergebracht, sondern ihn auch darin bestärkt, dass er die Nähe zum Meer zum Leben brauchte. Sie war sein tägliches Elixier.

Als es klingelte, schaute Jonathan sich noch ein letztes

Mal im Wohnzimmer um und ging dann zur Tür, um die Gegensprechanlage zu bedienen.

Emma

Mit einem traurigen Lächeln beobachtete Emma, wie Jonathan sich mit einigen Arbeitskollegen unterhielt. Seine Entscheidung für Borkum konnte sie unheimlich gut nachvollziehen, nur hätte sie zu keinem ungünstigeren Zeitpunkt für sie kommen können. Vor einem Monat hatte sie ihren Chef gefragt, ob es eine Möglichkeit gab, nach Hamburg zu wechseln. Sie wusste, dass dort verlagsintern ab nächstem Sommer eine offene Stelle zu vergeben war, und hatte die Chance gesehen, endlich in eine größere Stadt zu ziehen. Aber wie sie sich eingestehen musste, hatte auch Jonathan ihre Entscheidung beeinflusst. Seit fünf Jahren trennten sie fast fünfhundert Kilometer und nun wollte sie Jonathan endlich wieder näher sein. Von Hamburg nach Kiel wäre es noch knapp eine Stunde gewesen. Definitiv eine Entfernung, die man auch am Wochenende mal fahren konnte. Nach Borkum sah es jetzt hingegen schon wieder anders aus. Emma seufzte. Ihr Timing war einfach bescheiden.

»Emma, wir haben uns ja schon ewig nicht gesehen«, holte Max sie ins Jetzt zurück und kam ihr freudestrahlend entgegen.

»Stimmt, seitdem Jonathan in Kiel lebt, sind wir uns kaum noch begegnet«, antwortete Emma und umarmte ihn.

»Ist die Frage, ob das jetzt wieder häufiger wird, wenn er nach Borkum zieht. Wahrscheinlich sehen wir uns dann eher im Sommerurlaub auf der Insel, als dass wir uns in Essen über den Weg laufen«, erwiderte er lachend.

»Hmm«, machte Emma nur, ihre Pläne mit Hamburg hatte sie noch niemandem erzählt. Und sie wollte auch nicht, dass Jonathan vor seinem Umzug davon erfuhr. Max hatte aber bereits wieder jemand anderen entdeckt und war mit seinem Glas Gin Tonic weitergezogen. Suchend schaute sie sich nach Jonathan um. Weder in der Küche noch in Wohnzimmer oder Flur konnte sie ihn entdecken. Ihr Gefühl sagte ihr, dass sie im Schlafzimmer nachschauen sollte. Leise öffnete sie die Tür und spähte in den Raum, in dem mittlerweile nur noch ein Bett und ein Sekretär mit einer Schreibtischlampe standen. Jonathan lag auf dem Bett, die Arme hinter dem Kopf verschränkt, und hielt ein Foto in den Händen.

»Na, geflüchtet vor der eigenen Party?«, fragte Emma und legte sich neben ihn.

»Erwischt«, antwortete er lächelnd und hielt ihr das Foto hin.

Emma sah zwei kleine Jungs, die in einem großen Garten vor einem Strandkorb standen. Neben ihnen eine ältere Frau, die eine Hand auf die Schulter des älteren Jungen gelegt hatte.

»Max, du und Oma Beeke?«, fragte sie.

Jonathan nickte.

Das Foto musste mindestens fünfundzwanzig Jahre alt sein, doch schon hier konnte Emma erkennen, wie unterschiedlich Max und Jonathan waren. Max strahlte selbstbewusst in die Kamera, während Jonathan sich etwas unsicher hinter Oma Beeke zu verstecken versuchte.

»Ich erinnere mich noch gut an den Moment, als das Foto gemacht wurde. Oma Beeke hatte Geburtstag und wir haben mit vielen Freunden im Garten auf Borkum gefeiert«, erklärte Jonathan. »Damals kam ein älterer Herr zu mir und fragte mich, ob ich irgendwann, wenn ich groß bin, auch gerne aufs Festland wolle. Ich habe ganz entsetzt den Kopf geschüttelt und gesagt, dass ich Oma Beeke und Borkum nie verlassen werde.«

Emma wusste, was Jonathan solche Versprechen bedeuteten, auch wenn er damals noch ein Kind gewesen war.

»Als meine Eltern uns eröffneten, dass wir zu meinen Großeltern nach Essen ziehen würden, weil es Opa Werner nach dem Schlaganfall sehr schlecht ging, war ich nicht einen Moment traurig. Ich war nur aufgeregt und konnte es kaum abwarten.«

»Da warst du zehn Jahre alt«, erinnerte Emma ihn sanft. »Ich glaube, in dem Alter darf man auch mal einen Inselkoller bekommen und die große weite Welt entdecken wollen.«

Jonathan nickte. »Ja, da hast du vermutlich recht. Umso glücklicher bin ich aber, dass ich jetzt endlich wieder zurückfahre. Es fühlt sich wie ein Nach-Hause-Kommen an.«

Emma sah sein verträumtes Lächeln und wusste, dass sein Herz niemals an einem anderen Ort zu Hause wäre. Sein Zuhause war auf der kleinen Nordseeinsel. Emma haderte. So oft hatten sich ihre Lebenswege in all den Jahren gekreuzt, doch irgendwie hatten sie es nie geschafft, zueinanderzufinden.

Aus dem Wohnzimmer drang ein Lied, dessen Text Emma nur allzu gut kannte.

»Ich hab dich immer geliebt
Aber eben leise
Ich hab dich immer geliebt
Aber eben auf 'ne ruhige Art und Weise«[1]

Eine Gänsehaut zog sich über ihren gesamten Körper. Sie musste es ihm jetzt sagen. Ihr Herz schien förmlich aus der Brust zu hüpfen, so schnell schlug es. Wie oft war sie schon davor gewesen, ihm zu sagen, was sie längst wusste? Wie oft hatten sie gemeinsam gelacht, einander getröstet und die Zeit vergessen? Nur sie beide. War jetzt der Moment gekommen? Sie blickte rüber zu ihm. Jonathan hatte die Augen geschlossen. Sie betrachtete jeden Zentimeter seines Gesichts. Ihr wurde warm, und sie widerstand dem Drang, mit den Fingern durch seine wuscheligen Haare zu fahren. Sie atmete tief ein und nahm all ihren Mut zusammen.

»Was ich dir noch sagen wollte …«, fing sie an.

In dem Moment wurde die Zimmertür aufgerissen.

»Gefunden!«, ertönte es. »Deine Kolleginnen und Kollegen haben etwas für dich vorbereitet und wollen es dir gerne geben«, erklärte Max entschuldigend mit Blick auf Emma.

Jonathan sah Emma fragend an. Emma schüttelte lächelnd den Kopf und schob Jonathan in Richtung Bettkante, um ihn zum Aufstehen zu bewegen.

»Hat noch Zeit«, sagte sie.

---

1 Axel Bosse: Liebe ist leise

MÄRZ 2022
Emma (Hamburg)

Als sie den Schlüssel in den Briefkasten steckte, gelang es ihr kaum, ihn umzudrehen. Einzelne Briefe, mehrere Zeitschriften und Anzeigenblätter kamen ihr entgegen. Vielleicht wäre es besser, Frau Bernds einen Schlüssel zu geben, damit sie das nächste Mal, wenn sie nach Hamburg käme, nicht wieder halb von der Post erschlagen würde. Das unbehagliche Gefühl, wann dieses nächste Mal sein würde, ignorierte Emma geflissentlich. Eins nach dem anderen. Erst mal war sie hier, weil sie einen dringenden Termin für ihren Chef vor Ort wahrnehmen musste. Und dann war da noch das Treffen mit Mats morgen. Er hatte sich regelmäßig bei ihr gemeldet und gefragt, wann sie mal wieder in Hamburg sei. Und dann hatte er tatsächlich angedeutet, dass er sich Jonathans Krankenakte angeschaut hatte. Am Telefon wollte er allerdings nicht so ganz mit der Sprache rausrücken. Umso aufgeregter war Emma, ihn morgen endlich persönlich zu sehen. Dann musste sie ihm auch unbedingt reinen Wein einschenken. Es tat ihr leid, dass er sich vielleicht umsonst Hoffnungen machte. Wenn sie ehrlich war, hatte er nie eine Chance gehabt. Ihr Herz hatte immer schon Jonathan gehört, aber ihr Kopf hatte das nicht so wirklich wahrhaben wollen. All diese Gedanken schob sie jedoch vorerst beiseite. Heute stand der Interviewtermin an, und sie wusste, dass ihr Chef einiges von ihr erwartete.

Als Emma am nächsten Tag das Krankenhaus betrat, kam ihr alles unangenehm bekannt vor. Wieder dieser intensive Geruch nach Desinfektionsmitteln, das sterile Licht. Nur dieses Mal ein anderer Ort. Und hoffentlich eine bessere Nachricht. Sie überlegte, ob sie nach Mats' Büro an der Information fragen sollte, entschied sich aber dagegen. Sie stieg in den Aufzug und drückte auf die 5. Nervös trommelte sie an die Fahrstuhlwand. Die Zahlen gingen nach oben. 1, 2 – die Tür öffnete sich und eine ältere Dame stieg mit ihrem Rollator ein. Emma seufzte und drückte erneut auf die 5 in der Hoffnung, dass es so schneller ging. Aber das war natürlich Unsinn. 3, 4 – ping! Endlich! Emma huschte schnell an der alten Frau vorbei, hinaus auf den Flur. Sie schaute erst nach rechts, dann nach links. Wo lang musste sie jetzt gehen? Die Flure sahen beide identisch aus. Lang und weiß, vor manchen Zimmertüren standen Stühle. Sie entschied sich für den linken Flur und schaute auf die Namen, die an den Türen standen. Nirgends stand Mats' Name. Verdammt. Also doch der rechte Flur. Sie drehte sich wieder um, lief zurück und guckte sich die Namen auf der anderen Seite des Flures an. Tür für Tür las sie die Schilder. Am Ende blieb sie verdutzt stehen. Hatte sie sich doch in der Etage vertan? Oder war es ein anderer Block gewesen? Sie holte ihr Handy noch mal hervor. Da stand es, Block B, Etage 5. Mats hatte sie zwar gebeten, unten vor dem Haupthaus zu warten, aber da sie zu früh war, stand sie jetzt bereits hier. Eine Tür öffnete sich und eine Frau in einem weißen Kittel kam heraus.

»Entschuldigen Sie, ich suche jemanden, können Sie mir vielleicht helfen?«

Die Frau drehte sich zu ihr um und lächelte sie an. Frau Dr. Lechner, las Emma auf ihrem Namensschild. »Bestimmt. Wen suchen Sie denn?«

»Ich suche Herrn Koch.«

Die Ärztin zog die Stirn in Falten. »Der Name sagt mir jetzt auf Anhieb leider nichts. Kann es sein, dass er auf einer anderen Station liegt?«

»Oh, nein, entschuldigen Sie. Ich meinte Dr. Koch. Dr. Mats Koch. Er ist kein Patient, er arbeitet hier.«

Die Ärztin blickte auf ihr Tablet und tippte etwas, während sie gemeinsam mit Emma wieder in Richtung Fahrstuhl lief.

»Es tut mir leid, aber hier arbeitet kein Dr. Mats Koch«, antwortete sie nach einigen Sekunden.

»Das kann nicht sein. Vielleicht bin ich in der falschen Abteilung gelandet?«

»Nein, das meinte ich nicht. Ich finde im gesamten System keinen Dr. Koch, ich fürchte, da muss es eine Verwechslung …«
PING!

Die Türen des Fahrstuhls öffneten sich erneut und Mats stand plötzlich vor ihr.

»Emma?«

Ein komischer Ausdruck lag auf seinem Gesicht. Emma konnte ihn nicht recht deuten. Sein Blick huschte zu der Ärztin, die noch neben ihr stand.

»Mats, was ein Zufall, ich habe gerade dein Büro gesucht, aber leider nicht gefunden. Stell dir vor, du bist irgendwie nicht im System zu finden«, erklärte Emma und zeigte auf das Tablet der Ärztin.

»Also, was das angeht …«

»Ich glaube, Sie haben Herrn Koch ja jetzt gefunden, dann kann ich Sie allein lassen«, erklärte die Ärztin und warf Emma einen mitleidigen Blick zu.

»Sollen wir jetzt erst mal in dein Büro gehen und du erzählst mir, was du Neues herausgefunden hast?«

»Ich habe es dir ja bereits versucht zu erklären. Ich … habe hier kein Büro.«

»Oh, ach so. Ich kenne mich da auch gar nicht so mit aus. Habt ihr ein Gemeinschaftszimmer, das ihr euch teilt? Oder sollen wir lieber nach draußen gehen?«

»Emma, ich … ich arbeite hier nicht.«

Emma starrte ihn an. »Verstehe ich nicht. Du hast doch gesagt, wir sollen uns hier treffen. Arbeitest du in einem anderen Krankenhaus?«

Mats schloss die Augen. Emma war verwirrt. Warum hatte er sie hierher bestellt, wenn er hier nicht arbeitete?

»Ich arbeite in keinem Krankenhaus und auch sonst nirgendwo. Also zumindest nicht als Arzt.«

»Was? Aber du hast doch gesagt, du hast Medizin studiert …«

»Ja, das stimmt auch. Aber ich hab das Studium nach dem vierten Semester abgebrochen. Ich … du hattest so viel Hoffnung und ich wusste nicht, wie ich es dir sagen soll. Wir haben uns so lange nicht gesehen und ich wollte gerne persönlich mit dir sprechen.«

Emma starrte ihn wieder an. Eine unbändige Wut bahnte sich den Weg nach oben.

»Du hast mich die ganze Zeit angelogen? Du hast mich im Glauben gelassen, du könntest Jonathan helfen, nur um, ja, was? Um mich zu beeindrucken? Um mich hinzuhalten? Um mich wiederzutreffen unter einem falschen Vorwand?«

»Emma, so war es nicht. Ich … du hast mich nie gefragt, was ich beruflich mache, und ich dachte nicht, dass du behalten hast, dass ich mal Medizin studiert habe. Als du dann am Telefon so verzweifelt warst, wollte ich dir einfach irgendwie helfen. Und ja … dich auch wiedersehen.«

»Stopp!«, rief sie und hielt ihm die ausgestreckte Hand vors Gesicht. »Was hast du denn gedacht, wie ich darauf reagiere? Dachtest du, ich würde danach mit dir aus dem Krankenhaus rausspazieren und essen gehen? Hast du gedacht, ich komme nie dahinter, dass du kein Arzt bist?«

»Ich wollte das heute klären, wirklich. Ich konnte ja nicht ahnen, dass du schon hier oben bist und …«

»Weißt du was?«, wütend stemmte Emma ihre Hände in die Hüften, »ich habe wirklich kein Interesse daran, mir deine weiteren Lügen anzuhören! Echt nicht. Dafür ist mir meine Zeit zu schade, denn im Gegensatz zu dir werde ich jetzt das machen, was ich schon längst hätte machen sollen. Mich auf mich selbst verlassen und recherchieren.«

Mit diesen Worten drehte sie sich um und drückte energisch auf den Fahrstuhlknopf. Sie bebte vor Wut. Mats legte ihr eine Hand auf die Schulter.

»Fass mich nicht an!«, schrie sie ihn an und schüttelte seine Hand ab. »Wage es ja nicht noch mal, mich zu berühren. Mein bester Freund kämpft gerade um sein Leben und das Einzige, was dich interessiert, ist, wie du dastehst.«

PLING

Der Aufzug war da und Emma trat hinein. Mit einem letzten verachtenden Blick drückte sie auf E.

Wie konnte sie nur so blöd sein? Sie hatte Mats vertraut. Und weswegen? Wegen eines Kusses, der noch nicht mal sonderlich gut gewesen war. Immerhin musste sie ihm jetzt nicht gestehen, dass sie nichts für ihn empfand.

Emma verließ das Krankenhaus und trat raus in die kalte Märzluft. Ein älterer Mann ging, gestützt von seiner Frau, humpelnd an ihr vorbei. Emma drehte sich um und schaute den beiden hinterher. Liebevoll hielt sie ihn fest und so kamen beide Schritt für Schritt voran. Sie war seine Stütze, und genau das wollte Emma für Jonathan auch sein. Und sie würde sich durch nichts und niemanden davon abbringen lassen. Schnellen Schrittes lief sie zur nächsten U-Bahn-Station, um ins Verlagshaus zu fahren. Den Termin mit ihrem Chef durfte sie auf keinen Fall verpassen, denn das, was sie ihm zu sagen hatte, duldete keinen Aufschub.

ele

»Frau Kastner, schön, Sie wiederzusehen«, empfing sie kurze Zeit später Herr Kerkmann im Besprechungsraum. Die Monstera war mittlerweile eingegangen. Kein Wunder, war Emma doch die Einzige gewesen, die sie regelmäßig gegossen hatte. Ansonsten sah in diesem sterilen Raum alles wie immer aus. Als wäre sie nicht knapp anderthalb Monate weggewesen.

»Hallo Herr Kerkmann.« Emma reichte ihm die Hand und nahm Platz.

»Frau Kastner, ich freue mich, dass Sie das große Interview hier vor Ort übernehmen konnten. Sie wissen ja selbst, wie manche Kunden sind. Sie legen viel Wert auf ihre Privatsphäre.« Herr Kerkmann zwinkerte und bei »Kunden« hatte er Anführungsstriche in die Luft gemalt. Emma wusste, was das bedeutete. Kunden nannte er gerne die Promis, die eine Extrawurst benötigten. Die es nicht vorzogen, anonym per Telefon Fragen zu beantworten, sondern die chauffiert werden wollten. Und da Luisa im Urlaub war, hatte sie in den sauren Apfel beißen und den Auftrag übernehmen müssen. Vier große Seiten Exklusiv-Interview mit einem B-Promi. Da hatte ihr Chef nicht mit sich verhandeln lassen.

»Das Interview ist bereits fertig geschrieben und liegt der Agentin zur Abnahme vor.«

»Schön, das freut mich zu hören. Dann können wir es als Aufmacher am Samstag platzieren.« Ihr Chef rieb sich die Hände. »Kommen wir zum nächsten Punkt. Als weiteren Auftrag hätte ich ebenfalls eine große Story für Sie. Ich weiß, dass Sie diesem Sensationsjournalismus nicht so viel abgewinnen können, aber dieser Auftrag wird Sie bestimmt interessieren. Übermorgen kommt eine Delegation aus unserer Partnerstadt Dar es Salaam nach Hamburg. Sie möchten einige der ursprünglichen Berufe aus ihrer Heimat vorstellen. Mit dabei sind zwei Fischer, die unseren Fischern und Fischerinnen am Hafen zeigen wollen, wie sie in Tansania fischen und was ihr Beruf dort für sie bedeutet. Ich denke, es wird mehrere Termine vor Ort am Hafen geben und gerne können Sie sich danach auch noch mal mit den Hamburger Leuten treffen, um die Sache rund zu bekommen. Ich dachte an eine Geschichte, die die Menschen hinter diesem Beruf zeigt. Was hat sie dazu bewegt, Fischer zu werden? Was bedeutet die Fischerei in Tansania für die Menschen? Und dann im Gegensatz dazu den Blick auf die Fischer bei uns in Hamburg. Was sagen Sie?«

Emmas Herz pochte. Die Geschichte klang nach ihr. Sie konnte Menschen interviewen, ihre Lebensgeschichten aufspüren und diese zu Papier bringen. Sie sah die Bilder bereits vor ihrem inneren Auge und wusste, dass der Artikel richtig gut werden würde. Sie roch schon das Salzwasser und sah, wie die Fischer die Netze auswarfen.

Und dennoch, sie konnte den Job nicht annehmen. Nicht jetzt.

»Es tut mir leid, Sie enttäuschen zu müssen, Herr Kerkmann, aber ich stehe für den Job leider nicht zur Verfügung.«

»Warum nicht? Ich hatte gedacht, dass die Geschichte perfekt zu Ihnen passt.«

»Da haben Sie wahrscheinlich recht, aber ich möchte schnellstmöglich wieder zurück nach Essen.«

Herr Kerkmann sah sie über seine schmale Brille hinweg an. Emma rutschte auf dem Stuhl hin und her. Sie wusste, dass ihr Chef ihr diesen Wunsch auch abschlagen konnte.

»Sie wissen, dass Sie von Essen aus lediglich Texte redigieren und Telefoninterviews führen können?«, fragte er.

Emma nickte. Ja, die Aufgaben, die sie von Essen aus machte, waren mit Sicherheit nicht so spannend, aber dafür war sie bei Jonathan. Das war alles, was zählte.

»Und ich kann Sie nicht überreden, hier vor Ort zu bleiben?«

»Nein, derzeit leider nicht. Ich muss mich um meinen besten Freund kümmern und das kann ich nicht, wenn ich nicht bei ihm bin.«

Herr Kerkmann sah Emma erneut lange an. Er strich sich mit einer Hand über sein Kinn. Emma hielt die Luft an. Sie hörte das Ticken der Uhr und die Geräusche, die vom Flur in das Zimmer drangen. Die Sekunden schienen ewig lange. Endlich nickte ihr Chef.

»Okay, wenn Sie es so möchten, dann gebe ich Ihnen noch etwas Zeit, bevor ich Sie hier zurück in Hamburg brauche. Aber Emma, das geht nicht auf Dauer, das wissen Sie?«

Emma nickte und atmete aus. Das Problem wäre gelöst. Erst mal. Und jetzt galt es, den nächstbesten Zug zu nehmen und zurück nach Essen zu fahren.

EINEN TAG SPÄTER
Emma (Essen)

Emma konnte es kaum abwarten, Jonathan wiederzusehen. Die Zeit in Hamburg hatte sich furchtbar hingezogen. Es waren lange Tage und noch viel längere Nächte gewesen, in denen sie sich in ihrer Hamburger Wohnung so einsam wie nie gefühlt hatte. Ständig war da der Gedanke, wie es Jonathan ging, und die Sehnsucht, bei ihm sein zu können, war grenzenlos.

Eilig lief sie weiter durch Rüttenscheid. Als sie ihre Hand in den Wintermantel steckte und den Zettel, den sie gestern auf die Schnelle im Zug geschrieben hatte, zwischen ihren Fingern fühlte, lächelte sie. Ihr Plan war mehr als gut. Sie freute sich schon irrsinnig darauf, Jonathans Gesicht zu sehen.

Freudestrahlend ging sie zur Haustür und drückte auf den Klingelknopf.

Jonathan

Die Türklingel ertönte. Gleich würde er Emma wieder in die Arme schließen können. Ihre Nähe tat ihm gut.

Mit langsamen Schritten ging er zur Tür. Die letzten Wochen hatten ihn sehr mitgenommen, und er hoffte inständig, dass es bald besser werden würde, wenn er den ersten Zyklus der Chemotherapie hinter sich hatte. Noch eine weitere Einheit und er war abgeschlossen. Er war einerseits unglaublich neugierig, was die Ergebnisse zeigen würden, fürchtete sich aber andererseits zugleich davor. In seinen guten Momenten war er fest davon überzeugt, den Krebs besiegen zu können. In den schlechten wollte er sich am liebsten nur im Bett verkriechen und zweifelte daran, jemals wieder gesund zu werden. Erschöpft öffnete er die Tür.

»Hey«, murmelte er und versuchte den Schock, der in ihrem Blick lag, zu ignorieren. Dass er tief in seinem Körper krank war, war die eine Sache, aber mittlerweile war es auch äußerlich für alle sichtbar.

Emmas Blick ging von Erschrockenheit zu einem gequälten Lächeln über. Es waren nur Nanosekunden gewesen, in denen sie ihre wirklichen Gefühle offenbart hatte, aber Jonathan kannte sie einfach zu lange, um diese winzige Regung nicht wahrzunehmen.

»Ich weiß, ganz schön ungewohnt, was?«, probierte er das Thema lapidar anzusprechen.

Emma schüttelte leicht den Kopf. »Ach, Quatsch, du kannst doch alles tragen – auch Glatze«, versuchte sie zu witzeln.

Jonathan wusste, wie schwer es ihr fallen musste, die Maskerade aufrechtzuerhalten.

»Ist schon in Ordnung, Em. Ich weiß, dass ich schon mal besser ausgesehen habe.«

Mit einem Schritt war Emma auf seiner Höhe und lag ihm in den Armen. Minutenlang standen sie nur da und ließen die Zeit verstreichen. Jonathan hörte Emmas Herz schlagen und spürte, wie aufgewühlt sie war.

»Ich …«, flüsterte sie nahe seinem Ohr, »ich habe eine Überraschung für dich.«

Jonathan löste sich aus der Umarmung und schaute sie fragend an. Mit ihrem typischen Emma-Grinsen griff sie in ihre Jackentasche und holte ein kleines Stück Papier hervor. Jonathan nahm es ihr ab und faltete es auseinander.

Hey, ich mag dich. Gehst du mit mir jetzt ein Eis essen?

Obwohl sein Kopf vor Schmerzen pochte, versuchte Jonathan zu lächeln. Sie hatte es wieder mal geschafft. Er sah in Emmas erwartungsvolles Gesicht und streckte den Daumen nach oben. »Geht klar.«

Emma

Unsicher schaute sie immer wieder zu Jonathan, um festzustellen, ob ihm der kleine Spaziergang zu viel war, doch er schien die Sonne zu genießen. Streckte ihr sein Gesicht entgegen. Die letzten Wochen hatte er überwiegend drinnen verbracht.

Die ersten warmen Sonnenstrahlen der letzten Tage hatten die Natur aus dem Winterschlaf geweckt, überall richteten sich zarte Sprossen auf. Um sich gegen die Blicke zu wappnen, hatte Jonathan eine seiner vielen Seemannsmützen aufgezogen, was ihm gut stand, wie Emma zugeben musste. Trotzdem konnte auch die Mütze nicht verbergen, wie schlecht es ihm ging, und Emma zerriss es fast das Herz, dass sie die letzten Tage nicht bei ihm gewesen war. Zwar hatte er in seinen Nachrichten immer mal durchklingen lassen, dass es ihm nicht gut gehe, aber wie schlecht es ihm wirklich gegangen sein muss, hatte Emma erst gesehen, als sie vor ihm stand. Sein Anblick war für sie ein heftiger Stich ins Herz gewesen. Nur schwer hatte sie sich beruhigen können.

Eingehakt liefen sie in Richtung Eisdiele und Emma versuchte, Jonathan etwas abzulenken.

»Wie lange bleibt Oma Beeke jetzt noch?«

»Noch zwei Wochen. Dann wird ihre beste Freundin auf Borkum fünfundsiebzig. Ich habe ihr eingetrichtert, dass sie dann auf jeden Fall hinfahren muss«, antwortete Jonathan.

Emma schmunzelte, weil sie sich nur zu gut vorstellen konnte, wie Oma Beeke sich dagegen gesträubt hatte, aber tief im Inneren ihre Heimat auch vermisste. Mittlerweile war sie schon seit knapp einem Monat im Ruhrgebiet, was für die alte Frau einem Weltwunder gleichkam. Länger als ein langes Wochenende war sie Borkum bisher nie ferngeblieben. Oma Beeke und Borkum, das gehörte einfach zusammen.

»Zitrone und Stracciatella?«, fragte Jonathan, als sie vor der Eisdiele zum Stehen kamen.

»Na klar, was denn sonst?«

Mit einer großen Eiswaffel in der Hand spazierten sie zur nächsten Bank und setzten sich in die Sonne.

»Vielleicht können wir Oma Beeke im Sommer besuchen fahren, wenn du mit allem durch bist«, schlug Emma vor.

»Ja, vielleicht«, antwortete Jonathan vage und hielt im Eisessen inne.

Emma sah genau, wie sein Blick in die Ferne glitt und beinahe verloren wirkte. Am liebsten wollte sie ihr Eis wegwerfen und schreien. Es machte sie so unfassbar wütend, dass Jonathan in seinem jungen Alter mit dieser beschissenen Krankheit kämpfen musste. Das sollte so einfach nicht sein. Er sollte jetzt auf Borkum sitzen.

»Dein Eis läuft runter«, sagte Emma und stupste Jonathan sanft an.

Jonathan

Jonathan schaute auf sein Eis. Sein Appetit war weg. Er war gefangen in seinen Gedanken, die ihn immer wieder daran zweifeln ließen, je wieder gesund zu werden. Er war müde, unfassbar müde. Die letzten Wochen hatten ihn sehr angestrengt und der tägliche Kampf mit den Nebenwirkungen der Chemo setzte ihm ordentlich zu. Und dann war da immer der Gedanke, der ihm im Kopf herumging, den aber niemand hören wollte: Was, wenn dieser Mist nicht gut ausging?

»Ich befürchte, ich bin heute nicht die beste Gesellschaft«, sagte er leise.

»Musst du doch auch gar nicht sein. Es reicht doch, wenn wir uns sehen können.«

»Hmm«, antwortete Jonathan und schaute Emma an. »Hast du mal darüber nachgedacht, was ist, wenn ich es nicht schaffe?«

Emma riss die Augen auf und schaute ihn entsetzt an.

»Sorry, das war blöd«, wiegelte er ab und wandte sich wieder seinem Eis zu, das jetzt nur noch eine einzige flüssige Masse war und an der Waffel hinunterlief.

»Denkst du … denkst du oft darüber nach?«, fragte sie.

»Hin und wieder. Ganz ehrlich, wir wissen doch alle, dass es auch genügend Menschen gibt, die an dieser Krankheit sterben. Es macht es nicht besser, wenn mir alle immer versichern, dass ich aber definitiv die Ausnahme sein werde.«

Er drehte sich wieder zu Emma, in ihrem Blick lag unendliche Traurigkeit.

»Das verstehe ich«, sagte sie. »Und ja, ich habe auch darüber nachgedacht, und ich kann dir sagen, dass der Gedanke mir eine scheiß Angst macht. Ich versuche ihn immer wegzudrücken, aber manchmal komme ich nicht dagegen an. Dann ist er so präsent und ich habe das Gefühl, durchzudrehen. Er drückt mir die Luft ab. Wenn du nicht mehr da bist, wie soll ich dann weiter existieren? Du bist mein bester Freund, und wenn ich nicht mehr weiterweiß, muss ich nur mit dir sprechen, damit es mir wieder gut geht. Ehrlich, Jonathan, ich wüsste nicht, wie ich meine berufliche Situation in den letzten Monaten durchgestanden hätte, wenn du nicht da gewesen wärst. Wenn ich wieder mal irgendeine verrückte Idee habe, bist du dabei, ohne zu fragen, und wenn ich dir einen Brief schreibe, dann wundert dich das kein Stück und du antwortest mir einfach. Den Gedanken, dass du das alles nicht mehr machen könntest, ertrage ich nicht«, antwortete sie mit zitternder Stimme.

Jonathan sah die Träne, die sich erst in Emmas Wimpern verfangen hatte und nun ihre Wange hinunterrann.

»Emma, ich wollte nicht, dass das heute so endet …«, fing Jonathan an, doch in dem Moment sprang Emma auf und warf ihr restliches Eis in die Mülltonne.

»Hör auf, dich zu entschuldigen!«, rief sie und lief vor ihm auf und ab. »Ja, der Gedanke, dass du sterben könntest, schnürt mir die Luft ab und macht mir unfassbar große Angst, aber ich kann mir nur im Entferntesten ausmalen, was das für dich bedeuten muss. Und deswegen wird es heute auch nicht so enden, denn du hast alles Recht dazu, zu sagen, wie du dich wirklich fühlst. Hör auf, dir um uns Gedanken zu machen, Jonathan. Wir können das verpacken. Es geht jetzt um dich.«

Ihre blonden Haare wehten ihr ins Gesicht und verfingen sich in den Tränen, die ihre Wangen mittlerweile komplett bedeckten. Jonathan hatte Emma selten entschlossener gesehen und gleichzeitig wurde ihm warm ums Herz, weil er begriff, wie sehr sie mit ihm litt und bereit war, alles zu ertragen. Allein für diesen Anblick lohnte es sich, weiterzukämpfen.

»Danke«, murmelte er und stand ebenfalls auf, um Emma in den Arm zu nehmen. Minutenlang standen sie nur da und umhüllten den Schmerz des anderen mit der Wärme ihrer Umarmung.

»Und wenn es doch so weit kommt, dann musst du mir versprechen, dass du diese Rede auf unsere Freundschaft auf meiner Beerdigung hältst, okay?«

»Ich verspreche es, aber so weit wird es nicht kommen! Wir sind immer füreinander da, klar?«

»Immer«, antwortete er leise.

APRIL 2022
Jonathan (Essen)

Mit leichten Schritten ging Jonathan auf die Straßenbahn zu. Er konnte kaum fassen, dass er seine letzte Chemo-Einheit vor einer Woche hinter sich gebracht hatte und nun erst mal eine kleine Pause vorgesehen war, bis ein Staging zeigen würde, wie die Therapie sich auf den Krebs ausgewirkt hat. Die Unsicherheit über den ungewissen Ausgang drängte er zur Seite. Er fühlte sich gut. Richtig gut. So gut wie schon lange nicht mehr. Und nur das zählte im Moment. Alles Wenn und Aber war in diesem Augenblick zweitrangig. Er hatte ein Ziel und dafür hatte sich das Kämpfen mehr als gelohnt. Jeder Tag, an dem er sich mühsam durch die vielen Stunden gequält hatte, jede Chemo-Einheit, die ihm mehr und mehr von seiner Energie und seiner Lebenslust geraubt hatte, und jeder dunkle Augenblick, in dem er sich gefragt hatte, wohin das alles führen würde, waren vergessen. Bei dem Gedanken an sein Vorhaben schoss ein Adrenalinstoß durch seinen Körper. Grinsend sprang er in die Straßenbahn und fuhr in Richtung Essener Süden.

Gedankenverloren stand Emma in Lenas Küche und rührte mit einem Löffel in ihrer Latte. Immer wieder war in den letzten Wochen die Frage in ihrem Kopf aufgeploppt, was und vor allem wo ihre Zukunft sein würde. Umso länger sie in Essen war, umso weniger konnte sie sich vorstellen, nach Hamburg zurückzukehren. Die tägliche Arbeit im Homeoffice verrichtete sie routiniert, aber Freude verspürte sie dabei schon lange nicht mehr. Wie würde es weitergehen, wenn Jonathan wieder gesund war? Er würde wieder nach Borkum zurückkehren, aber was war mit ihr? In Essen fühlte sie sich derzeit nur zu Hause, weil dort alles war, was sie liebte. Ihre Zukunft sah sie hier allerdings nicht. Aber wo sollte sie dann hin? Und vor allem, was sollte sie in Zukunft machen? Bei dem Gedanken daran, wieder die Hamburger Redaktionsräume zu betreten, spürte Emma ein Unwohlsein. Sie wusste, dass sie auf Dauer eine Lösung für ihr Dilemma finden musste. Sie konnte nicht ewig bei ihrer kleinen Schwester wohnen und darauf hoffen, dass sich alles schon irgendwie fügte. Sie musste selbst aktiv werden. Aber dazu fehlte ihr derzeit die Kraft. Sie lebte von Tag zu Tag und freute sich über jede positive Nachricht, die sie von Jonathan bekam. Deshalb war sie auch vollkommen aus dem Häuschen gewesen, als er heute Morgen gefragt hatte, ob er sie in der Mittagszeit für einen Spaziergang abholen könne. In den letzten Tagen, nach Beendigung des ersten Chemo-Zyklus, war es Jonathan immer besser gegangen und Emma sah ihn förmlich wieder aufblühen. Es war das erste Mal seit sehr langer Zeit, dass nicht sie ihn besuchen kam, sondern er sie, und das war mehr als ein gutes Zeichen.

Emma schielte auf die Uhr am Backofen, in wenigen Minuten müsste Jonathan schon da sein. Sie lief in den Flur und kämmte sich die Haare, anschließend band sie sie zum Zopf, nur um sie dann doch wieder zu lösen. Als wäre ich ein verliebter Teenie, dachte sie, während sie ihr Spiegelbild betrachtete und ihre leicht geröteten Wangen bemerkte. Ein Lächeln legte sich auf ihr Gesicht, als die Klingel ertönte.

»Na, hättest du geglaubt, mich hier mal wiederzusehen?«, scherzte Jonathan zur Begrüßung. Mit einem breiten Grinsen war er die Treppen hochgekommen.

»Ich hatte nie den geringsten Zweifel«, antwortete Emma. »Soll ich meine Jacke holen oder willst du noch reinkommen?«

»Von mir aus können wir direkt los.«

Jonathan

Wenige Minuten später liefen sie gemeinsam am Baldeneysee entlang. Nach den vergangenen regnerischen Tagen schien es, als hätte sich die Sonne nahezu am Himmel festgezurrt. Es war diese Zeit im Jahr, in der das Leben wieder anfing, sich draußen abzuspielen. Familien holten ihre Gartenmöbel hervor, Blumen wurden eingepflanzt und freudige Erwartung stand in den Gesichtern der Menschen. Die Hoffnung auf einen grandiosen Sommer lag in der Luft. Jonathan beobachtete, wie Emma ihr Gesicht der Sonne entgegenstreckte. Schon in wenigen Wochen würden die vielen Sommersprossen wieder ihr Gesicht beherrschen. Er liebte den Anblick und wie Emma sich manchmal darüber aufregte.

Nachdem sie einige Schritte gelaufen waren, blieb Jonathan abrupt stehen. Er hatte das hier nicht bis ins Detail durchgeplant, weshalb ihm sein Herz bis zum Hals schlug. Schweißtropfen bildeten sich auf seiner Stirn. Seine Atmung wurde schneller. Es war Emma, mit der er hier war. Seine Emma, versuchte er sich zu beruhigen. Als sie sich zu ihm umdrehte, sah er Verwirrung in ihrem Blick. Aber es war auch noch etwas anderes. Etwas, das Jonathan verunsicherte und ihn an den Schweiß auf seiner Stirn erinnerte. Er spürte, wie sein Herz noch schneller schlug, und öffnete den Mund, um ihr endlich all das zu sagen, was er seit Jahren für sie empfand. Er sah die Angst in Emmas Augen, und in dem Moment, als er spürte, wie seine Beine unter ihm nachgaben und er den Aufprall nicht mehr vermeiden konnte, hörte er einen Schrei, der ihn bis ins Mark traf. Dann wurde es dunkel um ihn herum.

EINEN TAG SPÄTER
Emma (Essen)

Emma wachte von dem Piepsen des Gerätes auf, an dem Jonathan angeschlossen war. Die vergangenen Stunden waren für sie wie unter einer Kuchenglocke gewesen. Sie erinnerte sich, wie Jonathan am See zusammengebrochen war, wie das ältere Pärchen hinter ihnen sofort den Notruf gewählt und versucht hatte, sie zu beruhigen. Sie hörte das Martinshorn, das immer näher und schlussendlich vor ihnen zum Stehen gekommen war. Sie sah das blaue Licht, das sich in ihr Gedächtnis eingebrannt hatte, und hörte das Piepsen im Krankenwagen, als die Sanitäter Jonathan auf der Trage in den Wagen geschoben hatten. Immer wieder war da das Piepsen. Aber, so versuchte sich Emma zu beruhigen, das Piepsen bedeutete auch Leben. Es bedeutete, dass Jonathan noch lebte. Und er würde auch überleben. Er musste!

Und doch fraß sich eine unerträgliche Angst in ihr Herz. Die ganze Nacht hatte sie an seinem Krankenbett gesessen. Niemand hatte sie dazu bewegen können, das Bett zu verlassen, geschweige denn das Zimmer. Emma machte sich unfassbare Vorwürfe, dass sich Jonathan zu viel vorgenommen hatte. Dass der Spaziergang zu viel für ihn gewesen war. Sie hätte es erkennen und ihn abhalten müssen. Aber es war ihm doch so gut gegangen. Was war nur passiert?

»Emma?«, erklang eine leise Stimme hinter ihr.

Sie hob den Kopf und drehte sich um. Vor ihr standen Jonathans Eltern. An den Augen seiner Mutter konnte Emma erkennen, dass ihre Nacht genauso schlimm gewesen war wie ihre. Sie waren gerötet und voller Kummer. Großer Kummer, wie Emma mit Erschrecken feststellte.

»Was …«, murmelte Emma und blickte auf Jonathan, der nach wie vor tief und fest schlief.

»Willst du kurz mit uns rauskommen?«, fragte Jonathans Vater und legte eine Hand auf ihre Schulter.

Sie schüttelte vehement den Kopf. »Ich kann ihn doch jetzt nicht allein lassen.«

»Ich bleibe so lange bei ihm«, bot Jonathans Mutter an und Emma gab widerwillig ihren Platz frei und folgte Herrn Martens nach draußen.

»Emma, das, was gestern geschehen ist, ist nicht deine Schuld, das weißt du, oder?«

Emma senkte den Kopf.

»Ich möchte, dass du weißt, dass es Jonathan nur so gut ging, weil du immer bei ihm warst. Weil du ihn zum Lachen gebracht und seinen Ehrgeiz angespornt hast, wieder gesund zu werden.«

»Das wird er doch auch, oder?«, presste Emma flüsternd hervor und schaute Jonathans Vater ängstlich an. Er hielt ihrem Blick nicht stand und blickte stattdessen auf den Boden, als ob dort die Lösung aller Probleme läge. Seine Schultern sackten nach unten, und in dem Moment sah Emma nicht den Mann, den sie seit ihrer Kindheit kannte, sondern den Vater, der sich große Sorgen um seinen kranken Sohn machte. Herr Martens zögerte, und da wusste Emma es. Sie wusste, dass das, was gestern geschehen war, nur ein Symptom war. Der Auslöser saß in Jonathans Körper und zerfraß ihn von innen. Emma schluchzte.

»Er … der Krebs ist nicht weg, oder?«

Herr Martens schüttelte den Kopf.

»Wir hatten wirklich das Gefühl, dass die Therapie angeschlagen hat. Es ging ihm scheinbar besser … aber nach dem Vorfall gestern … sie haben gestern und heute einige Untersuchungen gemacht«, Herr Martens zögerte, die Worte schienen ihm sehr schwerzufallen. Er fasste Emma an der Schulter und schaute sie mit traurigen Augen an. »Es haben sich Metastasen gebildet, Emma.«

Metastasen.

Ein Wort, dessen Klang fast noch schlimmer war als Krebs. Ein Wort, das erneut zum Kampf herausforderte, obwohl die erste Runde schon verloren gegangen war. Heiße Tränen liefen ihr die Wangen herunter.

»Wir hätten gestern niemals spazieren gehen dürfen. Er war noch nicht fit genug, es war einfach zu viel …« Ihr eigenes Schluchzen unterbrach sie. Sie konnte nicht mehr weitersprechen.

»Emma, das ist Unsinn. Jonathan wäre es so oder so in nächster Zeit wieder schlechter gegangen, und spätestens beim Staging wären die Metastasen entdeckt worden. Euer Spaziergang hat nichts damit zu tun, dass er jetzt hier liegt.«

Herr Martens nahm Emma in den Arm. Ihr Schluchzen wurde nach einiger Zeit etwas weniger. Emma wusste, dass sie jetzt noch mehr für Jonathan da sein musste, denn ihm würden noch einige weitere schwere Monate bevorstehen. Es sei denn …

Emmas Magen zog sich zusammen. Angsterfüllt schaute sie Herrn Martens an. »Aber, das heißt nicht …?«, ließ sie ihre Frage unvollendet im Raum hängen.

Herr Martens strich Emma erneut über die Schulter und seufzte tief.

»Nein, das heißt es nicht. Aber es sieht nicht sehr gut aus. Und es wird noch ein sehr steiniger Weg werden.«

ENDE APRIL 2022

Jonathan (Essen)

Jonathans Blick glitt durch das Krankenhauszimmer und blieb an der Decke hängen. Immer wieder zählte er die Löcher dort in der Gipsplatte. War er an einem Ende angekommen, fing er in der anderen Ecke von Neuem an. Meistens machte sein Kopf nicht mit und zwischendurch vergaß er, wie weit er war. Dann fing er wieder von vorne an. Oder er dämmerte weg. Seine Tage waren monoton, geprägt von starken Schmerzen und einer schrecklichen Angst. Während der ersten Chemophase hatte er auch Tage gehabt, die ihm an die Substanz gingen und an denen die Zweifel überhandnahmen. Zweifel, dass die Chemo nicht anschlagen könnte. Aus den Zweifeln war jetzt traurige Gewissheit geworden, und diese erbarmungslose Erkenntnis drückte ihm fast die Luft weg. Immer wieder versuchten alle ihn aufzubauen, ihm Mut zuzusprechen, doch Jonathan wusste genau, wie es um ihn stand.

Es klopfte an der Zimmertür.

»Ja?«, krächzte er. Selbst das Sprechen fiel ihm schwer.

Max kam herein und begrüßte ihn vorsichtig. Überhaupt waren alle sehr vorsichtig mit körperlicher Nähe geworden, als ob er jeden Moment zerbrechen könnte.

»Ich lebe noch, Max. Du wirst mich bestimmt nicht zerdrücken.«

Erschrocken sah Max ihn an. »Mann, ich wollte nur nicht …«

»Schon klar. Setz dich.«

Max zog einen Stuhl an Jonathans Bett.

»Wie geht's dir heute?«

»Ging schon mal besser«, antwortete Jonathan und blickte wieder an die Decke.

»Hmm … ich soll dir von Oma Beeke schöne Grüße ausrichten, sie will in zwei Wochen herkommen und …«

»Das bringt doch alles nichts«, fiel ihm Jonathan barsch dazwischen.

Max hielt inne und kniff seine Augen zusammen.

»Es tut mir leid, Max. Ich weiß, ihr wollt alle nur mein Bestes, aber ganz ehrlich, Oma Beeke soll auf Borkum bleiben. Ich will nicht, dass sie wieder herkommt und mich so sieht.«

»Ich glaube, sie hat schon wesentlich Schlimmeres gesehen«, antwortete Max.

»Nein, darum geht es mir nicht. Ich möchte, dass sie mich anders in Erinnerung behält. Lachend. Mit ihr am Tisch sitzend. Karten spielend. Aber nicht so.«

»Aber sie wird dich doch in Zukunft noch so oft anders sehen. Du wirst ihr bestimmt ständig auf die Nerven gehen mit deinem Tiergelaber.«

Jonathan schüttelte den Kopf und wandte sich von Max ab. Wie konnte er seinem Bruder klarmachen, dass er den elendigen Optimismus von allen nicht länger ertragen konnte?

»Max, ich werde vielleicht sterben. Und ich habe eine verdammte Angst davor«, brach es aus ihm heraus.

Mit einem Schlag wich die aufgesetzte Fröhlichkeit aus Max' Gesicht und es zeigte stattdessen seine wahren Gefühle. Traurigkeit. Angst. Verzweiflung.

»Ich … ach scheiße«, fing Max an und brach direkt ab.

Jonathan nickte und schaute erneut an die Decke. Es gab keine passenden Worte für diese Situation. Keine Worte konnten ihm die Angst nehmen, die sich gemeinsam mit dem Krebs quer durch seinen ganzen Körper fraßen.

»Ich weiß einfach nicht, was ich tun kann«, hörte Jonathan Max leise weinend sagen.

Er sah seinen kleinen Bruder an. Sah all die Momente, die sie schon miteinander erlebt haben. All die Stunden, in denen sie als Kinder gemeinsam auf der Insel umhergelaufen waren und sich das Eiland zu eigen gemacht hatten. Ein riesiger Spielplatz, der ihr Zuhause war – zwischen Sandburgen und Möwengeschrei. Dann der Umzug nach Essen und die vielen neuen Möglichkeiten, die die Großstadt ihnen bot. Beide hatten sich in der Zeit etwas auseinandergelebt, andere Freundeskreise gehabt. Und doch waren sie immer füreinander da, wenn es darauf ankam. Nach der Schule trennten sich ihre Wege zwar, aber das Band zwischen ihnen war wieder enger geworden. Jonathan hatte immer das Bedürfnis gehabt, auf seinen kleinen Bruder aufzupassen. Umso schwerer fiel es ihm, ihn jetzt um Hilfe zu bitten und ihn so traurig zu sehen. Er blinzelte seine Tränen weg und umfasste Max' Hand.

»Sei einfach für mich da und lass mich über meine Ängste sprechen, auch wenn es dir schwerfällt. Lass mich nicht allein mit der Angst.«

Max nickte. »Ich gebe mein Bestes«, presste er leise hervor.

»Außerdem habe ich eine Bitte an dich.«

Skeptisch blickte Max ihn an.

»Guck nicht so. Es geht um Emmas Geburtstag. Du musst etwas für mich erledigen.«

»Ist in Ordnung. Was soll ich tun?«

ANFANG MAI 2022
Emma (Essen)

Dunkle Ringe unter den Augen, fahle Haut und eingerissene Mundwinkel: Der Blick in den Spiegel trug Emmas Inneres nach außen. Tagelang hatte sie im Krankenhaus gesessen und versucht, Jonathan aufzumuntern. In den Nächten hatte sie im Internet nach Behandlungen, Aussichten und Prognosen recherchiert und war erst immer in den frühen Morgenstunden völlig entkräftet eingeschlafen, nur um nach wenigen Stunden wieder aufzuwachen und festzustellen, dass das alles kein Albtraum war, sondern Realität.

Sie band sich die Haare mit einem Haargummi zusammen und nahm ihren Rucksack von der Garderobe, in dem Moment klingelte ihr Handy.

»Ja«, meldete sie sich und bekam sogleich ein schlechtes Gewissen.

»Ich wollte mal schauen, wie es dir geht«, drang es lachend von der anderen Seite rüber.

»Es tut mir so leid, Marie! Ich wollte mich längst gemeldet haben, aber die letzten Wochen war so viel los.«

»Alles gut, Emma. Wir hatten doch vereinbart, dass du dich einfach meldest, wenn es bei dir passt. Wie geht es dir? Was macht Jonathan?«, fragte Marie interessiert.

Emma zögerte. Sofort hatte sie wieder das Bild vor Augen, wie er am See zusammengebrochen war. Die Fahrt ins

Krankenhaus. Das Piepen der Geräte und immer wieder nur ein Wort. Metastasen.

»Was hast du gesagt?«, fragte Marie.

Anscheinend hatte sie die letzten Worte nicht nur gedacht, sondern vor sich hingemurmelt.

»Er hat … es wurden Metastasen gefunden.«

Stille.

Die Kraft dieses Wortes hatte Emma in den letzten zwei Wochen kennengelernt. Waren die Menschen schon geschockt, wenn man das Wort Krebs aussprach, war Metastasen der K.o.-Schlag.

»Was? Das kann doch nicht sein. Es tut mir so leid, Emma. Was ein Scheiß!«

Es gab nicht mehr zu sagen, das wusste Emma. Die Situation war schwierig und sie wollte nichts hören, was ihre vagen Hoffnungen zunichtemachte. Sie wollte sich an eine Zukunft klammern, von der sie hoffte, dass es sie gäbe.

»Danke«, antwortete Emma deswegen nur und wechselte schnell das Thema. »Wie sieht es bei dir aus? Sommerurlaub schon gebucht?«

Marie und sie sprachen noch ein paar Minuten, doch Emma spürte, dass sich etwas in Maries Stimme verändert hatte. Und diese Veränderung wollte sie nicht hören. Niemand um sie herum durfte aussprechen, was ihre geheimsten Ängste waren.

Eine Stunde später machte Emma sich auf den Weg ins Krankenhaus. Gerade als sie die Wohnungstür hinter sich zuzog, hörte sie Lenas Stimme hinter sich.

»Brauchst nicht abschließen!«

Emma drehte sich um und machte ihrer Schwester Platz.

»Wieder auf dem Weg ins Krankenhaus?«, fragte diese, während sie die Tür wieder aufschloss.

Emma nickte.

»Du«, fing Lena an, doch Emma blockte ab.

»Ich habe jetzt keine Zeit. Lass uns später reden«, sagte sie und drehte sich bereits um. Da spürte sie Lenas Hand auf ihrem Arm.

»Em, ich will auch nur, dass du dich da nicht in etwas verrennst. Ich weiß doch, wie viel er dir bedeutet«, sagte Lena vorsichtig.

Erneut drehte Emma sich um und schüttelte Lenas Hand ab. »In was soll ich mich denn verrennen? In den festen Glauben, dass er wieder gesund wird? Nur weil ihr ihn alle schon aufgegeben habt, muss das ja nicht für mich gelten!« Sie schrie fast.

»Das stimmt doch gar nicht. Ich meine nur …«, doch Emma unterbrach sie rüde.

»Lass gut sein, ich habe es eilig.«

Schnell lief sie die Treppenstufen nach unten, um die nächste Straßenbahn zu bekommen. Der fade Nachgeschmack, dass sie genau wusste, dass ihre Schwester es nur gut mit ihr meinte, blieb. Doch Emma verstand nicht, warum alle fast schon resigniert wirkten, wenn es um Jonathans Heilungschancen ging. Ja, die Prognose war nicht die beste, aber er hatte schon den ersten Chemo-Zyklus gut gemeistert, also würde er auch den zweiten schaffen. Und dann konnte er langsam wieder genesen und in ein, zwei Jahren würde das alles nur noch ein langsam verblassender

Albtraum sein, der sie an eine Zeit erinnerte, die sie alle stärker gemacht hatte. Dessen war sich Emma sicher.

Jonathan

Das Atmen fiel ihm schwer. Immer wieder musste er husten, was seinen ganzen Körper erzittern ließ. Er blinzelte, das helle Licht blendete ihn und sorgte für Kopfschmerzen. Er lag den ganzen Tag im Bett und schlief immer wieder ein. Im Schlaf fühlte sein Körper sich leicht an und er konnte den Schmerzen für wenige Stunden entkommen. Als es an der Tür klopfte, drehte er den Kopf nur ein wenig zur Seite, um zu sehen, wer kam. Emma erschien im Türspalt. Ihren besorgten Blick versuchte er mit einem gequälten Lächeln zu beruhigen. Er wollte sie begrüßen, spürte aber zugleich, wie seine Stimme versagte. Entkräftet griff er nach seinem Wasserglas und trank einen Schluck.

»Hey«, sagte Emma leise und setzte sich auf einen Stuhl neben seinem Bett.

Jonathan hob leicht die Hand zur Begrüßung und blickte in Emmas blaue Augen. Er sah die Angst und die Verzweiflung, die in ihnen lag. Er wollte nicht, dass sie litt. Sie sollte ihn so nicht sehen. Er hatte eine Entscheidung getroffen und wusste, dass er Emma davon überzeugen musste.

»Oma Beeke hat vorhin angerufen«, begann er und nahm erneut einen Schluck Wasser, »sie hörte sich nicht wirklich gut an.«

»Natürlich nicht! Sie kommt bestimmt um vor Sorge um dich.«

Jonathan nickte und überlegte, wie er Emma seine Bitte am besten näherbringen konnte.

»Ich weiß. Mit ihrem verstauchten Fuß soll sie sich die Fahrt aber nicht erneut antun.« Jonathan holte tief Luft. Das lange Sprechen strengte ihn an, aber er musste das jetzt durchziehen. »Deshalb habe ich überlegt, ob du sie nicht besuchen fahren könntest. Es würde mir viel bedeuten, wenn ich wüsste, dass du einen Blick auf sie hast«, schlug er vor.

Emma schaute ihn entgeistert an. »Aber …«

»Ich weiß, Emma. Aber sie ist alt und macht sich Sorgen. Ich würde mich viel besser fühlen, wenn du nach ihr schauen könntest.«

Emma schaute ihn immer noch zögernd an.

»Außerdem könntest du mir meine Fotoausrüstung von Borkum mitbringen. Wenn ich endlich aus dem Krankenhaus rauskomme, möchte ich auf jeden Fall wieder fotografieren.«

Jonathan wusste, dass Emma ihm diesen Wunsch niemals abschlagen würde.

Emma

Ihr Herz wurde weich. Sie wusste, wie viel Jonathan das Fotografieren bedeutete, und sie war sich sicher, dass es ihm helfen würde, seinen alten Hobbys wieder nachzugehen.

»Okay, aber du musst mir versprechen, dass wir jeden Tag schreiben.«

»Machen wir«, antwortete Jonathan und schloss müde die Augen.

Emma saß weiter an Jonathans Bett und hörte, wie seine Atemzüge langsamer und tiefer wurden. Ein untrügliches Zeichen dafür, dass er eingeschlafen war. Sie strich ihm sanft über die Hand und drückte sie leicht.

»Wenn du willst, dass ich Oma Beeke besuchen fahre, mache ich das natürlich für dich. Ich würde alles für dich tun«, sagte Emma leise und schaute in Jonathans schlafendes Gesicht, auf dem die Anstrengungen der letzten Monate deutlich zu sehen waren.

»Ich würde alles für dich tun, weil ich dich liebe«, murmelte Emma, bevor sie Jonathans Hand ein letztes Mal drückte, den Stuhl leise zur Seite schob und aus dem Zimmer ging.

Jonathan

Jonathan öffnete die Augen und sah, dass der Stuhl neben ihm leer war. Von ganz weit weg hatte er Emmas Stimme gehört, die ihm etwas zuflüsterte, was er sich nicht zu wünschen gewagt hatte. Er wusste, dass es richtig war, Emma zu Oma Beeke zu schicken, und doch tat ihm bei dem Gedanken, Emma nun nicht mehr täglich zu sehen, das Herz weh. Er hustete erneut und spürte einen stechenden Schmerz in seiner Lunge, der ihm Tränen in die Augen trieb.

»Kann ich etwas für Sie tun?«, hörte er die Stimme der Krankenschwester, die das Zimmer betreten hatte.

Jonathan schaute zu seinem Nachttisch. »Ich würde gerne einen Brief schreiben. Könnten Sie mir meinen Block und einen Stift rausholen?«

»Sehr gerne. Was für eine schöne Idee. Heutzutage schreibt ja kaum noch jemand per Hand.«

Sie reichte ihm das Papier und half ihm, sich aufzusetzen. Er hustete erneut und verzog das Gesicht.

»Herr Martens, wenn Sie Schmerzen haben, sagen Sie mir bitte Bescheid, ja?«

Jonathan nickte und sie verließ das Zimmer wieder.

Liebe Emma,

erst mal möchte ich dir danken, dass du zu Oma Beeke fährst. Ich weiß, dass sie zwar nach außen hin sehr tough wirkt, aber in ihr drinnen sieht es oft ganz anders aus. Auch wenn sie viele Freunde auf Borkum hat, ist es einfach etwas anderes, wenn du bei ihr bist und ihr etwas hilfst. Das bedeutet mir wirklich unheimlich viel! Umso länger ich hier im Krankenhaus bin, umso mehr muss ich erkennen, dass diese Krankheit mehr mit mir macht, als mir lieb ist. Immer wieder lerne ich hier neue Menschen und deren Geschichten kennen. Als ich im April eingeliefert wurde, war da ein Junge, vielleicht gerade mal 18 Jahre alt. Wir haben uns gut verstanden und miteinander gescherzt, wenn wir uns auf dem Flur begegnet sind. Gestern habe ich von einer Krankenschwester erfahren, dass er verstorben ist.

Diese Krankheit ist so unglaublich ungerecht, Emma. Wie kann es richtig sein, dass Menschen sterben, die ihr Leben

noch gar nicht gelebt haben? Ich begreife es einfach nicht, und doch merke ich, dass ich mir auch immer mehr Sorgen mache. Was ist, wenn das alles hier nicht gut ausgeht? Ich weiß, ich soll so nicht denken, aber wie kann ich das verhindern, wenn ich mitbekommen muss, wie ein so junger Mensch an diesem Mist stirbt? Es macht mich unglaublich wütend und zugleich auch traurig.
Es tut mir leid, dass dieser Brief so deprimierend ist, aber zurzeit ist es gar nicht so einfach, weiter optimistisch zu bleiben.
Umso mehr freue ich mich auf Fotos von dir von Borkum. Pass gut auf Oma Beeke auf!

Bis bald
Jonathan

20. MAI 2022

Emma (Borkum)

In dem Moment, als der neue Leuchtturm zum ersten Mal am Horizont erschien, war es, als flatterten Tausende kleiner Schmetterlinge in ihrem Bauch und hinterließen ein unbändiges Gefühl der Vorfreude. Der Anblick des Gebäudes, das schon seit Ewigkeiten den Schiffen den Weg wies, strahlte Beständigkeit aus und gab Emma Hoffnung. Mit jeder Seemeile, die die Fähre sich der Insel näherte, spürte sie, wie ihr Herz immer leichter wurde und die Zeilen, die sie gestern von Jonathan bekommen hatte, an Schwere verloren. Alles würde wieder gut werden. Es musste!

Die Sonne schien warm auf ihre Schultern, und sie war froh, sich vor der Überfahrt noch einen Klecks Sonnencreme auf die Arme gestrichen zu haben. Nur zu gut erinnerte sie sich daran, wie schnell die Sonne bei einer leichten Brise unweigerlich zu einem Sonnenbrand führen konnte. Mit jedem Sonnenstrahl und dem salzigen Geruch auf ihren Lippen ließ die Anspannung der letzten Wochen etwas nach. Auch wenn ihre Gedanken immer wieder zu Jonathan wanderten, wuchs die Vorfreude auf die Insel, das Meer und auf Oma Beeke. Wenn Jonathan sie nicht so sehr gedrängt hätte, sich um Oma Beeke zu kümmern, hätte sie wohl unter keinen Umständen Essen und damit ihn verlassen. Aber wie hätte sie ihm diesen Wunsch abschlagen können?

Sie sah die Silhouette der Nordseeinsel und Ruhe kehrte in ihr ein. Schon früher hatte dieser erste Anblick dieses Gefühl in ihr ausgelöst, und sie konnte es kaum erwarten, barfuß durch den Sand zu laufen.

Nur wenige Minuten später legte die Fähre am Hafen an. Gemeinsam mit Emma stiegen auch andere Urlauberinnen und Urlauber aus, doch da die Hauptsaison gerade erst begonnen hatte, war es verhältnismäßig ruhig. Schnell suchte sie sich einen Platz in der Inselbahn, die sie zum Bahnhof brachte. Dann machte sie ein Selfie von sich und schickte es Jonathan.

> Bin auf der Insel angekommen und freue mich, gleich
> Oma Beeke zu sehen. Melde mich später noch mal bei
> dir. Ich denke an dich!

Am Bahnhof angekommen schulterte Emma ihren Rucksack, nahm ihren Koffer und zog ihn raus aus der kleinen Stadt. In der Ferne sah sie das alte Reetdachhaus und ihr Bauch machte kleine Purzelbäume vor lauter Freude. Als sie näher kam, sah sie, wie Oma Beeke schon in der Haustür stand und auf sie wartete. Die letzten Meter rannte Emma nun fast und ließ ihren Koffer auf den Weg plumpsen.

»Emma, endlich bist du wieder auf der Insel!«, empfing die alte Frau sie mit ihrer herzlichen Art und schloss sie in eine Umarmung.

Emma genoss das, sie konnte sich darin völlig fallen lassen, spürte jedoch auch, wie das Wiedersehen mit Oma Beeke sie aufwühlte. Noch nie war sie ohne Jonathan hier gewesen. Eigentlich war dies hier ihr gemeinsamer Rückzugsort. Emma schluckte.

»Na, na, mein Deern. Alles wird gut.«

Emma nickte und wischte sich die Träne weg. »Ich weiß, es ist nur so komisch, ohne ihn hier zu sein.«

»Das verstehe ich, aber ich freue mich trotzdem sehr, dass du mich besuchen kommst und dem Jung so etwas von der Insel schicken kannst. Er hat mir am Telefon schon gesagt, dass du eifrig Fotos machen sollst. Ich wollte eigentlich meine Koffer packen und wieder zu ihm fahren, aber das hat er mir ja verboten. Nur wegen des ollen Fußes, dabei ist der schon fast wieder heil. Alter Dickschädel.«

Emma schmunzelte. Dickschädel konnten beide durchaus manchmal sein.

»Nun komm aber erst mal rein und lass uns bei einem Tee ein bisschen schnacken«, forderte Oma Beeke sie auf.

ele

Etwas später machte sich Emma auf den Weg zum Strand. So sehr sie die Zeit mit Oma Beeke auch genoss, zog es sie doch unweigerlich zum Meer. Deswegen hatte sie sich nach dem Tee auch nicht erst hingelegt, sondern sofort ihren Rucksack gepackt und war zum Nordstrand losgelaufen. Als sie auf der Promenade ankam und ihren Blick auf das Wasser richtete, kribbelte es vor Vorfreude in ihr und sie konnte gar nicht schnell genug die Treppen nach unten laufen. Sie schüttelte ihre Flipflops ab und berührte mit den Füßen den feinen Nordseesand. Für einen kurzen Moment schloss sie die Augen, um das Gefühl zwischen ihren

Zehen zu genießen. Sie atmete tief ein und versuchte genau dieses Gefühl tief aus ihrem Herzen heraus an Jonathan zu senden.

Als sie die Augen wieder öffnete, sah sie bereits die Surfschule am Ende der Holzbohlen. Emma lief weiter, an der Surfschule vorbei, und suchte sich einen Platz am Strand. Heute wollte sie noch nicht surfen gehen, dafür blieb ihr in den nächsten Tagen noch genügend Zeit. Sie breitete ihr Handtuch aus und legte ihren Rucksack ab, bevor es sie zum Meer zog.

Sie zog scharf die Luft ein, als ihre Füße in das kalte Nordseewasser eintauchten. War das noch kalt! Mutig lief sie weiter und vergrub bei jedem Schritt ihre Zehen im nassen Sand. Je länger sie im Wasser war, umso wärmer kam es ihr vor, und sie ärgerte sich, dass sie keine Badesachen eingepackt hatte. Sie raffte ihr Kleid bis knapp unter ihrem Po zusammen, um so zumindest etwas weiter ins Wasser gehen zu können. Aus dem Augenwinkel sah sie, wie sich auf dem Boden etwas bewegte, und sie entdeckte eine kleine Krabbe, die sich flink von ihr entfernte. »Na du, bist du auf Abwegen?«, fragte sie die Meeresbewohnerin und beobachtete, wie sie sich in den Sand eingrub.

Emma grinste und beschloss, Jonathan später von dieser Begegnung zu berichten. Als Kind war sie immer aufgeregt zur Seite gesprungen, wenn nur irgendwo eine Krabbe in Sichtweite war. Jonathan hatte sie immer liebevoll damit aufgezogen und ihr zu erklären versucht, dass viele Meereslebewesen mehr Angst vor den Menschen hatten als andersherum. Trotzdem war Emma immer skeptisch geblieben, was Krabben anging. Diese Tiere mit ihren kleinen Scheren kamen manchmal so urplötzlich aus dem Boden hervor, dass sie immer etwas Angst gehabt hatte, auf eine zu treten. Sie seufzte tief und ging wieder zu ihrem Handtuch. Da sah sie Nils auf sich zukommen, mit seinem Board unter dem Arm.

»Hey, wo hast du denn Jonathan gelassen?«, rief er ihr zu.

Von einem Moment auf den anderen war Emmas gute Laune wie weggeblasen, und der Kloß in ihrem Hals war wieder da. »Weißt du nicht …?«, fragte sie zögerlich und brach dann ab.

Nils legte sein Board ab und kam näher. »Was ist denn los?«

»Jonathan … er … ist wieder im Krankenhaus«, antwortete sie mit belegter Stimme.

»Aber es ging ihm doch besser!«

»Ja, das dachten wir alle. Aber leider haben sich Metastasen gebildet.«

Nils Lächeln gefror und er schaute sie entsetzt an.

»Emma, das wusste ich nicht. Scheiße. Warum hat er denn nichts gesagt? Verdammt!«

Sie nickte und spürte die Leere, die mit nichts zu füllen war. Sie hatte das Gefühl, in sie hineinzufallen. Ohne Netz und doppelten Boden. Sonst war es immer Jonathan gewesen, der sie aufgefangen hatte. Egal was war, er hatte ihr immer Mut zugesprochen und sie wieder aufgebaut. Doch jetzt war er gefangen. Gefangen in einer Krankheit, die so heimtückisch war.

Nils kam noch einen Schritt auf Emma zu und umarmte sie. »Wenn du Lust hast, lass uns reinsetzen und etwas reden«, sagte er und zeigte auf die Surfschule.

»Gerne«, antwortete Emma.

Nach dem Gespräch mit Nils fühlte sie sich besser, aber dennoch überkam sie eine innere Unruhe. Anstatt Jonathan eine Whatsapp zu schreiben, nahm sie ihren Block, den sie jobbedingt stets bei sich trug, setzte sich auf eine Bank in die Dünenlandschaft und schrieb:

Lieber Jonathan,

ich wünschte, du könntest jetzt bei mir sein und müsstest nicht im Krankenhaus liegen. Deine letzten Zeilen haben mich traurig gestimmt, aber ich bin wirklich fest davon überzeugt, dass du wieder gesund wirst! Schon ganz bald können wir bestimmt wieder gemeinsam hier auf Borkum sein und den Sternenhimmel bewundern.
Nachdem ich auf der Insel angekommen war und mit Oma Beeke einen Tee getrunken hatte, bin ich direkt zum Meer gegangen. Du kennst mich ja, ich kann es immer kaum erwarten, meine Füße ins Wasser zu tauchen. Ich habe heute sogar der Begegnung mit einer Krabbe standgehalten. Bist du stolz auf mich ;)?
Gerade habe ich noch Nils getroffen. Er wusste noch nicht, dass du wieder im Krankenhaus liegst, und war völlig bestürzt, als ich es ihm erzählt habe. Ich mache dir keinen Vorwurf, ich weiß ja genau, wie unangenehm es dir ist, wenn alle so einen Wirbel um dich machen. Und doch tut es mir weh, dass du diesen Kampf so sehr mit dir allein ausmachst, denn das musst du nicht. Wir sind alle für dich da und ich ganz besonders.

Ich habe lange überlegt, wie ich dir das sagen soll, was mir seit Monaten durch den Kopf spukt. Immer wieder habe ich versucht, den richtigen Moment abzupassen, aber irgendwie kam dann auch immer wieder das Leben dazwischen. Und trotzdem ist es mir wichtig, dir zu sagen, was mich bewegt. Da es »den« richtigen Moment wahrscheinlich nie geben wird, weil uns zwischen unseren Zeilen immer das Leben dazwischenkommt, habe ich mich bewusst dafür entschieden, dir einen Brief zu schreiben. Irgendwie scheint das so unsere Form für Geständnisse zu sein, oder?

Ich kann nicht aufhören, an unseren Kuss zu denken. Es war ungewohnt und fühlte sich zugleich vollkommen richtig an. Als hätte es schon immer so sein sollen. Ich bin die letzten Jahre immer umhergeirrt und war auf der Suche nach einem Hafen, obwohl ich ihn schon vor langer Zeit in einer Person auf einer kleinen Insel in der Nordsee gefunden habe. Jonathan, ich glaube, ich empfinde schon sehr lange viel mehr für dich als das, was man für einen besten Freund empfindet. Ich habe Schmetterlinge im Bauch, wenn ich deinen Namen auf dem Handy-Display aufleuchten sehe, und bei niemandem fühle ich mich so aufgehoben und geborgen. Jede Minute, die wir miteinander verbringen, macht mich glücklich, und jeder Satz, den du zu mir sagst, gibt mir das Gefühl, ein besserer Mensch zu sein. So wie du mich siehst, sieht mich kein anderer. Du bist mein Ruhepol und ich kann und will mir einfach nicht vorstellen, wie ein Leben ohne dich wäre. Diese beschissene Krankheit hat mir aber gezeigt, wie schnell das Leben aus dem Takt gebracht werden kann, und ich

*möchte keine einzige Sekunde mehr ungenutzt ver-
streichen lassen!*

Ich liebe dich
Emma

Zufrieden steckte Emma den Brief in ihre Tasche und beschloss, ihn in den nächsten Tagen abzuschicken. Es war
Zeit, reinen Tisch zu machen und die Wahrheit zwischen
den Zeilen auszusprechen. Sie schloss die Augen und erinnerte sich an Jonathans Lippen auf ihren. An diesen einen
Moment, in dem alles möglich schien. Könnte sie doch
noch einmal die Zeit zurückdrehen.

Ein lautes Klatschen kam von irgendwo her und Emma
öffnete ihre Augen wieder. Wo kam das auf einmal her? Sie
stand auf und ließ ihren Blick über die Dünen gleiten. Etwas
weiter weg stand eine kleine Menschengruppe. Neugierig
lief sie näher. Da war ein Stehtisch, an dem drei Personen
standen. Eine Frau in einem weißen Jumpsuit und ein Mann
im hellblauen Anzug. Daneben eine weitere Frau mit einem
Stück Papier in der Hand. Vor den dreien standen weitere
Personen, die ebenfalls festlich gekleidet waren.

Eine Trauung! Wie romantisch, schoss es Emma durch
den Kopf. Aber ging das so einfach hier in den Dünen?

Emma blieb noch einen Moment stehen und beobachtete, wie wenige Minuten später alle mit einem Glas Sekt
anstießen und das Brautpaar beglückwünschten. Wie schön
das war. Vielleicht sollte sie ihrem Chef mal einen Artikel
über Hochzeiten auf den ostfriesischen Inseln vorschlagen.
Zwar nicht so glamourös wie die Hochzeiten der Celebrities,

aber mit Sicherheit gab es da die eine oder andere authentische Geschichte zu entdecken.

Emma machte sich eine Notiz in ihr Handy, bevor sie sich umdrehte und zurück zu Oma Beeke fuhr.

MÄRZ 2021

Jonathan, 29 Jahre (Borkum)

Jonathan schlug die Augen auf und hörte das Rauschen der Wellen und das Prasseln des Regens gegen das Fenster. Doch abgesehen davon hörte er vor allem eines: Ruhe. Waren in Essen immer Autos zu hören, Sirenen oder Menschen, war es hier in der Nebensaison mitunter so still, dass er die Natur förmlich wieder atmen hören konnte. Er lächelte. Nach fast zwanzig Jahren war er wieder nach Hause gekommen und sein Bauch sagte ihm, dass die Entscheidung goldrichtig gewesen war.

»Moin«, begrüßte ihn Oma Beeke, die wie immer schon in der Küche stand und am Herd werkelte. »Richtiges Schietwedder heute«, verkündete sie beim Blick nach draußen und goss Jonathan dampfenden Kaffee in eine Tasse.

»Es gibt doch nichts Besseres«, antwortete Jonathan. Er freute sich, los ins Watt zu laufen und zu schauen, was Regen und Sturm alles angeweht hatten.

»Du bist echt ein richtiger Nordkopp«, sagte Oma Beeke und lachte. »So'n büsschen Regen macht dir nichts aus.«

Jonathan grinste, bestrich eines der ofenfrischen Brötchen dick mit Marmelade und biss genussvoll hinein.

»Ich bin einfach sehr froh, endlich wieder hier zu sein«, antwortete er zwischen den Bissen.

Oma Beeke lächelte und setzte sich zu ihm an den alten

Tisch. »Ich habe nie daran gezweifelt, dass du irgendwann wieder nach Hause kommst.«

Nicht nur sie nannte die Insel ihr Zuhause, sondern auch er. Nirgendwo sonst fühlte er sich so pudelwohl wie hier.

»Weißt du schon, was du heute machst?«, erkundigte sie sich.

»Ich wollte Emma anrufen. Sie hat mir letztens von ihrer neuen Stelle in Hamburg erzählt. Ich bin neugierig, wann sie umzieht.«

Oma Beeke nickte und sah versonnen in die Ferne. Jonathan folgte ihrem Blick und bemerkte, dass sie das Foto über der Tür betrachtete. Es zeigte Oma Beeke und Opa Enno an ihrem Hochzeitstag. Leider war Opa Enno bereits vor sehr langer Zeit gestorben, weswegen er kaum Erinnerungen an ihn hatte.

»Du hast ihn sehr geliebt, oder?«

Oma Beeke blinzelte, als wäre sie in einer längst vergangenen Zeit abgetaucht gewesen. »Er war der beste Mann«, antwortete sie.

»Bist du nicht manchmal traurig, dass er so früh gestorben ist? Du bist jetzt schon so viele Jahre allein …«

»Und dennoch würde ich es genau so wieder machen. Es zählen nicht die Jahre, die er jetzt nicht mehr da ist, sondern die vielen Augenblicke, die wir gemeinsam hatten.«

»Ich wünsche mir genau das, was ihr damals füreinander empfunden habt.«

Oma Beeke schaute Jonathan an. Lange sagte sie nichts, schien nach den richtigen Worten zu suchen. »Meinst du nicht, dass du das vielleicht schon lange gefunden hast?«

Jonathan verschluckte sich an seinem Bissen und hustete. Irritiert schaute er sie an.

»Wie meinst du das?«

»Ich meine Emma, mein Jong.«

Bei der Erwähnung ihres Namens schlug sein Herz schneller.

»Ich weiß nicht, ob … ich meine, wir sind schon so lange befreundet …«, stotterte er.

»Papperlapapp. Ihr beiden seid doch schon ewig mehr als nur Freunde. Ihr müsst nur mal den Mut haben, es auszusprechen.«

Oma Beeke stand auf, um den Topf auf dem Herd erneut umzurühren.

»Es ist nicht so einfach, weißt du«, fing Jonathan an, ohne die Feststellung seiner Oma zu leugnen. »Im Moment lebe ich hier und Emma wird nach Hamburg ziehen. Unser Timing ist gerade nicht so gut.«

Oma Beeke drehte sich um, stemmte die Hände in die Hüfte und verdrehte die Augen. »Ihr jungen Leute immer. Timing. Entweder liebt man sich, und dann sagt man sich das auch, oder nicht.«

»Ich weiß ja, was du meinst. Aber ich möchte Emma erst mal etwas Zeit geben, um sich zu finden. Wenn ich ihr jetzt gestehe, dass ich sie liebe, würde sie vielleicht auch nach Borkum ziehen, und ich möchte nicht, dass sie das nur meinetwegen macht, sondern weil sie es ebenfalls will. Ich will ihr bei ihrer Karriere nicht im Weg stehen.«

Oma Beeke schüttelte den Kopf. »Ich weiß zwar nicht, warum ihr es immer so kompliziert macht, aber wenn du denkst, dass es für Emma so besser ist, dann wird es das schon sein.«

Jonathan wusste, dass das fast einem Ritterschlag gleichkam. Zwar schien Oma Beeke nicht genau zu verstehen,
warum er wartete, aber er war sich sicher, dass es genau
richtig so war. Es würde der passende Zeitpunkt kommen,
an dem er Emma seine Liebe gestand.

21. MAI 2022
Jonathan (Essen)

Er blinzelte leicht. Die Konturen der Gegenstände in seinem Zimmer verloren an Schärfe. Alles verschwamm. Er schloss die Augen wieder. Die leisen Stimmen seiner Eltern drangen von draußen in sein Zimmer. Sie unterhielten sich mit jemandem. Dann das Öffnen der Tür. In seinem Kopf wurden die letzten Wochen zu einem einzigen langen Augenblick. Er hatte Durst, unfassbaren Durst. Er versuchte wieder, die Augen zu öffnen.

»Wasser«, brachte er krächzend hervor und sah, wie seine Mutter ihm das Glas an die Lippen hielt. Er spürte die Flüssigkeit, die seinen trockenen Hals hinunterfloss. Dankbar nickte er und dämmerte sofort wieder weg.

Als er erneut die Augen öffnete, sah er Max neben sich sitzen. Er sah fertig aus. Die Haut war fahl und die Schatten unter seinen Augen zeigten, dass er wenig geschlafen hatte. Sein Blick war aus dem Fenster gerichtet, wo gerade die Sonne in den schönsten Gelb- und Orangetönen aufging. Jonathan blinzelte erneut und hustete.

»Brauchst du etwas?«, fragte Max.

Jonathan schüttelte langsam den Kopf.

»Max, ich sterbe«, flüsterte er leise.

Tränen rannen seinem Bruder übers Gesicht. Er suchte Jonathans Hand, die eiskalt war, und umfasste sie mit seinen warmen Händen. »Wir sind da«, murmelte er.

Jonathan nickte und schlief erneut ein.

Er war am Strand, lief durch das seichte Wasser und hielt dabei seine Kamera vors Gesicht, um den Moment abzupassen, in dem Emma vom Surfbrett aufstand und die perfekte Welle nahm. Das kalte Nordseewasser umspülte seine Beine und hinterließ einen angenehmen Schauer auf seinem Körper. Da sprang Emma aufs Board, er zoomte heran und in dem Moment, als er abdrückte, wusste er genau, welch zufriedener und glücklicher Gesichtsausdruck auf Emmas Gesicht lag. Er lächelte.

ele

Jonathan blinzelte erneut und holte tief Luft. Das Atmen fiel ihm schwer, obwohl er Sauerstoff durch die Nase bekam. Er röchelte, und sofort standen seine Eltern und Max um ihn herum.

»Brauchst du etwas?«, fragte seine Mutter, während er umherschaute und sein Blick an dem kleinen Nachttischschrank hängen blieb. Er murmelte etwas, doch niemand schien ihn zu verstehen.

»andy«, wiederholte er.

Max griff zu seinem Handy und entsperrte es. »Du hast eine neue Nachricht von Emma«, flüsterte er. »Soll ich sie öffnen?«

Jonathan nickte schwach.

Max drückte auf das Symbol und ein Bild von Emma

ploppte auf dem Bildschirm auf. Er hielt es Jonathan vors Gesicht. Emma stand am Borkumer Südstrand, die Füße im Wasser, ihre Haare waren ihr vom Wind ins Gesicht geweht worden und zahlreiche neue Sommersprossen hatten sich durch die Sonne der letzten Tage auf ihrem Gesicht niedergelassen. Sie lächelte glücklich in die Kamera, und ihre Augen strahlten mit der Sonne um die Wette.

»Du fehlst hier«, las Max leise vor.

Jonathan nickte und lächelte. Er schloss die Augen wieder und sah Emma vor sich. Emma, wie sie als kleines Mädchen vor ihm stand und an ihrem Zitronen-Stracciatella-Eis leckte. Emma, wie sie gemeinsam mit ihm am Strand um die Wette lief und sich laut lachend in den nassen Sand fallen ließ. Emma, wie sie als Teenie mit ihm vor der Haustür stand und kichernd das Schlüsselloch nicht fand. Emma, wie sie gemeinsam mit ihm eine Ausstellung mit Meerestieren besuchte und mit großen Augen die Tiere beobachtete. Emma, die ihm voller Stolz ihren ersten Artikel aus der Zeitung unter die Nase hielt und auf ihren Namen daneben zeigte. Emma, die genussvoll die Rote Grütze von Oma Beeke verspeiste, sich dabei über die Lippen leckte und sofort eine Portion Nachschub nahm. Emma, die ihn an Silvester mit funkelnden Augen angesehen und in deren Augen er genau die Gefühle gesehen hatte, die er schon all die Jahre für sie empfand.

Es war immer Emma. Immer schon gewesen.

Emma (Borkum)

Emma trat ordentlich in die Pedale. Der Wind blies ihr ihre Haare ins Gesicht. Ihr nasses Haar hatte sie nur kurz trocken gerubbelt, nachdem sie vom Surfbrett runter und aus dem Meer gekommen war. Ihr Magen meldete sich bereits zu Wort. Wie immer, wenn sie am Meer war, überkam sie nach dem Surfen ein großer Hunger. Nur gut, dass Oma Beeke bereits heute Morgen angekündigt hatte, zum Mittag Dickmilch mit Roter Grütze zu machen. Beim Gedanken an die Lieblingsspeise ihrer Kindheit lief Emma bereits das Wasser im Mund zusammen. Energisch radelte sie die Promenade entlang und freute sich, als nach einigen Minuten das alte Reetdachhaus am Wegesrand erschien. Ungeduldig ließ sie ihr Rad neben der alten Bank stehen und öffnete gut gelaunt die Haustür.

»Ich bin wieder da«, rief sie und lief die Treppe nach oben, um ihre Sachen abzulegen. Irgendetwas störte sie, aber sie konnte nicht sagen, was es genau war. Schnell wischte sie den Gedanken beiseite.

In Jonathans altem Zimmer hingen immer noch Plakate mit Meeresmotiven. Emma schmunzelte, als ihr Blick auf ein Poster fiel, das Tiere im Wattenmeer zeigte. Schon als kleiner Junge war Jonathan fasziniert gewesen, wie vielen Tieren dieser Lebensraum ein Zuhause bot. Mit den Fingern zeichnete sie die Konturen des Seesterns nach und beschloss, dass sie unbedingt mal ins Aquarium gehen musste, um Jonathans Kolleginnen und Kollegen zu treffen. Jetzt war sie bereits seit einigen Tagen wieder auf der Insel, aber hatte es noch immer nicht geschafft, dort vorbeizuschauen. Dabei hatte sie es sich fest vorgenommen. Sie war neugierig. Ganz vage erinnerte sie sich an Matti und Fenna. Wie mochten sie mittlerweile aussehen? Und wo war Jonathans Arbeitsplatz im Aquarium? Sie wollte sich den Platz, der Jonathan ein neues Zuhause bot, genau anschauen. Den Platz, an dem er wieder angekommen war und sich wohlfühlte und an dem er auch in Zukunft wieder leben und arbeiten würde, wenn er sich von dieser scheiß Krankheit erholt hatte.

Eilig kämmte Emma sich die Haare und nahm beim Runterlaufen nur jede zweite Stufe. In der Küche fand sie nur einen leeren Topf auf dem Herd vor. Das hatte gefehlt: der Geruch nach Dickmilch und gekochten Früchten mit Zimt und Zucker, den sie so gut kannte. Es sah Oma Beeke so gar nicht ähnlich, das Mittagessen nicht pünktlich auf dem Tisch zu haben. Punkt dreizehn Uhr wurde seit jeher immer zu Mittag gegessen und wehe, jemand war nicht auf die Minute genau da. Oma Beeke war zwar die liebenswerteste Person, die sie kannte, aber Pünktlichkeit war für sie unverhandelbar. Umso erstaunter war Emma, dass Oma Beeke jetzt nicht in der Küche stand. Vielleicht hatte sie sich verquatscht.

»Oma Beeke?«, rief Emma und ging aus der Küche ins Wohnzimmer, das zum Garten lag. Langsam machte sich ein ungutes Gefühl in ihr breit. Nicht, dass Oma Beeke etwas zugestoßen war. Mit ihren zweiundachtzig Jahren war die Rentnerin zwar noch fit, was mit Sicherheit auch an dem guten Klima auf Borkum lag, aber dennoch zeigten sich auch bei ihr erste Alterserscheinungen. Das Laufen fiel ihr manchmal schwer, auch wenn sie es nur ungern zugab. Und der verstauchte Fuß war auch noch immer nicht ganz verheilt. Emma wusste nur zu gut, dass Oma Beeke es niemals zugeben würde, wenn sie Hilfe bräuchte. Auch ein Grund, warum Jonathan sie so dringend gebeten hatte, nach Borkum zu fahren und einen Blick auf die alte Frau zu haben.

Die offene Terrassentür weckte Emmas Aufmerksamkeit und sie rannte hinaus. Als ihr Blick suchend durch den dicht bewachsenen Garten glitt, blieb sie am Sanddorn hängen. Lose Äste lagen ungeordnet am Boden und zeugten von nicht beendeter Gartenarbeit. In Emmas Kopf überschlugen sich die Gedanken. Was, wenn Oma Beeke sich verletzt hatte?

»Oma Beeke!«, rief Emma panisch.

In dem Moment hörte sie ein Schluchzen aus der anderen Ecke des Gartens. Emmas Herz wummerte wie verrückt. Sie drehte sich um und sah den Strandkorb, vor dem zwei Schuhe lagen. Emma sprintete hinüber und atmete erleichtert auf, als sie Oma Beeke dort drin sitzen sah, nur um im nächsten Moment zu realisieren, wie blass die alte Frau plötzlich aussah.

»Geht es dir nicht gut? Hast du zu wenig getrunken? Soll ich dir ein Glas Wasser holen?«, plapperte Emma los und wollte umdrehen.

»Emma.«

Der Ton, in dem Oma Beeke ihren Namen sagte, ließ das Blut in ihren Adern gefrieren. Jetzt nahm sie das Bild vor sich erst richtig wahr. In der einen Hand hatte Oma Beeke noch eine Gartenschere, mit der sie zuvor den Sanddornbusch geschnitten haben musste. In der anderen Hand hielt sie das mobile Telefon, das immer im Flur auf der Kommode stand. In ihren Augen sah sie Tränen schimmern.

Emma wurde schlecht.

»Was?«, flüsterte sie und unterdrückte einen Würgereiz.

Oma Beekes Mund öffnete sich, und Emma hörte nur einen Namen »Jonathan«. Alles andere, das sie sagte, klang plötzlich so entfernt, so völlig verzerrt. Emma spürte, wie ihre Beine nachgaben und sie auf den Boden sackte. Ihr Körper begann zu zucken und sie schüttelte heftig den Kopf.

»Sie … sie haben gesagt, er wird wieder gesund. Er … er muss wieder gesund werden …«

Oma Beeke erhob sich aus dem Strandkorb und kniete sich schwerfällig vor Emma nieder. »Er hatte keine Chance. Der Krebs war schon zu weit fortgeschritten. Er ist ganz friedlich eingeschlafen.«

Emma schüttelte weiter den Kopf, sie hatte es gar nicht unter Kontrolle. »Er hätte mich doch niemals weggeschickt, wenn es ihm so schlecht gegangen wäre. Er hat gesagt, dass es wieder wird, dass …« Sie brach ab, als sie die unendliche Trauer im Blick von Oma Beeke sah und begriff, dass all ihre Ängste der letzten Monate innerhalb eines kurzen Augenblicks zur Realität geworden waren. Das Letzte, was sie fühlte, bevor ihr schwarz vor Augen wurde, war Oma Beekes Hand, die ihre fest umschloss.

EINIGE STUNDEN SPÄTER

Als Emma die Augen wieder aufschlug, wusste sie im ersten Moment nicht, wo sie sich befand. Es war dunkel und nur ein schwacher Lichtschein drang durch den Türspalt ins Zimmer. Sie hatte völlig das Zeitgefühl verloren und konnte nicht sagen, ob es abends oder morgens war. Sie spürte etwas Kaltes auf ihrer Stirn und tastete vorsichtig danach. Es war ein kleines Gästehandtuch, das in Wasser getränkt worden war. Eine filigrane Stickerei befand sich an der einen Ecke. Emma zog es näher an sich heran, um es genauer zu betrachten. Auf der einen Seite erkannte sie einen roten Turm, und als ihre Augen weiter nach links wanderten, sah sie zwei Wale, die Wasser in die Luft spritzten. Das Wappen von Borkum. Emmas Blick verwob sich mit den zwei Walen. Übelkeit stieg in ihr auf.

Verwirrt schaute sie sich um und blieb an einem Poster an der Wand hängen. Es zeigte ebenfalls Wale, Schweinswale, die Jonathan zuletzt beobachtet hatte. Emma hatte das Gefühl, ihr Herzschlag setze aus. Sie saß gekrümmt im Bett und zog das Handtuch vor ihren Mund, gerade rechtzeitig, um den lauten Schluchzer, der tief aus ihrem Innerem nach draußen drang, abzuschwächen. Heiße Tränen rannen ihr übers Gesicht, ihr Körper zuckte immer wieder aufs Neue zusammen und Emma wünschte sich nichts sehnlicher, als aus diesem Albtraum aufzuwachen. Gleich würde Oma Beeke reinkommen und ihr sagen, dass sie schlecht geträumt hatte. Es konnte nicht wahr sein, nein, es durfte einfach nicht wahr sein. Und doch wusste ein winziger Teil in ihr, dass die Worte, die Oma Beeke ihr vor gefühlten Stunden gesagt hatte, sich nicht verändert hatten.

Jonathan war tot.

Diese Erkenntnis stürzte Emma in den Abgrund, an dem sie vorher schon gestanden hatte. Ein Schrei erschütterte den Raum.

»Emma?«

Sie blickte zur Tür. Dort stand Oma Beeke, die in den wenigen Stunden um Jahre gealtert schien.

»Ach, Emma.«

Mehr brauchte es nicht. Alles Hoffen, alles Bangen, dass die letzten Stunden nur ein Albtraum gewesen waren, hatten sich bei dem Blick in Oma Beekes Gesicht in Luft aufgelöst. Emma war unfähig aufzustehen. Sie war unfähig, irgendetwas zu sagen. Da war nur eine tiefe Leere. Wie konnte sie weiter existieren, wenn Jonathan tot war?

»Du bist vorhin zusammengebrochen. Der alte Bakker war da und hat dir etwas zur Beruhigung gespritzt, mein Deern. Du hast mehrere Stunden geschlafen.«

Emma nickte und schaute Oma Beeke an. Sie sah die roten Äderchen in ihren Augen, die von vielen Stunden voller Tränen rührten. Sie sah die Falte auf der Stirn, die Oma Beeke immer hatte, wenn sie sich sorgte. Sie hat ihren Enkel verloren! Doch Emma war nicht in der Lage, ihre Gedanken in Worte zu fassen. In ihrer Trauer fühlte sie nur ihren eigenen Verlust, und etwas in ihr zerbrach.

Oma Beeke kam zu ihr und strich ihr mit gleichmäßigen Bewegungen über den Rücken: »Wenn der Jong doch nur früher zum Arzt gegangen wäre. Er hat letzten Herbst schon gesagt, dass er sich schlapp fühlt, aber ich hätte doch niemals gedacht …«

Emma sah die Bestürzung und die Schuldgefühle, die sich die alte Frau machte. Immer wieder schüttelte sie den Kopf und kämpfte mit den Tränen. Emma wollte ihr sagen, dass sie keine Schuld traf. Dass Jonathan erwachsen war und niemand bei einer Erkältung gleich an Krebs denke. Doch sie konnte nicht. Konnte nicht fassen, dass Jonathan so einfach aus ihrem Leben gerissen wurde, noch bevor ihr gemeinsames Leben richtig angefangen hatte. Sie dachte an den Brief, der auf der Kommode lag und den sie noch nicht zur Post gebracht hatte. An all die Worte, die dort drinstanden und ihn nun niemals erreichen würden.

»Während du geschlafen hast, hat dein Handy unten mehrfach geklingelt«, erinnerte sich Oma Beeke und zog das Gerät aus ihrer Schürze.

Emma griff danach und sah die unzähligen Anrufe, die es ihr anzeigte.

Nur eine Nummer würde sie nie wieder auf ihrem Display sehen.

Erneut rollten ihr Tränen über die Wangen. In dem Moment klingelte ihr Handy wieder. Lena. Emma zögerte nicht, sondern drückte auf die grüne Taste.

»Emma! Wir versuchen schon seit Stunden, dich zu erreichen. Wir …«

»Er ist tot, Lena«, unterbrach Emma sie und hörte, wie diese die Luft scharf einzog. »Tot.«

»O Emma.«

Sie weinte. Weinte um alles, was hätte sein können, um all die gemeinsamen Stunden, die sie mit Jonathan noch hätte haben können, um all die Tage auf der Insel und um all die Augenblicke, in denen sie ihm hätte sagen können, was sie seit Jahren wirklich für ihn empfand.

»Emma?«, hörte sie Lena nach einer Ewigkeit fragen.

»Hmm?«

»Komm nach Hause.«

JUNI 2022

Als sich die Türen des Zuges öffneten, schlug Emma eine Wand aus schwüler Luft entgegen. Der Sommer war in der Stadt angekommen, und während auf Borkum eine angenehme Brise über die Insel gefegt war, schnaufte Essen unter der ersten Hitzewelle des Jahres. Emma kämpfte sich mit ihrem Koffer einen Weg durch die vielen Reisenden, die am Bahnsteig standen und Ankömmlinge begrüßten oder ihre Liebsten verabschiedeten. Ein paar Meter vor ihr stand ein Pärchen, das sich innig küsste, Emma blieb stehen und konnte den Blick nicht abwenden. Als sie sah, wie die Frau dem Mann sehnsüchtig hinterherschaute, als er in den Zug stieg, zersplitterte ihr Herz in tausend Stücke. Sie schluckte und versuchte sich weiter ihren Weg durch die Massen zu bahnen. Erste Schweißtropfen perlten von ihrer Stirn und sie zog kraftlos ihren Koffer hinter sich her. Seit vorgestern hatte sie kaum etwas gegessen und war nur noch ein Schatten ihrer selbst. Als ein Passant sie anrempelte, hatte Emma keine Kraft mehr, etwas dazu zu sagen. Sie war einfach müde. Unglaublich müde. Als sie die Treppen vor sich sah, schnaufte sie laut und packte ihren Koffer am Griff, um langsam hinunterzulaufen.

»EMMA!!«, hallte es ihr entgegen.

Emma sah auf und blickte in das Gesicht ihrer Schwester, die gerade die Treppen nach oben gerannt kam.

»Entschuldige, ich hab keinen Parkplatz gefunden und …«, fing Lena an und brach abrupt ab, als sich ihre Blicke trafen. »O Emma«, rief Lena und umarmte sie mitten auf der Treppe.

»Könnt ihr mal Platz machen«, rief ein Mann und versuchte kopfschüttelnd an ihnen vorbeizulaufen.

»Mach nicht so 'nen Stress«, erwiderte Lena und zog Emma näher zu sich heran.

Emma schloss die Augen und atmete Lenas Geruch ein. Am liebsten hätte sie sich hier auf der Stelle hingelegt und wäre gar nicht mehr aufgewacht. Doch weitere verärgerte Passantinnen und Passanten hielten sie davon ab. Schließlich löste sie sich von Lena und trottete ihr hinterher zum Auto. Sie war Lena dankbar dafür, dass sie gar nicht erst versuchte, ein Gespräch zu beginnen. Schweigend fuhren sie in Richtung Essener Süden.

Emma war unfähig gewesen, auch nur einen klaren Gedanken zu fassen. Lena hatte für Emma das Fähr- und Zugticket gebucht und sie nach Hause geholt. Doch war es eigentlich noch ihr Zuhause?

»Willst du dich erst mal etwas hinlegen?«, fragte Lena leise, nachdem sie die Wohnung betreten hatten.

Emma zuckte nur leicht mit den Schultern. Sie wusste nicht, ob sie schlafen oder wach sein wollte. Sie wusste nicht, ob sie essen wollte oder satt war. Das Einzige, was sie wusste, war, dass sie die Zeit zurückdrehen wollte. Sie wollte noch mal mit Jonathan auf dem Bett liegen, an jenem Abend, bevor er nach Borkum gezogen war, und ihm sagen, was sie empfand. Sie wollte all die vielen ungenutzten Augenblicke mit den Worten füllen, die ihr auf der Seele brannten und die jetzt für immer in ihrem Herzen verschlossen bleiben würden. Eine einzelne Träne löste sich von ihren Wimpern und tropfte auf ihr Sommerkleid.

»Ich wünschte, ich könnte irgendetwas tun«, murmelte Lena und nahm Emma in den Arm.

Emma weinte leise vor sich hin. Es kam ihr wie Jahre vor, als sie im Januar hier in der Wohnung gesessen hatte, kurz nachdem sie Jonathans Brief bekommen hatte. Dabei lag noch nicht mal ein halbes Jahr dazwischen. Und doch hatte sich alles geändert. Aus dem Optimismus, dass Jonathan wieder gesund werden würde, war die traurige Realität geworden, dass er den Kampf verloren hatte. Wie konnte sich ihr Leben innerhalb so weniger Monate nur so grundlegend verändern?

»Willst du ein Eis?«, fragte Lena, »ich habe sogar Zitronensorbet da.«

Emma wusste, dass ihre Schwester versuchte, sie aufzumuntern, und wollte sie nicht enttäuschen. Zaghaft nickte sie. Lena verschwand sichtlich erleichtert in die Küche. Emma drehte sich um. Das Sofa mit der Decke stand direkt vor ihr und wirkte sehr einladend. Sie zog ihre Schuhe aus und legte sich trotz der warmen Temperaturen unter die Wolldecke. Sie baute sich ihren eigenen kleinen Kokon, in dem alles noch heile war und die Zeit stehen blieb. Emma schloss die Augen und fiel in einen traumlosen Schlaf.

Das Klingeln an der Wohnungstür weckte Emma einige Zeit später wieder auf. Sie rieb sich die Augen und hatte

Mühe, wach zu werden. Verwirrt schaute sie sich um. Auf der Kommode neben dem Sofa stand ein Foto von Lena und ihr. Sie strahlten beide und entblößten ihre großen Zahnlücken. Das Foto musste über zwanzig Jahre alt sein. Lena war damals einen guten Kopf kleiner als Emma und kuschelte sich bei ihr in den Arm. Emmas blonde Haare flatterten im Wind. Sie wusste noch genau, wann dieser Schnappschuss entstanden war. Es war 2000 gewesen, im Sommerurlaub auf Borkum. In dem Jahr, als sie Jonathan kennengelernt hatte. Emma presste sich die Hand vor den Mund, als ihr ein Schluchzer entfuhr. Nach jedem Aufwachen traf sie die Realität wie ein Schlag in den Magen und ließ sie den Schmerz von Neuem durchleben. Sie legte sich zurück aufs Sofa und wünschte sich nichts sehnlicher, als wieder einzuschlafen und all ihre Gedanken zu vergessen. Die Wohnzimmertür ging auf:

»War nur der Paketbote, er hat … «, begann Lena.

Emma hob nur schwach ihren Kopf, und Lena kam zu ihr und setzte sich neben sie.

»O Emma. Es ist einfach so unfair«, flüsterte Lena und strich ihr über den Rücken.

»Ich kann einfach nicht begreifen, dass er nicht mehr da sein soll«, sagte Emma und schaute Lena mit tränenverschmierten Augen an. »Wie kann das sein? Vor Kurzem war ich doch noch bei ihm im Krankenhaus. Wie kann er jetzt nicht mehr da liegen? Manchmal wache ich auf und bin mir sicher, dass das alles ein riesiger Irrtum sein muss. Ich begreife es einfach nicht.«

Ruckartig setzte Emma sich auf. »Es kann einfach nicht wahr sein, verstehst du? Ich war bei ihm, er hat geatmet, hat mich gebeten, nach Oma Beeke zu schauen. Ich habe ihm zugeflüstert, dass ich ihn liebe, da kann er doch nicht einfach so …«

Die letzten Worte hingen in der Luft und Emma schaffte es nicht, den Satz zu beenden. Auszusprechen, was ihr Gehirn sich weigerte zu realisieren. Sie stand auf und schaute Lena an.

»Wir müssen ins Krankenhaus fahren. Wir müssen mit den Ärzten reden. Wenn es nun doch ein Fehler war, oder …«

Emma tigerte durchs Wohnzimmer und verstand nicht, wie ihre Schwester so seelenruhig dasitzen konnte, während sie sich getrieben fühlte. Keine Sekunde konnte sie weiter sitzen bleiben und nichts tun. Sie zweifelte an ihrem Verstand, doch es gab nur eine Möglichkeit für sie: Sie wollte unbedingt los und ins Krankenhaus fahren.

»Emma«, begann Lena zögerlich, »du weißt, dass es kein Irrtum war. Max und seine Eltern waren bei ihm, als er gestorben ist.«

»Aber vielleicht …«, winselte Emma und schaute ihre Schwester mit glasigen Augen an, »vielleicht ist alles ganz anders gewesen. Ich muss es verstehen, Lena. Ich muss verstehen, dass er wirklich gestorben ist.«

Lena nickte. Sie stand auf: »Dann lass uns gehen.«

Als sie eine knappe halbe Stunde später das Krankenhaus betraten, lief Emma wie ferngesteuert den Weg, den sie in den letzten Monaten so oft gelaufen war. Haupteingang rein, dritte Etage, den Flur geradeaus, einmal rechts um die

Ecke, und da war das Zimmer, vor dessen Tür sie so oft gestanden hatte. Sie zitterte, als sie die Türklinke berührte, und eine Erinnerung blitzte auf, wie sie vor einem halben Jahr ebenfalls hier gestanden und sich nicht hineingetraut hatte. Sie musste es wissen, musste es mit ihren eigenen Augen sehen. Entschlossen drückte sie die Klinke hinunter und trat ins Zimmer. Zwei unbekannte Augenpaare sahen sie an. Emma ging zum hinteren der beiden Betten und blickte auf die Frau, die dort lag.

»Wo ist er? Haben sie ihn verlegt?«, schrie sie die Frau plötzlich an.

»Was? Ich weiß nicht, von wem Sie reden«, antwortete sie verwirrt.

Emma spürte eine Hand auf ihrer Schulter.

»Er ist nicht mehr hier, Emma«, flüsterte Lena.

Emma schüttelte Lenas Hand ab und lief im Zimmer auf und ab.

»Das muss ein Irrtum sein. Es kann nicht wahr sein. Er war doch noch so jung …«, rief sie und begann am ganzen Körper zu zittern.

»Entschuldigung, was machen Sie denn hier?«, hörte Emma eine andere Stimme, die von der Tür kam. Sie drehte sich um und erkannte die Schwester, die sie damals ermutigt hatte, das Zimmer zu betreten.

»Sie! Sie haben Jonathan doch jeden Tag gesehen. Wo ist er? Wurde er verlegt?«

Die Schwester schaute Emma mit großen Augen an.

»Kommen Sie mal mit«, antwortete sie und schob Emma und Lena aus dem Zimmer hinaus. Emma fühlte sich in ihrer Annahme bestätigt und folgte ihr den Gang entlang.

Anstatt in ein anderes Zimmer brachte die Schwester sie jedoch in einen kleinen Raum, in dem ein paar Stühle standen.

»Ihr Freund ist vor zwei Tagen hier verstorben«, begann die Krankenschwester Emma ruhig zu erklären. »Die Tage zuvor hat er bereits viel geschlafen und es ging ihm immer schlechter. Wir konnten leider nichts mehr für ihn tun.«

Emma schüttelte vehement den Kopf, während ihr Körper wild zuckte und ihr Schweiß auf der Stirn stand. »Aber er … er sollte doch wieder gesund werden.«

»Das haben wir auch gehofft. Er hat auch alles getan, um den Krebs zu besiegen, aber manchmal reicht die Medizin leider nicht aus.«

Emma schrie. Schrie den Verlust und all die Trauer heraus und sank zu Boden. »Ich war nicht da«, schluchzte sie. »Ich habe ihn allein gelassen.«

»Das stimmt nicht«, sagte Lena, »du warst bei Oma Beeke und das war sein letzter Wunsch.«

Emma weinte und spürte, wie all ihre Kraft aus ihrem Körper wich. »Er war allein.«

»Nein, das war er nicht. Seine Familie war bei ihm und jedes Mal, wenn er die Augen geöffnet hatte, hat er direkt nach seinem Handy gegriffen, um zu sehen, ob er eine neue Nachricht von Ihnen bekommen hat«, antwortete die Schwester. »Ich sehe viele Menschen, die hier allein sterben, aber Herr Martens war nicht allein. Er war umgeben von seinen liebsten Menschen und dem Wissen, dass er geliebt wird.«

Emma lehnte sich erschöpft gegen die Wand und schloss ernüchtert die Augen. Genau das hatte er eben nicht gewusst. Sie hatte ihm nie gesagt, dass sie ihn liebte.

»Möchten Sie etwas zur Beruhigung haben?«, hörte sie die Frage der Krankenschwester von ganz weit weg. Emma wollte nur noch, dass dieser Schmerz endlich aufhörte und nickte kraftlos.

EINIGE TAGE SPÄTER

Gleichgültig schaute Emma das schwarze Kleid an, das Lena ihr auf den Stuhl gelegt hatte. Die Sonne schien durch das Fenster ins Zimmer und machte zahlreiche Staubpartikel sichtbar. Emma beobachtete, wie sie durch die Luft tanzten und sich auf das Kleid setzten. Die alte Emma hätte das mit Sicherheit gestört. Aber in diesem Moment war es ihr herzlich egal, ob Staub auf ihrem schwarzen Kleid lag. Eigentlich war ihr in den letzten Tagen so ziemlich alles egal gewesen. Ob es etwas zu essen gab oder nicht, ob sie schlafen konnte oder nicht. Ihr Kopf fühlte sich an, wie in Watte gepackt, und alles um sie herum schien langsamer, beinahe verzögert vonstattenzugehen. Es war, als wäre die Lautstärke ihres Lebens auf Minimum heruntergedrosselt worden. Sie hatte Schwierigkeiten, irgendetwas zu verstehen, war aber zu müde, den Regler wieder höherzustellen.

»Bist du fertig?«, fragte Lena, die an der Zimmertür stand.

Emma schaute ihre Schwester fragend an. Lena kam ins Zimmer hinein und berührte Emmas Arm. »Die Beerdigung, Emma?«, erinnerte sie sie sanft.

Da war er. Der Tag, vor dem sie sich so sehr gefürchtet hatte. Bei dem Gedanken, in wenigen Stunden vor Jonathans Grab zu stehen, wurde ihr speiübel. Und trotzdem wusste sie, dass sie es tun musste. Sie musste hingehen und mit eigenen Augen sehen, was ihr Kopf ihr zu verstehen verbot. Außerdem hatte sie Jonathan doch versprochen, ein paar Worte zu sagen. Über sie. Über ihn. Über ihre Freundschaft.

Mit einem schweren Seufzer griff sie zum schwarzen Kleid und zog es sich an.

Gemeinsam mit Lena betrat Emma die Kapelle. Die letzten Tage hatte sie sich bei ihr verschanzt und niemanden um sich haben wollen. Umso mehr flashte es sie jetzt, die vielen Menschen zu sehen, die überall waren: auf den Bänken, neben den Bänken und vor der Kapelle. Sie zeugten davon, wie sehr Jonathan geliebt und geschätzt wurde. Was musste das für ein Trost für seine Eltern sein. Und zugleich hatte sie das Gefühl, dass all diese Menschen nicht das Recht hatten, um Jonathan zu trauern. Sie hatten ihn nicht so geliebt, wie sie ihn geliebt hatte. Sie würden in wenigen Tagen ihr normales Leben weiterführen und vielleicht noch ab und zu bei einer lustigen Gelegenheit an Jonathan zurückdenken und gemeinsam in Erinnerungen schwelgen. Ihre Herzen waren nicht gebrochen, so wie ihres.

Emma zog den Kopf ein und lief den Mittelgang der Kapelle entlang. Sie vermied es, den Leuten in die Augen zu blicken, und war froh, dass ihre Schwester sie mit in die zweite Reihe zog, direkt hinter Jonathans Familie und zu ihren eigenen Eltern. Ihre Mutter schloss sie in eine Umarmung. »Es tut mir so leid, meine Große«, flüsterte sie und strich ihr über das Haar. »Ich hatte mir so gewünscht, dass es anders für euch ausgeht.« Sie wand sich aus der Umarmung und setzte sich.

Als sie den Kopf hob, sah sie in Jonathans warme, braune Augen. Ihr Herz blieb für einen kurzen Moment stehen, bis sie begriff, dass dies nur ein Bild von ihm war. Zitternd griff sie nach Lenas Hand. Ihr wurde übel. Sie versuchte ein- und auszuatmen, wie die Krankenschwester es ihr im Krankenhaus gezeigt hatte, doch ihr Herzschlag wurde immer schneller und sie fühlte den Schweiß auf ihrer Stirn. Langsam drehte sie sich um. Immer mehr Menschen kamen in die bereits volle Kapelle. Menschen, denen sie gleich etwas über Jonathan sagen musste. Darüber, was er für ein Mensch gewesen war. Darüber, was er für sie war. Ihr Herz begann zu hämmern. Sie keuchte. Da drehte sich Jonathans Mutter zu ihnen um, ihr Gesicht war verzerrt vor Schmerz. Emma wusste in diesem Moment, dass sie es keine Sekunde länger in dieser Halle aushalten würde. Sie sprang auf und drängelte sich durch die Menschen hindurch. Immer schneller trugen sie ihre Füße, und am Ende rannte sie, bis sie im Abstand von einigen Metern zur Kapelle endlich stehen blieb. Nach Luft japsend fasste sie sich an die Brust und drückte sich die andere Hand vor den Mund.

»Emma!«, rief jemand hinter ihr.

Lena kam ihr hinterhergelaufen und sah sie besorgt an.

»Ich kann … das … nicht.« Sie japste immer noch nach Luft und konnte sich nicht beruhigen. »All die Menschen. Jonathan. Der Sarg«, stammelte Emma verzweifelt.

»Ich weiß«, sagte Lena leise, »es ist okay.«

Emma lehnte sich gegen einen Baum und schloss die Augen. Einatmen, ausatmen.

»Es ist viel zu stickig darin, oder mein Deern?«, hörte sie eine vertraute Stimme neben sich.

Sie öffnete die Augen und sah, wie Oma Beeke neben ihr stand und sich die Stirn mit einem Tuch abtupfte.

»Das Wetter hier ist einfach viel zu warm und in der Halle ist man ja fast umgekippt«, erklärte Oma Beeke.

Emma nickte.

»Wenn du magst, kannst du ruhig wieder reingehen, Lenchen. Wir warten lieber hier draußen im Schatten«, sagte Oma Beeke und stellte sich neben Emma.

Emma sah Lenas fragenden Blick und nickte ihr zu.

»Ich kann das nicht. Sag Jonathans Eltern, dass es mir leidtut.«

Nachdem der Trauergottesdienst vorbei war, setzte sich die Menschengruppe in Bewegung und steuerte auf das Grab zu. Emma ließ sich ganz nach hinten fallen. Sie wollte allein sein, wollte ihre Trauer nicht mit den anderen teilen, die sie nur anstarren würden. Wollte nicht erklären müssen, warum sie aus dem Gottesdienst herausgerannt und nicht wieder reingekommen war. Warum sie keine Worte gefunden hatte. Sie, die doch immer für alles die perfekten Worte fand.

Nach einer gefühlten Ewigkeit waren alle wieder weg. Waren entweder bei der Trauerfeier oder gingen wieder ihrem Alltag nach. Beerdigung vorbei, das Leben ging weiter.

Emmas Schritte wurden langsamer, als sie den Erdhügel vor sich sah und die zahlreichen Blumensträuße, die auf ihm lagen. Sie kniete nieder und sah auf das Bild, das bis eben noch in der Kapelle gestanden hatte. Es war eines der wenigen Bilder, die von Jonathan existierten, weil er einfach viel lieber immer hinter der Kamera gestanden hatte als davor. Die Lachfältchen auf seinem Gesicht zeugten von vielen vergnügten Stunden. Sein Haar war auf dem Foto etwas länger, was ihm gut stand. So gut. Die braunen Augen schauten ihr direkt ins Herz.

»Es tut mir so leid. Ich weiß, ich habe es dir versprochen, aber … es ging einfach nicht.«

Sie strich über das Bild. »Warum?«, schluchzte sie leise.

Was gäbe sie dafür, noch einmal mit Jonathan gemeinsam am Meer zu sitzen. In seine braunen Augen zu schauen und all das zu sehen, was sie jahrelang als selbstverständlich angesehen hatte.

In der Ferne hörte sie ein Donnern. Das Gewitter, das sich über die letzten Tage angedroht hatte, war da. Ein erster Regentropfen fiel vor Emma auf die frische Erde. Schnell folgten einige weitere, doch Emma bewegte sich nicht von der Stelle. Still schaute sie weiter auf das Foto. Binnen weniger Sekunden wurde aus den vereinzelten Tropfen ein Sommerregen, der sich über Emma entlud, aber sie saß einfach nur da und schaute weiter in die braunen Augen, die ihr die Welt bedeutet hatten.

Etwas in Emma weigerte sich, die Hand auf die Türklinke zu legen und herunterzudrücken. Sie hörte Stimmen vor der Tür. Es wurde geflüstert, Schritte auf dem Parkettboden. Am liebsten hätte sie sich wieder unter die Bettdecke verkrochen. Vielleicht war es die Gewissheit, dass sie gleich wieder mal eine Maske aufsetzen musste, um ihre wahren Gefühle zu verbergen. Um zu verbergen, dass der Schmerz auch nach einem Monat noch so taufrisch war, als wäre Jonathan erst gestern gestorben. Als hätte die Zeit den ganzen letzten Monat über pausiert. Nur an den schlackernden Hosen, die kaum noch richtig an ihrer Hüfte saßen, spürte Emma, dass sie sich körperlich verändert hatte. Sie aß nur noch selten, ihr Appetit war ihr komplett abhandengekommen. Und doch wusste sie, dass kein Weg drumherum führte, das Zimmer zu verlassen. Sie hatte die Sorgen um sie im letzten Monat täglich gesehen. Sie wusste, dass Lena versuchte, ihr all die Zeit zu geben, die sie benötigte, aber sie sah auch die tiefe Falte, die sich auf der Stirn ihrer Schwester abzeichnete, wenn sie mit ihr sprach.

Langsam drückte sie die Klinke nach unten.

»Happy Birthday«, kam es ihr prompt entgegen und sie schaute in die Gesichter ihrer Familie. Lena hatte einen selbstgebackenen Kuchen in der Hand mit einer 30-Kerze obendrauf, die bedenklich flackerte. Ihre Eltern standen daneben und schauten Emma lächelnd an.

»Alles Liebe zum Geburtstag, meine Große«, sagte ihre Mutter und kam einen Schritt auf sie zu, um sie zu umarmen. Nach ihrem Vater folgte Lena, die ihr den Kuchen vor den Mund hielt.

»Puste sie besser aus, bevor das Wachs noch runtertropft und meinen perfekten Marmorkuchen ruiniert«, versuchte Lena zu frotzeln und Emma tat ihr den Gefallen. Sie pustete die beiden Kerzen aus und schloss für einen Moment die Augen, doch sie wusste genau, dass ihr innigster Wunsch nie mehr in Erfüllung gehen würde. Trotzdem wollte sie ihrer Familie nicht die Freude verderben und lächelte zaghaft.

»Danke«, murmelte sie leise und wollte sich am liebsten direkt wieder in das Zimmer einschließen. Sie wusste, dass sie ihrer Schwester in den letzten Monaten viel zu verdanken hatte, aber hatte einfach keine Kraft, sich dafür zu bedanken.

»Ich weiß, wie beschissen die letzte Zeit für dich war«, sagte Lena, nachdem sie den Kuchen abgestellt hatte, »und ich wünsche dir wirklich von ganzem Herzen, dass es bald besser wird. Nicht von heute auf morgen, aber langsam, nach und nach.«

Emma nickte und spürte schon wieder, wie die Tränen in ihr aufstiegen. Sie flüchtete mit einem Vorwand ins Bad. Dort setzte sie sich auf die kalten Fliesen, die kühle Badewannenwand im Rücken. Es strengte sie ungemein an, diesen Tag zu feiern. Noch vor Monaten hatte sie sich in den schillerndsten Farben ausgemalt, wie sie eine große Party feiern wollte. Dreißig war schließlich etwas Besonderes. Sie hatte alle Freundinnen und Freunde einladen und bis spät in die Nacht tanzen wollen. Und jetzt? Saß sie auf dem kalten Badezimmerboden und betrachtete das Fliesenmuster, das noch aus den 70er Jahren stammte. Emma kannte mittlerweile jede Fuge auswendig, doch irgendwie gab ihr der Raum Sicherheit. Hier konnte sie sich abgrenzen und musste niemandem Rechenschaft darüber abliefern, wie es weitergehen sollte. Und vor allem, wann es weitergehen sollte. Ihre Eltern und auch Lena hatten schon mehrfach versucht, das Thema anzuschneiden, aber alles in Emma sträubte sich dagegen, nach vorne zu schauen und Pläne zu machen.

Ihr Handy piepte und zeigte eine Erinnerung an: *Krankenschein verlängern.* Auch das noch. Wie sollte ihr Herz heilen, wenn sie sich um so banale Dinge kümmern musste? Aber Emma wusste, dass sie nicht ewig so weitermachen konnte. Ihr Chef war in den letzten Wochen mehr als großzügig und verständnisvoll gewesen und hatte ihr sofort angeboten, dass sie sich etwas Zeit nehmen solle. Aber auch seine Geduld war irgendwann zu Ende.

»Alles gut bei dir, Emma?«, hörte sie Lenas Stimme von draußen.

»Hmm«, machte sie und drückte schnell die Klospülung. Sie konnte sich nicht länger im Badezimmer verschanzen, also stand sie auf und wusch sich die Hände. Im Spiegel betrachtete sie ihr Gesicht. Es war schmal geworden und jegliche Farbe war aus ihm gewichen. Statt eine Grimasse zu ziehen wie früher, zuckte sie nur mit den Schultern und ging aus dem Bad.

»Wir haben dir etwas besorgt«, empfing sie ihre Mutter im Wohnzimmer, das Lena liebevoll mit Luftballons und Luftschlangen dekoriert hatte, und reichte ihr ein Päckchen.

Vorsichtig begann Emma es auszupacken, und noch bevor es ganz offen war, nahm sie den vertrauten Geruch von Gummi wahr. Ein Neoprenanzug.

»Du hattest damals, als du nach Essen kamst, gesagt, dass du eigentlich einen Neuen bestellt hattest …«, sagte ihre Mutter und brach dann ab.

Bevor ich die Nachricht von Jonathans Diagnose bekommen habe, schloss Emma den Satz im Stillen ab.

»Danke«, flüsterte Emma und schaute nach unten, um die aufkommenden Tränen erneut herunterzuschlucken.

»Und dann gibt es da noch ein Geschenk«, sagte Lena, doch an der Art ihrer Stimme konnte Emma erkennen, dass ihrer Schwester nicht ganz wohl zumute war.

»Ein Geschenk, das nicht von uns ist.«

Emma verstand nicht. War Marie schon da gewesen und hatte ein Geschenk abgegeben? Aber dann wäre sie doch bestimmt geblieben.

Lena hielt Emma ihre Hand hin und half ihr aufzustehen. Gemeinsam gingen sie wieder zurück zum Schlafzimmer. Die Tür war nur angelehnt und Emma wusste nicht, was dort versteckt sein sollte. Sie war doch vorhin erst dort herausgekommen. Ihre Eltern folgten ihnen und Lena stieß die Tür auf. Emma blickte ins Zimmer und für einen Moment blieb ihr fast das Herz stehen.

Diese Farben! Dieses Motiv hätte sie sofort und überall wiedererkannt. Die Borkumer Dünen mit dem Meer im Hintergrund. Die Sonne ging gerade unter und tauchte das Meer in gold-blaue Töne. Sie ging ein paar Schritte weiter und strich über die glatte Oberfläche des Surfbretts, auf dem das Motiv aufgedruckt war.

»Es war Jonathans Idee«, flüsterte Lena leise im Hintergrund.

Emma war dabei gewesen, als Jonathan das Foto gemacht hatte. So oft hatten sie den Sonnenuntergang auf der Insel gemeinsam erlebt, so viele Bilder gab es davon, doch dieses war ihr absolutes Lieblingsbild. Es hing bei ihr in Hamburg im Wohnzimmer als großes Plakat und erinnerte sie immer an Borkum, wenn sie mal wieder die Sehnsucht nach der Insel überkam.

Emma kniete sich auf den Boden und ein lautes Schluchzen drang aus ihrer Kehle.

»Wann? Wie?«, fragte sie.

»Er hatte die Idee schon länger und hat den Auftrag schon vor Längerem abgeschickt. Als er … kurz bevor er gestorben ist, hat er Max davon berichtet und er hat alles weitere eingefädelt. Ich hatte es die ganze Zeit im Keller versteckt, damit du es nicht findest«, erklärte Lena.

»Es ist perfekt«, murmelte Emma, bevor sie sich gegen die Wand lehnte und hemmungslos zu weinen anfing.

MITTE JULI 2022

Das Kinderlachen vom Hof drang bis zum Balkon hoch. Die Mädchen unten riefen einen Zählreim auf. Mit Lena war sie früher auch immer draußen herumgesprungen und hatte Gummitwist gespielt, erinnerte Emma sich. Manchmal gab es auch Streit, aber meistens hatte sie sich gut mit ihr verstanden. Am schönsten war es aber immer auf Borkum gewesen, wenn sie zusammen die Gegend erkundet hatten. Mit dem Fahrrad über die Insel zu radeln hatte sich immer wie die pure Freiheit angefühlt. Der Wind in den Haaren, die nackten Beine von der Sonne gewärmt und kaum Grenzen, denn auf Borkum durften sie meist lange draußen bleiben.

Ach, Borkum.

Der Sommer zeigte sich zwar von seiner schönsten Seite, doch Emma fiel es so schwer, sich zu etwas aufzuraffen. Sie wusste, dass ihre Familie sich sehnlichst wünschte, dass sie wieder mehr Anteil am Leben nahm, fühlte sich aber noch längst nicht bereit dazu. Jeden Abend war sie froh, dass wieder ein Tag vorüber war. Es war mehr ein Vor-sich-hin Vegetieren als ein Aktiv-Leben. Immer wenn ein kleiner Funken Energie in Emma aufkeimte und sie sich versuchte zu etwas zu motivieren, fiel ihr binnen weniger Minuten wieder der Grund ein, warum es sich nicht lohnte, weiterzumachen. Das Puzzlestück, das in ihrem Leben seit über anderthalb Monaten fehlte und auch nie wieder da sein würde.

Es tat immer noch so höllisch weh wie am ersten Tag. Wie sollte sich das jemals ändern? Der Schmerz saß tief unter ihrer Haut, und am liebsten hielt sie sich nur noch in Lenas Wohnung auf. Hier erschien ihr alles sicher.

Sie griff in die Tasche ihres Kleides und holte das zusammengefaltete Stück Papier hervor, das sie seit *dem* Anruf nicht mehr aus den Händen ließ. Sie tastete alle vier Ecken entlang und kannte jeden einzelnen Satz auswendig. Nach wie vor war der Gedanke unerträglich, dass Jonathan diesen letzten Brief, der ihr so viel bedeutete, niemals mehr bekommen würde.

Das Klingeln des Handys riss sie aus ihren Tagträumen und sie schaute auf die Nummer. Hamburger Vorwahl. Ihr Magen grummelte, aber sie konnte diesen Anruf nicht wegdrücken.

»Emma Kastner«, meldete sie sich und wusste, wessen Stimme sie gleich hören würde.

»Frau Kastner, schön, dass ich Sie endlich einmal erreiche.«

»Hallo Herr Kerkmann. Ich weiß, dass ich in letzter Zeit nicht wirklich gut zu erreichen war. Ich bin immer noch bei meiner Schwester in Essen«, erklärte Emma.

»Frau Kastner, ich weiß, Ihre Situation ist wirklich nicht leicht und ich habe in den letzten Monaten versucht, alles zu ermöglichen, um Ihnen entgegenzukommen, aber Ihr Krankenschein läuft Ende dieser Woche aus, und wir müssen uns dringend unterhalten, wie es dann weitergeht.«

Emma schluckte. Die Gutmütigkeit ihres Chefs war irgendwann vorbei, das hatte sie geahnt. Trotzdem fühlte sie sich nicht in der Lage, wieder zu arbeiten, egal ob in Essen oder in Hamburg. Sie überlegte, wie sie noch etwas Zeit herausschlagen konnte.

»Ich könnte vielleicht nächsten Monat wieder von hier aus …«, begann Emma, doch wurde von Herrn Kerkmann unterbrochen.

»Ich fürchte, das funktioniert so nicht weiter, Frau Kastner. Mittlerweile haben zwei andere Kolleginnen in ein anderes Ressort gewechselt, sodass ich Sie dringend auch für Geschichten hier vor Ort benötige.«

Panik breitete sich in ihr aus. Sie stand auf und lief nervös auf dem Balkon hin und her. Wie könnte sie ihren Chef bloß umstimmen?

»Ich könnte auch telefonisch die Geschichten reinholen und …«

»Nein. Verstehen Sie mich nicht falsch, Emma. Ich schätze Ihr Gespür für Menschen sehr, und ich glaube, dass Sie noch nicht unbedingt die Arbeit gefunden haben, in der Sie sich zu hundert Prozent ausleben können. Aber ich kann leider nicht so lange auf Sie warten. Wir müssen hier auch schauen, wie wir unsere Ausgaben voll bekommen, und dafür brauche ich ein Team, das hier vor Ort ist.«

Schon allein der Gedanke, nach Hamburg zurückzukehren, ließ Emma in eine Schockstarre fallen. Alles in ihr weigerte sich.

»Ich kann leider nicht zurückkommen«, flüsterte sie.

»Entschuldigen Sie, ich habe Sie kaum verstanden. Was haben Sie vorgeschlagen?«

Es war Zeit, an sich zu denken. Aktiv eine Entscheidung zu treffen.

»Ich fürchte, ich muss leider kündigen«, antwortete Emma nun etwas lauter.

»Das tut mir leid zu hören, Frau Kastner. Ich hatte sehr gehofft, dass Sie wieder nach Hamburg kommen und unser Team unterstützen würden. Trotzdem respektiere ich Ihre Entscheidung natürlich. Möchten Sie aber nicht noch mal in Ruhe darüber nachdenken und eine Nacht darüber schlafen?«

»Nein. Auch wenn ich es zu schätzen weiß, dass Sie mir diese Möglichkeit geben, weiß ich auch, dass das nichts an meiner Entscheidung ändern wird. Es tut mir sehr leid. Ich schicke Ihnen die Kündigung später noch schriftlich zu.«

»Nun gut, ich finde es sehr schade, Sie als Mitarbeiterin zu verlieren, Emma. Ich wünsche Ihnen, dass Sie Ihre Angelegenheiten für sich sortiert bekommen, und vielleicht sieht man sich ja eines Tages doch noch mal wieder.«

Nachdem Emma aufgelegt hatte, ließ sie sich zurück auf den Balkonstuhl gleiten. Vor einem Jahr war ihr die Zukunft noch so spektakulär erschienen. Sie hatte sich so gefreut, endlich aus Essen wegzukommen und bei einem großen Verlag in Hamburg anzufangen. Das sollte doch ihre Chance sein. Und nun hatte sie freiwillig gekündigt. Hatte sich gegen diesen Job und ihr neues Leben entschieden und doch fühlte sie keinen Schmerz und keine Traurigkeit, sondern ein warmes Gefühl in ihrem Bauch, das ihr verriet, dass dies die richtige Entscheidung war.

Lustlos stocherte Emma in ihrem Müsli herum. Sie schob etwas von dem Obst zur einen und dann wieder zur anderen Seite, ohne jedoch etwas davon zu essen. Die Kündigung hatte sich gut angefühlt, doch gleichzeitig hatte sie auch ein wenig Angst vor ihrem Entschluss. Gefühlt ging es immer mal wieder einen Schritt vorwärts und dann wieder einen zurück.

»Emma, das geht so nicht weiter!«

Erschrocken blickte Emma auf. Lena stand in der Tür und beobachtete sie.

»Was meinst du?«, fragte Emma irritiert.

»Was ich meine? Na, das hier«, antwortete Lena und zeigte auf sie, »dich!«

»Oh«, sagte Emma nur. Natürlich wusste sie, dass sie nicht ewig in ihrem Kokon bleiben konnte, aber sie fühlte sich noch nicht annähernd bereit, es wieder mit dem Leben aufzunehmen. »Es ist doch gerade erst mal ein paar Wochen her, dass …«

»Es ist zwei Monate her, Emma. Und es sagt ja auch niemand, dass du nicht um ihn trauern darfst, aber er hätte auf keinen Fall gewollt, dass du nichts mehr isst und nur noch traurig bist.«

»Ich esse ja wohl etwas!«, erwiderte sie und nahm zum Trotz einen gehäuften Löffel Müsli in den Mund.

Lena verdrehte die Augen und schaute Emma herausfordernd an. »Fein, dann iss die Schale leer und geh danach eine Runde spazieren. Aber draußen!«

Angriffslustig schaute Emma ihre Schwester an, obwohl ihr Herz bereits bei dem Gedanken, die Wohnung zu verlassen, schneller schlug. »Kein Problem. Ich werde sogar eine Runde joggen gehen«, antwortete sie und aß hastig die Schüssel leer.

»Emma, du musst niemandem etwas beweisen …«

»Lass gut sein, Lena«, sagte Emma und stand auf, um in ihr Zimmer zu gehen und sich ihre Joggingsachen anzuziehen. Wenige Minuten später zog sie die Wohnungstür hinter sich zu.

Schnell lief Emma die Treppen aus dem zweiten Stock hinunter und spürte, wie sich ihr Puls durch die ungewohnte Tätigkeit beschleunigte. Vor dem Haus dehnte sie sich und lief zum Baldeneysee. Sie begann erst schneller zu laufen und anschließend zu joggen. Die ersten Meter fielen ihr noch schwer, aber langsam erinnerte sich ihr Körper wieder an die Bewegung und fand von allein in seinen Rhythmus. Ihre Gedanken kreisten um die letzten Wochen. Sie hatte keinen Job mehr, musste dringend ihre Wohnung in Hamburg kündigen und wusste nicht so richtig, wo sie hinsollte und was sie eigentlich noch vom Leben wollte. All das, was ihr wichtig war, war ihr genommen worden, und mit einem Mal überkam sie eine riesige Wut. Sie joggte immer schneller, ihr Herz hämmerte gegen ihre Brust. Etwas blitzte vor ihren Augen auf und Emma versuchte es wegzublinzeln. Sie lief noch schneller und ihre Atmung geriet außer Kontrolle. Sie japste und spürte ein brennendes Stechen in ihrer linken Seite. Eine Träne lief ihr über die Wange und das Bild, das sie versucht hatte, wegzublinzeln, kam wieder ins Sichtfeld: Sie sah das Blaulicht, den Krankenwagen und Jonathan, wie er vor ihren Augen zusammenbrach. Genau hier, genau an dieser Stelle. Emma blieb stehen und ließ sich weinend auf die Knie fallen.

Sie hörte die Stimme einer Frau, die sich über sie beugte. »Geht es Ihnen nicht gut? Sollen wir einen Arzt rufen?«

Emma schüttelte den Kopf und wischte sich die Tränen weg. Zittrig holte sie ihr Handy aus ihrer Bauchtasche und wählte Lenas Nummer.

»Emma, es tut mir leid, ich war vorhin …«

»Lena, kannst du mich abholen kommen?«, brachte Emma schluchzend hervor.

»Natürlich! Wo bist du?«

Als sie ihrer Schwester ihren Standort durchgegeben hatte, setzte sich Emma an einen Baum und versuchte, ihre Atmung zu beruhigen, so wie sie sich es schon öfter bei einigen Tutorials angeschaut hatte. Sie konzentrierte sich auf das Ein- und Ausatmen und spürte, wie ihre Atmung dadurch wieder langsamer wurde und auch ihr Herzschlag sich wieder normalisierte.

Nur wenige Minuten später hörte sie ihren Namen aus der Ferne. »Emma«, schrie Lena, die mit einer Wasserflasche in der Hand angerannt kam. »Emma, was machst du nur für Sachen?«, sagte sie, reichte ihr die Flasche und setzte sich neben Emma an den Baum.

Emma trank einen großen Schluck und stellte die Wasserflasche dann zwischen sich und ihre Schwester.

»Du hast recht«, sagte sie leise und wagte es aber nicht, Lena anzuschauen.

Lena strich ihr behutsam über den Rücken. »Ich will gar nicht recht haben. Ich will nur, dass es dir wieder besser geht.«

»Das weiß ich doch. Und ich weiß auch, dass ich etwas dafür tun muss. Ich kann nicht mehr so weitermachen. Davon kommt er auch nicht mehr zurück.«

»Hast du eine Idee, wie du weitermachen willst?«

Emma seufzte und schaute auf den See, der im Sonnenlicht glitzerte.

»Ja, ich habe eine Idee.«

ANFANG AUGUST 2022

Emma stieg in die Inselbahn, doch anstatt sich hinzusetzen, blieb sie draußen am Geländer stehen und atmete die frische Nordseeluft ein. Leichtigkeit machte sich in ihr breit und sie hatte das Gefühl, die ganze Last der letzten Monate am Festland zusammen mit ihrem Auto stehen gelassen zu haben. Sie wusste aber auch, dass ein Griff in ihre Jackentasche sie eines Besseren belehren würde. So oft hatte sie sich in den letzten Wochen an einigen Tagen sicher gefühlt, nur um dann am nächsten Tag festzustellen, dass die Schwere sich wieder über sie gelegt hatte.

Sie war bewusst nur mit leichtem Gepäck gereist. Auf die Dauer ihres Aufenthaltes hatte sie sich noch nicht festgelegt. Beim Gedanken, irgendwann wieder zurückkehren zu müssen, spannte sich jeder einzelne Muskel ihres Körpers an. Ihr Magen zog sich zusammen. Schweißtropfen bildeten sich auf ihrer Stirn. Da war sie wieder, die Panik.

»Fünf Dinge, fünf Dinge«, sagte sie sich mantraartig vor.

Sie schaute sich um. Da waren Sanddornbüsche, so weit das Auge reichte. Sie rief sich den Geschmack des leckeren Sanddornlikörs ins Gedächtnis und schmeckte beinahe die cremige Konsistenz, die ihren Rachen herunterlief und ein warmes Gefühl im Magen hinterließ. Sie sah die Menschen, die im anderen Abteil des Zuges saßen und allerlei Sachen mit sich schleppten. Sie sah den kleinen Hund, den die

Frau neben ihr auf dem Arm trug. Die Straße, die neben den Eisenbahnspuren verlief und auf der die Autos fuhren, die ebenfalls mit der Fähre übergesetzt hatten. Sie sah ihren Koffer, auf dem ein Aufkleber einer Surfermarke klebte und sich langsam ablöste. Ihr Pulsschlag verlangsamte sich. Es ging wieder. Wenn sie eine Sache in den letzten Monaten gelernt hatte, dann war es, mit Panikattacken umzugehen. Es waren schließlich nur Gedanken und keine Realität!

Ein lautes Hupen erklang und Emma stellte erstaunt fest, dass sie bereits an der ersten Haltestelle – Jakob-van-Dyken-Weg – angekommen waren. Nur noch wenige Minuten, bis die Kleinbahn im Stadtkern von Borkum einfahren und sie ihren Koffer nehmen und zu Oma Beeke laufen würde. Emma atmete tief durch und versuchte, sich auf das Hier und Jetzt zu konzentrieren. Als die Bahn die letzte Kurve nahm und sie schon den kleinen Bahnhof und die vielen Menschen sah, musste sie unweigerlich lächeln. Das hier war das Zuhause, nachdem sie sich immer gesehnt hat. Diese Insel stand für sie für glückliche Kindheitserinnerungen mit Jonathan, unbeschwerte Stunden und die tiefe Sehnsucht, sie selbst sein zu können. Der salzige Duft in der Nordseeluft vermischte sich mit dem Geruch von Fischbrötchen. Emmas Magen reagierte prompt und gab ein lautes Knurren von sich. Kein Wunder, war die letzte Mahlzeit doch verdammt lange her, und auch in den vergangenen Wochen hatte sie kaum etwas gegessen. Der Wunsch nach einem frischen Krabbenbrötchen war dafür gerade riesig.

Emmas Weg führte deshalb nicht direkt zu Oma Beeke, sondern zur nächstbesten Fischbude. Mit ihrem Koffer im

Schlepptau lief sie über das Kopfsteinpflaster und reihte sich in die Schlange ein. Als sie ihr Brötchen in der Hand hielt, stellte sie sich etwas abseits an eine Bank und beobachtete das Treiben.

Einige Touristinnen und Touristen liefen mit Bollerwagen und Fahrrädern in Richtung Strand – voll beladen mit Strandspielzeug, Windsegel und Taschen voll mit allmöglichen Leckereien, ganz bestimmt sogar mit den köstlichen Zimtwecken, die es in der Inselbäckerei gab.

Emma freute sich darauf, später ebenfalls ihre Füße ins Nordseewasser zu tauchen, und konnte es kaum erwarten, ihr Gepäck abzuladen und sich zum Strand aufzumachen. Ein Klecks Remoulade tropfte auf ihr T-Shirt. Verdammt! Sie griff in ihre Jackentasche, um sich ein Taschentuch herauszuholen. Da spürte sie das Stück Papier, das sie während der Fährfahrt schon in der Hand gehabt hatte. Schlagartig waren alle Gefühle, die sie mühsam versucht hatte, zur Seite zu schieben, wieder da. Sie schmiss den Rest des Fischbrötchens weg. Sie wollte sich nur noch hinlegen und schlafen. Augen zu und vergessen.

Erschöpft erreichte sie das kleine Reetdachhaus und war froh, dass Oma Beeke gerade nicht zu Hause war. Sie schleppte sich die Treppen hoch in das Zimmer, das die nächsten Wochen ihr Zuhause sein würde, zog die Vorhänge zu und ließ sich ins Bett fallen. Sie schloss die Augen und schlief sofort ein.

EINEN TAG SPÄTER

Die Sonne schien ins Zimmer und für einen Moment war sich Emma nicht sicher, wo sie sich befand. Dann drehte sie sich zur Wand und sah die Aufnahme des Schweinswals über dem Bett hängen. Traurigkeit überkam sie, doch irgendwo darunter war noch etwas anderes, etwas Verstecktes, etwas, das sie hierher zurückgebracht hatte. Die Suche nach Jonathans Wurzeln. Nach allem, was er geliebt hatte. Nach der Möglichkeit, ihm noch einmal nahe zu sein. Hier auf der kleinen Insel hatte alles begonnen, und Emma war sich sicher, dass sie sich auch nur hier richtig von ihm verabschieden konnte.

Zaghaft ging sie einige Minuten später die alte knarzende Holztreppe nach unten. Der Geruch von Zimt lag in der Luft.

»Na, ausgeschlafen?«, fragte Oma Beeke, während sie weiter im Topf rührte.

»Habe ich sehr lange geschlafen?«, fragte Emma und versuchte einen Blick auf die Uhr zu werfen, nur um festzustellen, dass sie immer noch stehen geblieben war.

»Also, als ich gestern nach Hause gekommen bin, lagst du schon im Bett. Ich war noch kurz bei dir im Zimmer, aber du warst im Tiefschlaf. Ich schätze mal, so vierzehn Stunden müssten es gewesen sein.«

»Vierzehn?« Emma setzte sich auf die Bank und schob

sich eine Haarsträhne hinters Ohr. »Ich glaube, ich war ziemlich kaputt.«

»Das würde ich auch sagen, mein Deern. Schlaf tut gut. Er heilt. Genauso wie eine ordentliche Portion Rote Grütze«, sagte Oma Beeke und stellte den dampfenden Topf auf den Tisch.

»Du hast extra heute Morgen meine Lieblingsspeise gemacht?«, fragte Emma und vor Rührung bildeten sich Tränen in ihren Augen.

»Na, na, lass mal gut sein. Das macht doch keine Arbeit«, wiegelte Oma Beeke ab und füllte Emma ein Schüsselchen. »Außerdem ist an dir ja kaum noch etwas dran. Du musst mal wieder zu Kräften kommen.«

Emma lächelte und probierte einen kleinen Löffel voll. Sie schloss genüsslich die Augen, als ihr Mund die vielen verschiedenen Aromen aufnahm. Die Früchte vermischten sich mit dem Zimt und hinterließen den Geschmack von Heimat auf ihrer Zunge. Wenn Essen eine heilende Wirkung haben sollte, dann auf jeden Fall Oma Beekes Rote Grütze, da war sie sich sicher.

»Danke«, murmelte Emma.

Oma Beeke strich ihr übers Haar, bevor sie sich wieder ihrem Herd zuwandte. »Hast du schon Pläne für heute?«

»Ich dachte daran, mal dem Aquarium einen Besuch abzustatten und Jonathans Kolleginnen und Kollegen kennenzulernen.«

Oma Beeke drehte sich um und schaute Emma lange an.

»Das ist eine ausgezeichnete Idee«, sagte sie schließlich. »Grüß Matti und Fenna von mir.«

Seit einer halben Stunde stand sie jetzt schon vor dem Aquarium und haderte mit sich. Immer wieder öffneten sich die Türen und Familien gingen rein oder kamen raus. Kinder liefen mit strahlenden Gesichtern an ihr vorbei und berichteten aufgeregt von den vielen Meerestieren, die sie im Aquarium bestaunt hatten. Emmas Herz zog sich bei der Erinnerung zusammen, wie viel Jonathan die Meeresbiologie bedeutet und wie sehr er es geliebt hatte, darüber zu reden. Die Vorträge vor Schulklassen oder Urlaubsgästen waren immer ein kleines Highlight für ihn gewesen, und Emma erinnerte sich wehmütig zurück, wie er ihr einmal von einem dieser Vorträge erzählt hatte. Ein kleines Mädchen, vielleicht fünf Jahre alt, war nach dem Vortrag zu ihm gekommen und hatte ihm todernst erklärt, dass sie, wenn sie groß sei, auch so etwas wie er machen wolle, damit sie alle Seesterne der Welt beschützen könne.

Erneut öffnete sich die Tür, eine Frau kam heraus und ging rüber zum Fahrradständer. Emma beobachtete sie und kam sich zugleich etwas seltsam dabei vor.

Die Frau musste ungefähr in ihrem Alter sein. Sie hatte einen gelben Friesennerz an und wollte gerade auf das Fahrrad steigen, als sie sich umdrehte und sich ihre Blicke trafen. Für einen kurzen Moment sah Emma, wie sich ihre Stirn kräuselte und sich danach ein Lächeln auf dem Gesicht ausbreitete.

»Emma?«, fragte die Unbekannte vorsichtig und schob ihr Rad in ihre Richtung.

Emma schaute sich irritiert um. Doch da war niemand außer ihr. Die Frau kam zielstrebig auf sie zu.

»Du bist doch Emma, oder?«, fragte sie und blieb vor ihr stehen.

»Ähm, ja. Woher wissen Sie das?«

Die Frau stellte ihr Fahrrad ab. »Ich habe dein Foto jeden Tag gesehen und so viel von dir gehört, dass es mir vorkommt, als ob ich dich schon ewig kenne.«

Immer noch leicht irritiert schaute Emma sie an.

»Sorry, ich hab ganz vergessen, mich vorzustellen. Ich bin Kathrin. Ich bin ... ich war Jonathans Arbeitskollegin.«

Da war sie, die Frau, die sich Emma in einsamen Nächten ausgemalt hatte. Die Frau, von der sie angenommen hatte, dass sie in Jonathan verliebt war und die sie innerlich dafür gehasst hatte. Doch das freundliche Lächeln passte so gar nicht zu den Fantasien, die sie nächtelang gequält hatten.

»Wolltest du uns mal besuchen kommen?«, fragte Kathrin und schaute Emma neugierig an.

»Ja, ich ... ich bin gerade zu Besuch bei Jonathans Oma und dachte, ich schaue mir mal an, wo er gearbeitet hat.«

Kathrin nickte. »Ich wollte uns gerade Fischbrötchen holen gehen. Magst du mitkommen und danach zeige ich dir alles?«

Emma trat einen Schritt zurück und ihr Blick glitt in die Ferne, aufs Meer hinaus. Hier stand sie nun und war dabei, einen Einblick in das Leben zu bekommen, das Jonathan so sehr geliebt hatte, weswegen er auf die Insel zurückgekehrt war und das ihm so viel bedeutet hatte. War sie bereit dazu?

Sie steckte ihre Hände in die Jackentasche und ertastete den Brief. Sie konnte Jonathan zwar nicht mehr sagen, was sie empfand, aber sie konnte ein Stück in die letzten Monate seines Lebens auf Borkum eintauchen. Emma atmete tief durch.

»Ja, sehr gerne!«

Als sie eine halbe Stunde später gemeinsam mit Kathrin das Aquarium betrat, war es für Emma, als ob sie alles zum ersten Mal sehen würde. Zwar war sie als Kind schon öfter hier gewesen, betrachtete aber jetzt alles mit anderen Augen. Mit Jonathans Augen. Sie sah die vielen Meeresbewohner, die in den Aquarien herumschwammen, die Tafeln, die Skizzen der verschiedensten Tiere zeigten, und die vielen Netze, die als Dekoration dienten und dem Aquarium einen maritimen Look verpassten. In der Mitte des Raumes war eine große Bank in Form eines Schiffes eingebaut, auf der die Besucherinnen und Besucher sich ausruhen und den Tieren zuschauen konnten. Im hinteren Bereich befand sich ein Schulungsraum, in dem auf vielen Tafeln die Borkumer Seegeschichte nachzulesen war.

Emma wanderte durch den Raum und blieb dann ganz am Ende vor vier Fotos stehen. Es waren Bilder der Mitarbeiterinnen und Mitarbeiter. Die Fotos zeigten Fenna, Matti, Kathrin und … Jonathan. An seinem Foto war an einer Ecke eine schwarze Schleife befestigt. Er stand mitten im Wattenmeer und lächelte. Emma schlug sich die Hand vor den Mund und kämpfte mit den Tränen. Das hier war sein Leben gewesen.

»Wie nett, dass wir dich mal wiedersehen, Emma«, erklang es vom Eingang. »Wir hatten uns schon gefragt, wann du …«, fing Matti den Satz an und ließ ihn unvollendet, als er auf Emma zuging und sah, wo sie stand.

»Der Jong fehlt uns sehr. Es tut mir unfassbar leid,

Emma«, sagte Matti und drückte sie fest an sich. »Ich habe letztens mit Thomas und Bente telefoniert. Ich kann mir nicht vorstellen, was für ein schrecklicher Verlust es sein muss, seinen Sohn zu verlieren.«

Emma nickte und dachte an die vielen Abende, von denen Jonathan früher berichtet hatte, an denen sein Vater und Matti zusammen unterwegs gewesen waren. Manchmal hatte sie ihn bei ihren Urlauben auf der Insel getroffen, doch das war schon Jahre her. Auch wenn Thomas kein gebürtiger Insulaner war, hatte er sich schnell eingelebt und Freunde gefunden. Freundschaften, die auch über all die Jahre und die Entfernung noch hielten.

»Es ist schön, dass sein Foto hier noch hängt«, sagte Emma leise.

»Aber natürlich, er wird immer ein Teil unseres Teams sein.«

Emma nickte und schaute sich im Raum um.

»Na, was ist, Lust auf ein frisches Fischbrötchen?«, fragte Matti und lud sie mit einer Handbewegung ein, ihm zu folgen. Als sie an der Eingangstür vorbeikamen, drehte Matti das »Geöffnet«-Schild um. »Fischbrötchen-Zeit« stand dort nun. »Mittagspause!«, rief er und ging mit Emma in den Teamraum, der sich am Anfang des Aquariums befand. Kathrin saß bereits am Tisch und auch Fenna, die immer an der Kasse saß, kam herein.

»Emma, wie schön, dich zu sehen!«

Emma lächelte und schaute unsicher durch den Raum. Neben einem großen Tisch, an dem mehrere Stühle standen, gab es zwei Schreibtische an der einen Seite. Das mussten die Arbeitsplätze von Jonathan und Kathrin sein. Wie zur

Bestätigung stand Kathrin auf und zeigte auf den linken der beiden Tische.

»Das war Jonathans Arbeitsplatz. Schau dich ruhig um, wenn du möchtest.«

Emma ging hinüber und sah die vielen Kritzeleien, die Jonathan auf der Schreibtischunterlage hinterlassen hatte. Mit vielen Notizen konnte Emma nichts anfangen, aber in einer Ecke stand *Emma Geburtstagsgeschenk klären* und ihr Herz machte einen Hüpfer. Schon im Januar hatte Jonathan sich scheinbar mit ihrem Geburtstagsgeschenk beschäftigt. Sie fuhr mit den Fingern über seine Schrift und wünschte sich, sie könnte noch einmal einen Brief von ihm bekommen.

Ihr Blick glitt weiter vom PC rüber zum Fenster, aus dem man direkt auf die Nordsee gucken konnte. Wie gebannt starrte Emma auf das Tosen der Wellen und stellte sich vor, wie gut es Jonathan gefallen haben musste, diesen Anblick jeden Tag zu genießen.

»Schau mal, das Foto möchtest du vielleicht haben«, riss Kathrins Stimme sie aus den Gedanken. Sie drehte sich um und schaute auf das gerahmte Foto, das Kathrin ihr entgegenhielt. Es zeigte Jonathan und sie, beide am Strand sitzend und in die Kamera lachend. Es war ein Selfie, das sie damals in Portugal gemacht hatten, daran erinnerte sich Emma noch gut. »Danke«, murmelte sie und steckte das Bild in ihre Tasche.

»Immer gerne. Wenn du sonst Fragen hast oder so, lass uns gerne in Ruhe noch mal reden«, antwortete Kathrin.

»Und nun komm her, Emma. Setz dich zu uns und lass uns etwas schnacken«, rief Matti und bot Emma den Platz neben sich an. Emma setzte sich, schaute sich um und biss genussvoll in das Fischbrötchen. Für den Moment war sie zufrieden zu sehen, wie glücklich Jonathan hier im letzten Jahr gewesen sein musste. Und das Gespräch mit Kathrin würde sie an einem anderen Tag noch führen, denn es gab immer noch genügend Fragen, die ihr auf der Seele brannten.

MITTE AUGUST 2022

Emma band sich die Haare zu einem Zopf zusammen und schaute auf ihr Handy. Oh, sie musste sich jetzt ordentlich beeilen, um nicht zu spät zu ihrer Verabredung mit Kathrin zu kommen. Die letzten Tage auf der Insel waren wie im Flug vergangen, es tat ihr gut, auf Borkum zu sein. Und es half ihr sehr, all die Plätze noch mal zu besuchen, die Jonathan so viel bedeutet hatten.

Schnell lief sie die Treppe hinunter und war mit einem »Bis später« schon aus der Haustür heraus und bei ihrem Fahrrad. Emma war froh, dass sie sich entschlossen hatten, sich nicht in einem Café zu treffen, wo sie sich gegenübersaßen, sondern am Oststrand spazieren zu gehen. Sie trat in die Pedale und beeilte sich, um rechtzeitig am vereinbarten Treffpunkt am Budje zu sein. Schon von Weitem erkannte sie Kathrins gelben Friesennerz.

»Sorry, ich bin zu spät!«, sagte Emma und stieg vom Rad.

»Stimmt nicht, ich war einfach nur zu früh«, antwortete Kathrin und schob ihr Rad gemeinsam mit Emma zum Fahrradständer.

Sie schlossen ihre Räder ab und gingen schweigend zum Strand. Emma wusste nicht, wo sie anfangen sollte.

»Emma, ich weiß, du möchtest bestimmt sehr viel über die letzten Monate wissen, die Jonathan hier auf der Insel gelebt hat, und ich möchte dir gerne alles erzählen, so gut ich kann«, begann Kathrin. „Ich bin aber auch erst seit einigen Monaten neu hier und kannte Jonathan deswegen noch nicht so gut wie Fenna und Matti.«

»Ich weiß. Ich weiß aber auch durch Jonathans Briefe, dass er sich sehr gefreut hat, dass mit dir wieder eine jüngere Kollegin im Aquarium angefangen hat.«

Kathrin lächelte und schaute Emma abwartend an.

»Wie war es so, ihn kennenzulernen?«, fragte Emma, während sie den Blick über die unendliche Weite des Strandes gleiten ließ.

»Er versuchte, mir die Anfangszeit auf der Insel einfacher zu machen. Weißt du, es ist nicht leicht, hier Anschluss zu finden, wenn man von außerhalb kommt.«

Emma nickte. Das konnte sie sich gut vorstellen.

»Er war sehr hilfsbereit und hat mich auch einigen seiner Freunde vorgestellt.«

Emma schluckte. Sie hatte gewusst, dass Jonathan Kathrin bestimmt mit in seinen Freundeskreis einbinden wollte, um ihr das Ankommen auf der Insel zu erleichtern, dennoch versetzte es ihr einen Stich. Früher waren seine Freunde auch immer irgendwie ihre Freunde gewesen.

»Wen hast du denn kennengelernt?«, fragte sie.

»Wir waren zu Nikolaus beziehungsweise Klaasohm bei Nils, den kennst du ja bestimmt auch, oder?«

»Ja«, antwortete Emma nur knapp. Sie konnte Kathrin nicht anschauen und starrte stattdessen weiter auf die Landschaft des Oststrandes, der sie jedes Mal aufs Neue mit seiner Schönheit verblüffte. Dann blieb sie abrupt stehen – sie musste Kathrin jetzt diese eine Frage stellen.

»Hattest du, also hattet ihr …«, fing Emma an und

suchte nach den richtigen Worten. Sie drehte sich zu Kathrin und sah in ihr ahnungsloses Gesicht. »Hattet ihr etwas miteinander?«

»Nils und ich? Nein, also ich find ihn schon nett, aber ich habe ihn nach Klaasohm auch nur noch einmal am Strand gesehen und danach nicht wieder«, antwortete Kathrin und lief weiter.

»Nein«, sagte Emma etwas lauter, als sie beabsichtigt hatte, und Kathrin blieb stehen. »Ich meinte nicht dich und Nils, sondern dich und Jonathan.«

Kathrin schaute Emma ungläubig an und Emma fiel es schwer, ihren Blick zu deuten.

»Nein, Emma, selbst wenn ich gewollt hätte, hätte er nur Augen für eine andere gehabt.«

Emmas Herz machte einen Hüpfer, nur um sich danach wieder fest zusammenzuziehen. Sie hatte immer geahnt, dass es bestimmt jemanden geben musste, den Jonathan toll fand. Wahrscheinlich war der Kuss nur dem Augenblick geschuldet gewesen.

»Ach so«, sagte Emma nur und lief weiter.

Da lachte Kathrin plötzlich und Emma drehte sich verblüfft um.

»Mensch, in der Hinsicht wart ihr beiden euch scheinbar komplett ähnlich. Jonathan hat es auch nicht wahrhaben wollen. Ja, Emma, er fand jemanden toll, und zwar dich!«

Jetzt war Emma noch mehr verwirrt. Woher wollte Kathrin wissen, was Jonathan empfunden hatte? Was hatte er ihr anvertraut?

»Hat er … irgendetwas gesagt?«, fragte Emma unsicher.

»Nein, das brauchte er gar nicht. So oft und so viel, wie

er von dir gesprochen hat, war allen klar, dass du so viel mehr für ihn bist als nur seine beste Freundin«, antwortete Kathrin. »Glaub mir, du hast ihm sehr, sehr viel bedeutet.«

Emma nickte und schaute wieder aufs Meer hinaus. Sie spürte, wie Kathrin ihr die Hand auf die Schulter legte und einfach bei ihr blieb. Trotz all der Traurigkeit hatte sie das Gefühl, als wäre sie Jonathan selten so nah gewesen wie in diesem Moment, an diesem Ort.

»Danke, dass du mir das gesagt hast«, flüsterte Emma.

Emma radelte auf das alte Reetdachhaus zu. Im Garten vor dem Haus blühte die Scharfgarbe und tauchte es in ein gelbes Lichtermeer. Vor dem Eingang stand immer noch die türkisfarbene Bank, deren Farbe längst durch die vielen Jahre abgeblättert war. Wind und Regen hatten ihr nichts anhaben können.

Emma stellte ihr Rad ab und setzte sich auf die Bank. Sie brauchte noch einen Moment, bevor sie hineingehen konnte. Liebevoll strich sie über das Holz. Wie viele Stunden hatte sie mit Jonathan auf dieser Bank verbracht. Erst mit einem Eis in der Hand als kleine Kinder, später als Teenager nach nächtlichen Partytouren durch Borkum, um etwas auszunüchtern. In all den Jahren hatte Oma Beeke immer wieder geschimpft, dass die Bank unbedingt mal neu gestrichen werden müsse, aber letzten Endes blieb sie so, wie sie war. Genau das mochte Emma. Sie erzählte Geschichten und war eine Konstante.

Emma fuhr mit den Fingern über die Eisenverschnörke-

lungen, die als Armlehne dienten, und über die hölzerne
Rückseite der Bank. Sie stutzte. Irgendetwas war in das
Holz auf der Rückseite eingeritzt. Sie stand auf und ging
einmal um die Bank herum, um es besser sehen zu können.
In winzigen Buchstaben stand dort »E+J« und dahinter ein
Herz. Eine wohlige Wärme durchströmte ihren Körper. Dass
es dieses kleine Herz gab, hatte Emma nicht gewusst. Doch
es bedeutete ihr die Welt.

ENDE AUGUST 2022

Das Telefon klingelte fröhlich vor sich hin. Emma schreckte hoch und sah angsterfüllt aufs Display. Seit Jonathans Tod waren Anrufe für sie mit Unheil verbunden, und es fiel ihr schwer, damit gelassener umzugehen.

Es war Marie.

»Ist alles gut bei dir?«, meldete sie sich.

»Ähhhm … natürlich! Habe ich dich gestört?«, fragte Marie irritiert.

»Nein, entschuldige. Ich bin in letzter Zeit nur etwas nervös, wenn das Handy klingelt. Ich liege am Strand und war bis eben in ein Buch versunken.«

»Strand klingt genau richtig. Bist du auf Borkum?«

»Ja«, antwortete Emma und schaute aufs Meer hinaus.

In den nächsten paar Sekunden sagte niemand mehr etwas und Emma wusste nicht genau, wie sie mit dieser Stille umgehen sollte, beschloss jedoch, offensiv zu sein.

»Ich wollte mir gern all seine Lieblingsorte noch mal anschauen und mit seinen Freunden reden.«

»Das hört sich auf jeden Fall nach einer guten Idee an. Hast du denn schon Pläne, wie es danach bei dir weitergehen soll?«, fragte Marie.

»Nein, nicht wirklich. Und soll ich dir was sagen? Das ist mir gerade auch total egal. Im Moment bin ich erst mal hier und folge meinem Herzen. Und das fühlt sich verdammt richtig an.«

Emma lächelte, während sie die letzten Sätze sprach. Sie war während des Telefonats aufgestanden und grub ihre Zehen in den feinen Sand. Immer wieder ließ sie ihn durch ihre Zehen rieseln und begann dann wieder von vorne.

»Manchmal ist es vielleicht auch gar nicht notwendig, einen Plan zu haben, sondern man schaut einfach, was auf einen zukommt«, antwortete Marie leicht verspätet.

»Ja, das kann gut sein. Ich meine, klar denk ich ab und an darüber nach, wie es weitergehen soll, aber im Moment versuche ich erst mal zu begreifen, was in den letzten Monaten geschehen ist, und dafür war die Entscheidung, hierherzukommen, genau richtig.«

»Das freut mich sehr für dich, Emma«, antwortete Marie.

Als sie aufgelegt hatten, setzte Emma sich wieder auf ihr Tuch und sah fasziniert den Kindern zu, die auf dem Trampolin sprangen. Wie mühelos sie sich plumpsen ließen, nur um danach direkt wieder aufzustehen. Einige sprangen immer höher und absolvierten einen Salto in der Luft. Sie waren absolut sorgenfrei. So war sie auch mal gewesen. Doch jetzt hatte sie das Gefühl, dass hinter jeder Ecke eine neue Gefahr lauerte. Dass jeder Anruf eine neue Katastrophe bedeutete. Emma hasste, was die vergangenen Monate aus ihr gemacht hatten. Würde sich das je wieder ändern?

Auf ihren Armen bildete sich eine leichte Gänsehaut und sie suchte in ihrer Tasche nach ihrem Pullover. Die letzten Stunden hatte sie die Sonne genossen, aber jetzt hatten sich Wolken davorgeschoben. So schnell kann sich alles ändern, schoss es ihr durch den Kopf. Das Wetter auf Borkum konnte von jetzt auf gleich drehen und auf Regen folgte Sonne. Und umgekehrt.

Emma gähnte und mit einem Blick auf die Uhr entschied sie, dass es Zeit war, wieder zurück zu Oma Beeke zu fahren.

Als sie die Küche betrat, fiel ihr Blick auf die abgewetzten Ecken am Küchentisch. Jede stand für eine eigene Geschichte. Lächelnd erinnerte sich Emma daran, wie Jonathan ihr einmal erzählt hatte, wie er sich den zweiten Wackelzahn am Tisch ausgehauen hatte. Voller Freude, den ersten verloren zu haben, war er in die Küche geflitzt und hatte direkt eine Bruchlandung gegen den Tisch hingelegt. Liebevoll strich Emma über die Kanten. Er fehlte ihr unglaublich.

»Na, na, Deern, das wird schon.«

Oma Beeke stand urplötzlich und doch zu genau dem richtigen Zeitpunkt hinter ihr und strich ihr sanft über den Rücken. Emma fragte sich, wie die alte Frau mit dem Tod ihres Enkels so gut umgehen konnte, wenn es ihr doch das Herz jeden Tag aufs Neue herausriss. Lernte man mit der Zeit besser, mit dem Tod umzugehen?

»Ich weiß nicht, ob es jemals wieder richtig gut wird. Wie kann ich je wieder herzhaft lachen und fröhlich sein, wenn er nicht mehr da ist? Ich habe das Gefühl, in dem einen Moment geht es, und dann reißt es mir wieder den Boden unter den Füßen weg.«

Oma Beeke setzte sich auf die alte Küchenbank und Emma tat es ihr gleich.

»Es klingt zwar abgedroschen, aber die Zeit heilt wirklich alle Wunden. Das war schon immer so und wird auch immer so sein.«

Emma konnte sich das kaum vorstellen. Auch in einem Jahr würde der Schmerz mit Sicherheit nicht weniger geworden sein. Außerdem fühlte sie die Schuldgefühle, Jonathan nie die Wahrheit gesagt zu haben, immer mehr auf sich lasten. Er war gestorben, ohne je zu wissen, was sie für ihn empfand. All die Jahre hatte sie geglaubt, alle Zeit der Welt zu haben. Hatte ihren besten Freund als genau das gesehen und nicht erkannt, wie sich der stille, kleine Junge, mit dem sie früher immer zur Eisbude gelaufen war, zu einem attraktiven jungen Mann entwickelt hatte, dem schon seit langem ihr ganzes Herz gehörte. Der alles über sie wusste und sie kannte wie kein anderer. Der sie auf seinen Fotos in all ihren Facetten darstellte und es auf jedem einzelnen Bild schaffte, sie wunderschön aussehen zu lassen. Der ihr zuhörte, wenn sie traurig war und sich unverstanden fühlte. Der ihre Zweifel, ob sie den richtigen Job gewählt hatte, ernst nahm und sie ermutigte, einen neuen Weg einzuschlagen, wenn sie das wollte. Emma schlug ihre Hände vors Gesicht und weinte bitterlich.

»Ich … ich möchte ihn einfach noch ein letztes Mal sehen«, presste sie hervor. »Ich konnte mich nicht richtig verabschieden, und meinen letzten Brief hat er auch nie bekommen.«

»Was stand denn in diesem Brief?«

»Dass ich ihn liebe,« flüsterte Emma.

Oma Beeke streichelte Emma übers Haar und zog sie an sich. »Ach, Emma, das wusste er doch längst.«

»Nein, das kann nicht sein«, sagte Emma schluchzend. »Ich konnte ihm den Brief ja nicht mehr geben.«

»Aber du hast es ihm doch gesagt, als du bei ihm warst im Krankenhaus, bevor du im Mai hergekommen bist.«

Emma war immer verwirrter. Wovon redete sie da?

»Ich war davor doch nur einmal bei ihm und da ist er recht schnell eingeschlafen wegen der ganzen Medikamente und der neuen …« Emma brach ab, als sie das Lächeln auf dem Gesicht der alten Frau sah.

»Er war zwar etwas weggetreten, mein Deern, aber er hat dich noch gut verstanden. Einen Tag später hat er mich angerufen und ich musste ihm versprechen, dass ich mich um dich kümmere, wenn er nicht mehr da ist.«

Erneut stiegen Emma die Tränen in die Augen. Doch zwischen all den Tränen der Traurigkeit und des Verlustes waren da auch Tränen des Glücks. Jonathan hatte es gewusst. Er war nicht gestorben, ohne zu wissen, dass sie ihn liebte. Immer geliebt hatte.

»Ach, Emma. Ihr beide wart doch schon immer wie Pech und Schwefel. Der eine konnte nicht ohne den anderen. Jonathan hat mir schon vor Längerem anvertraut, dass er dich liebt.«

Emma nickte. Und je mehr sie darüber nachdachte, drang ein Satz immer mehr in ihr Bewusstsein.

Er hat mich auch geliebt.

EINEN TAG SPÄTER

Emma gähnte herzhaft. Die paar Stunden in der letzten Nacht waren wirklich zu wenig Schlaf gewesen, aber nach dem Gespräch mit Oma Beeke hatte sie nicht einschlafen können, und irgendwann war in ihr eine Idee entstanden, die nach und nach immer mehr Gestalt annahm. Emma war aufgestanden und hatte alles niedergeschrieben, was ihr in den Sinn kam.

Lächelnd schaute sie nun auf die vielen beschriebenen Seiten, die auf dem Boden lagen. Einige waren zerknüddelt, andere durchgerissen, aber manche lagen auch unberührt da. Emma hob die Blätter auf und las sich durch, was sie geschrieben hatte. Ihr Herz wurde schwer, aber gleichzeitig wusste sie, dass es das Richtige war.

Sie sprang auf und lief ins Bad. Schnell spritzte sie sich etwas Wasser ins Gesicht und kämmte ihre Haare. Für ihre ausführliche Morgen-Routine war keine Zeit, sie hatte es eilig.

Unten in der Küche dudelte gerade ein Song von den Beatles aus dem Radio, »Goodday sunshine«. Oma Beeke stand am Herd und summte vor sich hin.

»Guten Morgen«, sagte Emma und nahm sich ein Quarkbrötchen aus dem Korb, der auf dem Tisch stand.

»Moin, Emma. Konntest du etwas schlafen?«

Emma strich sich Honig auf das Brötchen und biss so

herzhaft hinein, dass dieser direkt wieder auf der anderen Seite herunterlief.

»Mist«, fluchte sie und versuchte den Honig von ihren Fingern zu lecken.

»Der gute Sanddornhonig«, zog Oma Beeke sie auf.

Emma schlang den Rest des Brötchens hinunter und lief zur Spüle, um sich die Hände zu waschen.

»Willst du keinen Kaffee?«, fragte Oma Beeke verwundert.

»Nee, ich hab keine Zeit. Ich will zu Nils. Ich hatte heute Nacht eine Idee … erzähle ich dir später, ich muss jetzt los«, antwortete Emma und war schon raus aus der Haustür.

Emma radelte um ihr Leben, dabei war der Weg zur Surfschule nicht wirklich weit. Doch jetzt kam es für sie auf jede Minute an. Sie wollte unbedingt wissen, was Nils von ihrer Idee hielt, und konnte es nicht erwarten, ihm alles zu erzählen. Außerdem würde sie auf jeden Fall seine Hilfe benötigen. Sie fuhr durch die Nebenstraßen des kleinen Städtchens, um den Touristinnen und Touristen möglichst gut aus dem Weg zu gehen und ungestört fahren zu können. Auf der Promenade angekommen, schloss sie ihr Rad ab und lief schnell die Treppen zum Strand herunter. Völlig außer Puste blieb sie vor der Surfschule stehen und holte erst einmal Luft.

»Hey, ist Nils schon da?«, fragte sie einen Surfer, der gerade sein Brett verstaute.

»Joa, hab ihn heute schon gesehen. Müsste oben sein«, antwortete dieser und nickte ihr zu.

Emma rannte die Treppe nach oben und prallte fast mit Nils zusammen.

»Emma!«, rief Nils verwundert. »Ich wusste gar nicht, dass du auf der Insel bist.«

»Nach Jonathans …«, fing sie an und stockte, »ich … brauchte eine Auszeit von zu Hause.« Sie hörte ihr Herz in ihren Ohren wummern.

Nils Blick verdunkelte sich. Auf seiner Stirn bildeten sich Falten und er setzte sich auf die Treppe.

»Ich kann es immer noch nicht glauben.«

»Genau deshalb bin ich hier und brauche deine Hilfe.«

Nils schaute sie an und zog eine Augenbraue hoch. »Was genau meinst du?«

»Können wir uns irgendwo in Ruhe hinsetzen und reden?«, fragte Emma.

»Klar, möchtest du einen Kaffee?«

»Sehr gerne. Und dann erzähle ich dir, was ich mir überlegt habe.«

Als Emma zwei Stunden später wieder vor Oma Beekes Haus stand, fühlte sich ihr Herz etwas leichter an. Sie wusste, dass die Aufgabe, die ihr nun bevorstand, keine leichte war, aber es war das Richtige. Es war das, was sie brauchte. Jetzt war nur die Frage, wie Oma Beeke auf ihre Idee reagieren würde. Bei Nils war sie sofort auf offene Ohren gestoßen und er hatte sich bereit erklärt, Emma bei allem zu helfen. Sie war sich aber unsicher, ob Oma Beeke ihre Idee auch so gut fand. Trotzdem war es ihr mehr als wichtig, dass auch sie ihren Segen gab.

Sie atmete tief durch und öffnete die Tür zum Reetdachhaus.

»Oma Beeke?«, rief sie.

»Im Garten«, hörte sie sie antworten.

Emma ging durch das Wohnzimmer in den Garten und
sah sich für einen kurzen Moment zurückversetzt an den
Tag, als sie Oma Beeke dort vorgefunden und diese ihr von
Jonathans Tod berichtet hatte. Sie blieb an der Terrassentür
stehen und ihre Atmung wurde schneller. Ihr Herz raste
und vor ihren Augen verschwamm alles. Sie hielt sich am
Türrahmen fest und spürte etwas Warmes auf ihrem Arm.

»Alles gut, mein Deern?«

»Ja, ich … muss mich nur kurz setzen«, antwortete
Emma und tastete sich zum Tisch vor. Oma Beeke brachte
ihr ein Glas Wasser und setzte sich zu ihr.

»Trink einen Schluck. Wenn du wieder so schnell gefahren bist wie heute Morgen, ist es kein Wunder, dass dein
Kreislauf verrücktspielt.«

Emma nahm einen großen Schluck. Einatmen. Ausatmen.
Ihr Herzschlag normalisierte sich wieder.

»Daran lag es nicht. Ich … hab mit Nils über meine
Idee gesprochen, und er findet sie gut. Richtig gut. Aber
ich möchte gerne wissen, was du davon hältst«, fing Emma
an. Sie kaute auf ihrer Lippe und fummelte an ihren Haaren
herum.

»Dann erzähl mal«, forderte Oma Beeke sie auf.

»Ich hab das Gefühl, dass ganz viele Menschen, die hier
auf der Insel leben, sich nicht richtig von Jonathan verabschieden konnten. Und er selbst ist irgendwie auch nicht richtig hierhin zurückgekommen, obwohl es sein Lieblingsort

war. Ich dachte, es wäre schön, wenn wir eine Trauerzeremonie für ihn am Strand machen, bei der sich alle verabschieden können, die ihn kannten«, brachte Emma leise hervor und schaute Oma Beeke bittend an.

Oma Beeke lehnte sich im Stuhl zurück. Ihr Blick glitt über den Garten und Emma versuchte, ihre Gedanken zu lesen.

»Wenn du es nicht gut findest, könnten wir auch nur mit einer kleinen Runde in ein Restaurant …«, fing Emma zögerlich an.

»Nein. Ich finde deine Idee sehr gut. Ausgesprochen gut sogar. Der Jong muss nach Hause kommen und hier seine Ruhe finden«, antwortete Oma Beeke und wischte sich verstohlen eine Träne aus dem Augenwinkel.

Emma lächelte und drückte die Hand der alten Frau.

»Genau das haben Nils und ich auch gedacht. Wir möchten gerne eine kleine Trauerfeier am Rande der Surfschule am Donnerstagabend machen. Wir möchten allen Insulanerinnen und Insulanern, die Jonathan kannten, Bescheid geben, und Nils hat angeboten, dass wir danach alle gemeinsam an der Surfschule grillen und beisammensitzen könnten.«

»Das hört sich sehr schön an. Ich backe dann Jonathans Lieblingskuchen und bringe ihn mit.«

»Das wäre sehr schön«, antwortete Emma und atmete tief und voller Erleichterung aus.

»Dann müssen wir jetzt nur noch jemanden finden, der die Trauerrede hält. Hast du vielleicht eine Idee, wen wir fragen können? Du bist doch hier auf Borkum bestens vernetzt und kennst jeden.«

Oma Beeke kratzte sich am Kinn und sagte ein paar Sekunden nichts. Dann schaute sie Emma in die Augen.

»Ich glaube, ich weiß jemanden, der das perfekt machen könnte.«

»Perfekt, wer denn?«

»Du, Emma.«

I. SEPTEMBER 2022

Emma fluchte. Warum hatte sie sich nur auf diese bescheuerte Idee eingelassen? Als Oma Beeke vorgeschlagen hatte, dass sie die Trauerrede halten sollte, hatte sie es sofort abgeschmettert und gesagt, dass es jemand anders geben müsste, der das besser könne. Schließlich hatte sie ja bereits bei Jonathans Beerdigung bewiesen, dass ihr in solchen Momenten die Nerven durchgingen. Oma Beeke hatte aber ruhig erklärt, dass es lediglich einen Standesbeamten und zwei Pfarrer gab, aber niemanden, der freie Zeremonien begleitete. Außerdem kannte sie Jonathan am besten. Irgendwie war es ihr dann logisch erschienen und sie hatte sich überreden lassen, weil ihr so unglaublich viel an dieser Zeremonie lag. Doch jetzt, eine Stunde vor dem Eintreffen der Gäste, spielte ihr Magen verrückt und sie lief wie ein aufgescheuchtes Huhn durch die Surfschule. Sie griff nach ihren Blättern, überflog den ersten Absatz und prompt schossen ihr Tränen in die Augen.

»Ich kann das nicht«, murmelte Emma und sank auf den Boden. »Ich kann das einfach nicht.« Die Tränen liefen ihr über das Gesicht. Sie zog ihre Beine eng an sich heran und legte den Kopf auf den Knien ab.

»Emma?«, fragte Nils und kam auf sie zu.

»Was habe ich mir nur dabei gedacht?«, sagte Emma und schluchzte leise.

Nils hockte sich neben sie und legte den Arm um sie.

»Du hast dir gedacht, dass Jonathan diesen Abschied verdient hätte. Dass alle Menschen, die ihn gemocht haben, diesen Abschied von ihm verdient haben.«

»Ja, das finde ich auch immer noch. Aber warum in aller Welt habe ich zugestimmt, die Abschiedsrede zu halten? Ich werde da stehen und in Tränen ausbrechen, so wie jetzt, und ich werde kein Wort herausbekommen. Ich werde abhauen, wie beim letzten Mal, ich …«

»Stopp, Emma! Ganz ehrlich, alle Menschen, die heute kommen, trauern genauso um Jonathan wie du. Sie verstehen, welchen Verlust du und Oma Beeke gerade erlebt, und keiner erwartet, dass du eine perfekte Rede hältst«, antwortete Nils und fügte lächelnd hinzu, »obwohl ich mir trotzdem ziemlich sicher bin, dass du das machen wirst.«

Emma lächelte leicht, auch wenn ihr nach wie vor nach Weinen zumute war. Nils stand auf und kam kurz darauf mit zwei Fläschchen mit einer orangefarbenen Flüssigkeit zurück. Eins reichte er Emma.

»Wenn nicht heute, wann dann?«, sagte er, öffnete seine Flasche und kippte die Flüssigkeit hinunter.

Emma schaute auf den Sanddornlikör. Wie oft hatte sie ihn mit Jonathan zusammen getrunken? Wie oft hatten sie spät abends den Sonnenuntergang beobachtet und auf das Leben angestoßen? Emma öffnete ihre Flasche, schloss die Augen und trank sie in einem Zug leer.

»Auf Jonathan! Und jetzt komm, er bekommt die Abschiedszeremonie, die er verdient hat«, ermutigte Nils sie und half ihr beim Aufstehen.

Emma griff Nils' Hand und blickte ihn entschlossen an. »Die bekommt er!«

Als Emma die vielen Menschen sah, die auf Liegestühlen, Kisten und Surfbrettern am Strand vor dem Holzbogen saßen, lief ein warmer Schauer durch ihren Körper. In liebevoller Arbeit hatten ganz viele Freunde von Jonathan überall Meeresmotive auf weißem Papier ausgeschnitten und an dem Holzbogen befestigt. Daneben hingen Fotos von Jonathan aus seiner Kindheit, seiner Studienzeit und seinen letzten Monaten auf Borkum. Der Anblick all dieser Menschen und all dieser Erinnerungen zeigte Emma, wie sehr Jonathan geliebt wurde, und bestärkte sie in ihrem Vorhaben, auch wenn ihr Magen gerade verrücktspielte und sie sich sehr auf ihre Atmung konzentrieren musste.

Sie stellte sich neben den Holzbogen und sah in die Augen vieler lieb gewonnener Freunde, aber auch von vielen Menschen, die sie nicht kannte. Auf einem Liegestuhl in der ersten Reihe saß Oma Beeke, die ihr aufmunternd zulächelte. Nils stand rechts neben ihr an der Musikanlage und nickte ihr zu. Emma schloss die Augen, atmete tief durch und schaute dann in die Menge.

»Ich freue mich sehr, dass so viele von euch unserer spontanen Einladung gefolgt und heute Abend hier sind. Ich glaube nicht nur mir und Oma Beeke bedeutet das unglaublich viel, sondern auch Jonathan hätte sich sehr darüber gefreut.«

Emma presste ihre Lippen aufeinander und schaute aufs Meer hinaus. Eine einzelne Träne rann ihre Wange hinab.

»Als ich Jonathan kennengelernt habe, hat er noch hier auf der Insel gewohnt. Genauso wie auch das letzte Jahr in seinem Leben. Ich glaube, Jonathan hat zwar auch gern in Essen und Kiel gelebt, aber nirgendwo war er so zufrieden und so glücklich wie hier auf Borkum – bei euch allen.«

Emma sah in das Gesicht von Oma Beeke, die ein Taschentuch gezückt hatte und sich die Augen damit abtupfte. Sie nickte Emma bestätigend zu.

»Ich selbst habe im letzten Jahr erst verstanden, wie stark Heimat mit der eigenen Zufriedenheit zusammenhängt und wie sehr sie einem Menschen Flügel verleihen kann. Heimat ist nicht nur ein Ort, sondern auch ein Gefühl, das einem Menschen geben, die man schätzt und liebt. All das hat Jonathan gefunden, nachdem er wieder zurückgekehrt ist. Er war glücklich, weil er hier seine Heimat hatte, mit einem Beruf, den er liebte, einer Umgebung, die ihn zufrieden machte, und Menschen, die er mochte. Die Weite und das Meer haben ihm gefehlt, hat er mir im letzten Jahr in einem Brief geschrieben, und ich weiß, dass er kein besseres letztes Jahr irgendwo hätte verleben können als hier auf der Insel.«

Emmas Herz raste. Sie versuchte sich auf ihre Atmung zu fokussieren und schloss die Augen. Einatmen, ausatmen, einatmen, ausatmen. Sie konzentrierte sich auf das Rauschen der Wellen und merkte, wie ihr Herzschlag sich wieder beruhigte.

»Es fällt mir nicht leicht, hier zu stehen, denn es gab noch so viel, das ich Jonathan sagen wollte, und doch bin ich nie dazugekommen«, Emma kräuselte die Stirn, »gerade das ist es, was mich besonders wütend macht und was ich mir wohl nie verzeihen werde. Jonathan und ich haben uns immer so viel erzählt und über viele Jahre Briefe geschrieben, und doch blieb manchmal zwischen den Zeilen das Wichtigste ungesagt. Deswegen möchte ich euch dazu ermutigen, euch immer zu sagen, was ihr denkt und vor allem, was ihr fühlt. Habt keine Angst vor euren Gefühlen und sprecht sie aus.«

Auf einer Kiste sitzend, direkt hinter Oma Beeke, entdeckte Emma Kathrin, die ihr zunickte.

»Jonathan war auch nicht immer für seine vielen Worte bekannt«, fing Emma an und erntete einige liebevolle Lacher, »stattdessen hat er es geschafft, seine Gefühle durch Fotos auszudrücken. Egal ob Landschaften, Tiere oder in seltenen Fällen auch Menschen. Wer Jonathans Fotos ansieht, spürt die Liebe, die er im Moment des Abdrückens empfunden hat. Genau darum haben Nils und ich uns auch entschlossen, ein Fotoalbum mit Jonathans schönsten Fotos auf Borkum zu gestalten.«

Nils stand auf und gab einen Korb mit Fotobüchern durch die Reihen. Zusätzlich dazu lag für jeden eine kleine Flasche Sanddornlikör im Korb.

Nils ging auf Emma zu und reichte ihr ebenfalls ein Fotobuch.

»Ich habe doch schon eins«, antwortete sie und wollte es ihm zurückgeben.

»Nein, das hier hast du noch nicht«, sagte Nils und drückte es ihr in die Hand. Emma öffnete es und schlug sich die Hand vor den Mund.

»Wie, wer?«

»Ich habe mit Max telefoniert und es gemeinsam mit Kathrin fertiggestellt«, antwortete Nils und umarmte Emma.

»Alles, was ihr euch nicht sagen konntet, siehst du in seinen Fotos, Emma.«

Emma strich gerührt über jede einzelne Seite, auf der sie sich selbst sah. Es waren alles Fotos, die Jonathan über die Jahre von ihr gemacht hatte. Auf dem Surfbrett, lachend am Strand, wie sie eine Grimasse schnitt, beim Essen, im Meer – und auf der letzten Seite das Selfie von ihr und Jonathan, das auch auf seinem Schreibtisch im Büro gestanden hatte. Tränen liefen ihr übers Gesicht und gleichzeitig lächelte sie.

»Danke«, murmelte sie und suchte mit ihren Augen nach Kathrin, die ihr erneut zunickte.

Nils ging rüber zur Anlage und startete die Musik. Emma hörte die ersten Takte und ihr Blick wanderte wieder zum Meer. Als der Refrain einsetzte, murmelte sie die Worte mit.

»Das war die schönste Zeit (die schönste Zeit)
Weil alles dort begann (die schönste Zeit)«[2]

»Weil alles hier begann«, flüsterte sie, während sie zugleich spürte, wie eine Last von ihr abfiel. Sie sah Jonathan, wie er ihr als Achtjähriger unsicher seinen ersten Brief entgegenstreckte. Wie sie gemeinsam im Baumhaus lagen und dem Geschrei der Möwen lauschten. Wie sie immer wieder hierhin zurückgekehrt waren – mal alleine und mal zusammen. Aber immer mit dem anderen im Herzen. Vielleicht mussten die Worte nicht immer laut ausgesprochen werden.

---

2 Axel Bosse: Die schönste Zeit

Vielleicht reichte es, zu wissen, was man füreinander empfand, und alles, was Emma in den letzten Wochen erfahren
hatte, zeigte ihr, dass Jonathan es gewusst hatte.

»Auf Jonathan«, sagte Nils, wandte sich dem Holzbogen
mit den vielen Fotos zu und erhob seine Flasche. Emma tat
es ihm gleich und flüsterte: »Auf Jonathan.«

AM GLEICHEN ABEND

Gemeinsam liefen Oma Beeke und Emma durch die dunklen Straßen nach Hause. Das Licht des Leuchtturms schien über die Strandstraße und vereinzeltes Gelächter hallte durch die laue Spätsommernacht. Emma blieb stehen und schaute den Turm andächtig an.

»Jonathan war unglaublich gerne hier. Als Kinder waren wir sogar mehrfach dort oben. Irgendwie haben wir es uns in den letzten Jahren immer vorgenommen, wenn wir beide hier waren, aber nie wieder gemacht.«

Oma Beeke blieb neben Emma stehen und nickte. »So ist das manchmal im Leben, mein Deern.«

Emma wandte den Blick vom Leuchtturm ab und hakte sich bei der alten Frau unter.

»Es war schön heute Abend. Auf eine traurige Weise, aber es war schön zu sehen, wie vielen Menschen er etwas bedeutet hat«, sagte sie.

»Ihr habt das ganz toll auf die Beine gestellt, du und Nils. Der Jong hätte es gemocht«, stimmte Oma Beeke ihr zu.

»Ich habe das Gefühl, dass es mir geholfen hat, Abschied zu nehmen.«

»Das ist schön, Emma. Ich glaube auch, dass dieser Abend für uns alle sehr wichtig war. Trotzdem werden mit Sicherheit immer mal wieder Phasen kommen, in denen die Trauer dich überkommt.« Oma Beekes Blick glitt in die

Ferne und verdunkelte sich. »Trauer kommt in Wellen. Manchmal ist man auf ruhiger See und fühlt sich sicher, und dann kommen wieder stürmischere Tage, an denen die Wellen hochschlagen und einen mitzureißen drohen. Mit der Zeit lernt man aber, mit diesen Wellen umzugehen – du als Surferin ganz besonders,« fügte Oma Beeke lächelnd hinzu.

Emma lächelte ebenfalls und schaute in den Sternenhimmel.

»Lass uns nach Hause gehen und einen Tee zum Abschluss trinken«, schlug sie vor.

ele

Der Teekessel pfiff vor sich hin und Emma holte zwei Tassen aus dem Holzschrank. Oma Beeke hatte sich bereits ihr Nachthemd übergezogen und kam gerade wieder in die Küche. Emma goss Tee ein und setzte sich zu Oma Beeke auf die Eckbank. Still tranken sie, nur das Ticken der Uhr war zu hören. Emma hing ihren Gedanken nach und ließ den Tag Revue passieren. Immer wieder sah sie sich vor all den Menschen stehen und irgendwie hinterließ das keine Angst in ihr, sondern ein warmes Gefühl. Ein Gefühl, richtig zu sein. Den Menschen etwas mitgegeben zu haben.

»Das, was du über Jonathan gesagt hast, war wirklich schön«, durchbrach Oma Beeke die Stille, als hätte sie Emmas Gedanken gelesen.

»Ich … ich habe lange überlegt, was ihn ausmacht und was ihm wohl in den letzten Monaten so durch den Kopf gegangen ist. Mir war es wichtig, den Menschen zu zeigen, wie sehr er es geliebt hat, hier bei ihnen zu leben.«

»Das hast du gut gemacht. Die Menschen hier sind ein eingeschworenes Häufchen und obwohl jeder es versteht, wenn junge Leute auch mal woanders hingehen wollen, tut es doch manchmal weh. Es ist irgendwie eine Entscheidung gegen das Leben, das wir hier gemeinsam führen. Verstehst du, wie ich das meine?«

Emma nickte und wartete, dass Oma Beeke fortfuhr.

»Ich hätte nie erwartet, dass er zurückkommt, ich hoffe, das weißt du. Natürlich habe ich mich sehr darüber gefreut, aber mir war nur wichtig, dass er glücklich ist.«

»Das war er hier. Das habe ich ihm immer angemerkt«, sagte Emma und lächelte. »Wenn er von der Insel gesprochen hat, war seine Stimme immer ganz warm und voller Zuneigung. Das hier war sein Zuhause.«

Oma Beeke blinzelte und zog ihr besticktes Taschentuch aus der Nachthemdtasche.

»Weißt du, Emma, dass du eine besondere Gabe hast, über Menschen zu sprechen?«

Emma zog die Augenbrauen zusammen.

»Ich kann gut über sie schreiben, aber über sie sprechen …«

»Doch«, unterbrach Oma Beeke sie, »du hörst zu. Du bist aufmerksam, du nimmst die Feinheiten wahr und schaffst es, das in Worte zu fassen. Das ist eine besondere Gabe, glaub mir.«

»Danke«, murmelte Emma.

»Ich weiß, dass es mich alte Frau nichts angeht und du auch dein eigenes Leben leben musst, aber Jonathan hat so Andeutungen gemacht, dass du gerade nicht sehr glücklich in deinem Beruf bist. Und da du in den letzten Monaten nicht gearbeitet hast und mir bisher nicht gesagt hast, wie lange du bleiben möchtest, vermute ich mal, dass dein Job auch nicht mehr ganz aktuell ist?«

Emma fühlte sich ertappt. Sie nahm die Teetasse, trank einen Schluck und schüttelte leicht den Kopf.

»Das muss dir nicht unangenehm sein. Es gibt Momente im Leben, in denen wir uns entscheiden müssen, wie es weitergehen soll. Jonathan hat in so einem Moment beschlossen, hierher zurückzukommen, und dafür war ich ihm sehr dankbar. Vielleicht ist für dich auch der Augenblick gekommen, um etwas Neues anzufangen und – wenn du auf mich alte Frau hören willst – mach etwas aus deiner Gabe, über Menschen zu sprechen. Du gibst ihnen damit mehr, als du vielleicht denkst.«

Oma Beeke drückte Emmas Hand, stand auf und stellte ihre Tasse in die Spüle.

»Gute Nacht, Emma.«

»Gute Nacht«, flüsterte Emma und lehnte sich zurück. Oma Beekes Worte hallten in ihr nach, und doch wusste Emma nicht so richtig, was sie mit ihnen anfangen sollte. Der Wunsch, weiter über Menschen zu berichten, war nach wie vor da, aber sie wusste auch, dass sie nicht mehr auf die Jagd nach Schlagzeilen gehen wollte. Sie wollte das Besondere der Menschen hervorheben, das, was manchmal im ersten Moment nicht offensichtlich war, sondern sich erst bei genauerem Hinsehen offenbarte. In Emmas Kopf schwirrten Tausende Gedanken umher, und doch wusste sie nicht so recht, was sie aus all den Puzzlestücken machen sollte. Sie umklammerte die Teetasse und ihr Blick glitt zur Tür. Dort entdeckte sie das alte Hochzeitsfoto von Oma Beeke und Opa Enno. Ein warmes Gefühl durchflutete sie.

Sie wollte ihren Blick wieder abwenden, doch irgendetwas an dem Foto zog ihre Aufmerksamkeit weiter auf sich. Emma stutzte und stand auf, um es genauer zu betrachten. Sie sah das Pärchen, das sich verliebt anschaute. Das schlichte weiße Kleid, das Oma Beeke trug, den wunderschönen Sanddornstrauß, den sie in den Händen hielt, und das Leuchten in Opa Ennos Augen. Langsam nahm sie jedes einzelne Detail auf dem Bild wahr und auf einmal begann ihr Herz wild zu schlagen und eine Gänsehaut überzog ihren Körper. Zum ersten Mal seit langer Zeit spürte sie wieder den Drang, aktiv zu werden.

»Danke«, flüsterte sie mit Blick auf das Bild.

SEPTEMBER 2022

Als sie am Morgen die Augen aufschlug, hatte sie zum ersten Mal seit Langem das Gefühl, wieder freier atmen zu können. Das Druckgefühl auf ihrer Brust, das ihr in den letzten Monaten den Atem förmlich geraubt hatte, war weniger geworden. Sie setzte sich auf und griff als Erstes nach ihrem Handy. Sie hatte Lena versprochen, sich nach der Trauerfeier zu melden, es aber gestern komplett verschwitzt.

Hey, der Tag gestern war sehr aufwühlend, aber irgendwie auch wunderschön. Klingt komisch, oder? Ich melde mich später noch mal, habe da nämlich so eine verrückte Idee … brauche jetzt aber erst mal einen Kaffee!

Emma schlüpfte in ihre Hausschuhe und wollte gerade nach unten gehen, als ihr Handy piepste.

Du machst es aber spannend.
Beeil dich und ruf mich später an!

Sie grinste in sich hinein und ließ ihr Handy auf der Nachtkonsole liegen. Mit leichten Schritten lief sie die Treppe nach unten. Ein kurzer Blick in die Küche zeigte, dass diese verwaist war. Auf dem Küchentisch fand sie eine Notiz von Oma Beeke:

Beim Öffnen des Ofens kam ihr der Duft von frischen Rosinenbrötchen entgegen. Emma lief das Wasser im Mund zusammen. Sie nahm sich schnell eine Tasse Kaffee und bestrich das Brötchen mit Erdbeermarmelade. Ich könnte mich immer von Oma Beeke bekochen lassen, kam es ihr in den Sinn. Essen war hier einfach so viel mehr als eine Notwendigkeit und sie genoss es in vollen Zügen, nachdem sie die letzten Monate so wenig herunterbekommen hatte.

Nach dem letzten Bissen spülte sie ihren Teller und die Tasse ab und ging wieder nach oben in ihr Zimmer. Bevor sie Lena anrief, wollte sie erst noch ein bisschen im Internet recherchieren. Vielleicht war ihre Idee ja auch totaler Blödsinn, aber als sie den Begriff in die Suchleiste eingab, begann es in ihrem Bauch zu kribbeln.

»Bin wieder da«, hallte es von unten herauf. Emma schaute verwundert auf die Uhr, zwei Stunden waren schon vergangen. Sie hatte sich so festgelesen, dass sie die Zeit völlig vergessen hatte. Sie klappte ihr Notebook zu und lief nach unten. Oma Beeke hängte gerade ihre Jacke an die Garderobe.

»Na, hast du gut geschlafen, mein Deern?«

Emma nickte und nahm ihr die Tasche mit den Einkäufen aus der Hand.

»Ich dachte mir, wenn ich schon im Dorf bin, kann ich auch direkt noch ein paar Sachen besorgen«, erklärte Oma

Beeke und folgte Emma in die Küche. »Haben dir die Stut-jes geschmeckt?«

»Sie waren himmlisch«, antwortete Emma, stellte die Tasche auf dem Tisch ab und lief unruhig in der Küche auf und ab.

»Ist alles gut bei dir?«, fragte Oma Beeke verwundert. »Du hast ganz glänzende Augen.«

Emma blieb stehen. »Danke für alles!«, sagte sie und fiel Oma Beeke spontan um den Hals. »Wenn ich nicht hier-hergekommen wäre, hätte ich nie gefunden, wonach ich gesucht habe!«

»Du bist hier immer willkommen, Emma! Aber was ge-nau meinst du damit?«

»Kann ich dir jetzt noch nicht genau sagen, aber ich weiß jetzt, was ich beruflich machen möchte, und das dank dir!«

Oma Beeke schaute Emma irritiert an und zuckte dann nur mit den Schultern: »Ihr jungen Leute immer … es freut mich aber, dass du einen neuen Weg für dich gefunden hast.«

Damit war das Thema erst mal für Oma Beeke beendet und sie beschäftigte sich weiter mit ihren Einkäufen. Emma grinste und lief schnell wieder die Treppe hoch. Es wurde wirklich Zeit, Lena anzurufen.

Nach nur einmal Klingeln nahm ihre Schwester ab. »Emma, ich warte schon ewig!«

»Ja, ja, ich weiß. Gestern war so viel los. Erst die Zere-monie, dann sind Oma Beeke und ich nach Hause gelaufen und haben noch einen Tee getrunken, und dann habe ich das Hochzeitsbild von ihr und Opa Enno gesehen und auf einmal war alles klar«, sprudelte es aus Emma heraus.

»Okaaaay?«

Emma lachte. Es war ein befreiendes Gefühl, endlich wieder aus tiefstem Herzen lachen zu können. Aufgeregt lief sie wieder auf und ab.

»Ich weiß, das klingt alles total verrückt, aber es ergibt so viel Sinn, Lena. Ich weiß gar nicht, warum ich nicht schon viel früher darauf gekommen bin. Und dann habe ich heute Morgen recherchiert, es ist gar nicht so kompliziert, und ich kann es auch …«

»Halt, Stopp!«, fiel ihr Lena ins Wort. »Wovon redest du denn überhaupt? Was ist klar? Was ist gar nicht so kompliziert? Und was hat das alles mit dem Hochzeitsbild zu tun?«

Emma atmete tief ein und zwang sich, stehen zu bleiben.

»Okay, der Reihe nach. Gestern, kurz vor der Zeremonie, dachte ich, ich drehe durch. Ich dachte wirklich, ich schaffe es nicht, diese Rede zu halten, Lena. Es war wie bei seiner Beerdigung. Aber dann … es war teilweise schwierig, klar, aber es tat auch so unglaublich gut. Und du hättest die Menschen sehen müssen, die da waren. Ich konnte in ihren Blicken erkennen, wie viel ihnen Jonathan bedeutet hat, und dass ich ihnen mit meinen Worten etwas Trost schenken konnte. Ihnen noch etwas von Jonathan mitgeben konnte. Das war ein wundervolles Gefühl.«

»Das kann ich verstehen. Du konntest schon immer gut mit Worten umgehen und hast ein Gespür für Menschen. Deswegen bist du auch eine so einfühlsame Redakteurin geworden.«

»Nur dass Empathie nicht mehr unbedingt an oberster Stelle im Redaktionsalltag steht. Aber ich glaube, ich habe etwas gefunden, bei dem jede einzelne Geschichte von Bedeutung ist. Ganz gleich, ob prominent oder nicht. Ob wohlhabend oder nicht. Ob sie Clicks bringt oder nicht. Als ich im Mai hier auf der Insel war, habe ich etwas gesehen, wozu ich bereits recherchiert habe. Dann habe ich es über Jonathans Tod aber total vergessen und jetzt … ich möchte Rednerin werden, Lena!«

Stille. Emma hörte Lena durch das Handy atmen.

»Du willst jeden Tag so traurige Ereignisse begleiten?«, hakte Lena nach.

»Nein, nicht nur. Also auch, aber vor allem möchte ich gerne freie Trauungen begleiten. Die Geschichte von zwei Menschen erzählen, die sich ineinander verliebt haben und die ihr Leben miteinander verbringen möchten.«

»Das …«, fing Lena an und Emma konnte hören, wie ihre Schwester zu lachen begann, »… hört sich einfach nach dem perfekten Job für dich an. Warum sind wir da nicht früher draufgekommen?«

Emma war erleichtert. Sie hatte zwar schon gefühlt, dass sie auf dem richtigen Weg war, aber die Bestätigung ihrer Schwester bedeutete ihr enorm viel.

»Ich weiß es nicht. Ich habe nie darüber nachgedacht, dass ich mit Worten nicht nur schreiben, sondern sie auch auf anderen Wegen den Menschen näherbringen kann. Ich kann einige Fortbildungen machen und muss dann natürlich anfangen, mich selbst zu vermarkten, aber ich glaube fest daran, dass ich das schaffen kann!«

»Davon bin ich überzeugt. Niemand kann so gut mit Worten umgehen wie du«, erwiderte Lena.

Sie schaute auf den Stuhl, der in dem kleinen Zimmer stand. Dort lag ihre Kleidung vom Vortag und darunter lugte eine Ecke des Fotobuches hervor, das sie gestern von

Nils geschenkt bekommen hatte. Emma schob die Kleidung zur Seite und zog es hervor. Sie blätterte zu der Stelle mit dem Bild, das vor über zehn Jahren am Strand von Bordeira entstanden war. Sie mit ihrem Surfbrett in der Hand. Ihre Augen strahlten.

»Lena?«

»Ja?«

»Er hat mich auch geliebt.«

Erste gefärbte Blätter hingen an den Bäumen. Eben war noch Sommer gewesen, und binnen weniger Tage war der Herbst über die Insel gezogen. Emma stand am offenen Fenster, es roch nach Meer, ein Geruch, von dem sie nie genug bekam. Hinten am Horizont zogen ein paar dunkle Wolken zusammen und sie überlegte, ob sie es wohl noch schaffte, ihre Einkäufe zu erledigen. Mit einem weiteren Blick nach draußen entschied sie, sich zu beeilen. Sie lief die Treppe nach unten, schnappte sich ihre Jacke, die schon seit ihrer Ankunft auf Borkum am Garderobenständer hing, und verließ das Haus.

Lächelnd lief sie die Straßen des kleinen Städtchens entlang. Kurz bevor sie zum Lebensmittelmarkt einbog, überlegte sie, ob sie ihr Portemonnaie eingesteckt hatte. Sie griff in ihre Jackentaschen und ertastete die kleine Geldbörse. Erleichtert wollte sie gerade weiterlaufen, als sie daneben ein zusammengefaltetes Papier fühlte. Sie nahm es heraus und betrachtete es genauer. Ihr Herz begann zu rasen, und sie blieb stehen. All die Wochen, die sie nun schon auf der Insel war, hatte sie den Brief fast vergessen. Und jetzt war er wieder da und mit ihm alles andere. Jede einzelne Zeile blitzte wieder in ihrem Kopf auf. Ihr wurde heiß. Sie begann schneller zu laufen, immer schneller. Irgendwann rannte sie. Ihre Lungen brannten wie Feuer und trotzdem konnte sie nicht stehen bleiben. Nur wenn sie sich bewegte, konnte sie all dem Schmerz und den Erinnerungen entkommen. Konnte vergessen, was gewesen war und was hätte sein können. Tränen liefen ihr übers Gesicht und wurden vom Wind sofort wieder getrocknet. Sie hörte ihren Herzschlag im Ohr pulsieren. Ihr Kopf tat weh. Als ob ihre Gedanken und ihre Erinnerungen miteinander konkurrierten und sich gegenseitig überboten.

Sie rannte immer schneller. Verschwommen nahm sie die Umgebung um sich herum wahr. Von ganz weit weg hörte sie die Möwen kreischen und das Meer brausen. Hörte wie ein Donnern in der Luft das nahende Gewitter ankündigte. Sie lief immer weiter in Richtung Ostland und nahm kaum wahr, wie die ersten Regentropfen an ihr abprallten. Ein Blitz erhellte den abendlichen Himmel, sekundenlang. Emma spürte, wie ihre Füße unter ihr nachgaben, und ehe sie sich versah, stolperte sie in den Sand. Sie schrie. Schrie all den Schmerz aus sich heraus. All die Wut um eine Zukunft, um die sie sich beraubt fühlte. Sie fasste den Sand und schmiss ihn durch die Luft. Sandkörner rieselten auf sie herab und fühlten sich an wie kleine Nadelstiche. Als ein weiterer Blitz über dem Meer einschlug, war da etwas tief in ihr, das nach oben kam. Emma sah den Blitz und er verschwamm mit der Erinnerung an einen anderen Blitz. Den sie vor zehn Jahren gesehen hatte. In Portugal. Gemeinsam mit Jonathan.

Die Straße unter ihnen war noch gewärmt von den heißen Sonnenstunden des Tages. Emma lachte, als sie sah, wie Jonathan sich auf den Boden legte und seinen Arm ausbreitete.

»Komm her und lass uns Sterne schauen«, forderte er sie auf.

Sie stellte ihr Bier auf den Boden und legte sich neben ihn. Kopf an Kopf bestaunten sie den portugiesischen Nachthimmel, der, fernab der großen Städte, Abertausende von Sternen zeigte.

»Weißt du, welches Buch ich letztens gelesen habe«, fragte Jonathan plötzlich.

Emma schüttelte den Kopf.

»›Der kleine Prinz‹.«

Sie schmunzelte. Sie hatte Jonathan das Buch zum Geburtstag geschenkt, aber war sich nicht wirklich sicher gewesen, ob er es lesen würde.

»Hat es dir gefallen?«

»Ja. Sehr sogar.«

Jonathan schaute weiter in den Himmel und zitierte:

»Wenn du bei Nacht den Himmel anschaust,
wird es dir sein, als lachten alle Sterne,
weil ich auf einem von ihnen wohne,
weil ich auf einem von ihnen lache.«[3]

---

3 Der kleine Prinz, Antoine de Saint-Exupéry, S. 87

Eine Gänsehaut legte sich über Emmas Körper. Stumm schaute sie Jonathan an, auf dessen Gesicht sich nun ein Lächeln zeigte.

»Es wird bei uns immer so sein, Emma. Egal, wo wir uns befinden, wir werden füreinander da sein. Wie Sterne, die über einen wachen.«

»Das ist … sehr tiefsinnig«, sagte Emma bewegt.

»Ach, ich weiß auch nicht, wo das auf einmal herkommt«, erklärte Jonathan lachend. Mit einer Geste forderte er sie erneut auf, sich wieder hinzulegen. In weiter Ferne sah sie, wie sich ein Blitz am Horizont abzeichnete. Ein Sommergewitter bahnte sich nach den heißen Tagen seinen Weg.

»Irgendwie beruhigt mich der Gedanke zu wissen, dass du immer an meiner Seite sein wirst. Egal was geschieht«, flüsterte Emma.

Jonathan nahm ihre Hand und drückte sie.

»Mich auch.«

MITTE SEPTEMBER 2022

Das Donnergrollen war inzwischen in weiter Entfernung zu hören und auch die Blitze zeigten sich nur noch vereinzelt am Himmel. Ihr Puls hatte sich wieder verlangsamt und sie tastete nach ihrem Handy, das ihr vorhin aus der Jackentasche geglitten war. Als sie es entsperrte, sah sie das Bild von Jonathan und ihr aus jenem Portugalurlaub. Aus einem Reflex heraus googelte sie nach Zitaten von Saint-Exupéry. Das kleine Buch, das sie schon mit zehn Jahren von ihren Eltern bekommen und verschlungen hatte, war eines ihrer absoluten Lieblingsbücher. Deshalb hatte sie es Jonathan damals auch zum Geburtstag geschenkt. In ihrem Kopf waren vereinzelte Wörter, die sie nicht mehr ganz zusammenbekam. Sie scrollte durch die Suchergebnisse und da sah sie es.

»Und wenn du dich getröstet hast (man tröstet sich immer), wirst du froh sein, mich gekannt zu haben. Du wirst immer mein Freund sein.«[4]

Emma drückte das Handy gegen ihre Brust und schaute in die Ferne. Das Meer hatte sich beruhigt. Das Gewitter war weitergezogen und am Himmel leuchteten erste Sterne. Sie

---

4 Der kleine Prinz, Antoine de Saint-Exupéry, S. 87

ließ sich rückwärts in den feuchten Sand gleiten und atmete tief aus.

»Du wirst immer mein Freund sein«, flüsterte sie in den
Nachthimmel hinein.

»Immer.«

Epilog

ENDE MÄRZ 2023

Der Wind zerzauste Emmas Haare, während sie kräftig in die Pedale trat. Sie hielt ihr Gesicht in die Sonne und spürte, wie die ersten zarten Strahlen ihre Haut kitzelten. Die letzten Monate waren nicht einfach gewesen. Immer wieder war eine Welle über sie geschwappt und hatte manchmal gedroht, sie umzuhauen, doch sie war immer wieder hochgeschwommen und hatte weitergemacht. Mit jedem Schwimmzug hatte sie etwas dazugelernt und es war ihr besser gegangen, auch wenn es zwischenzeitig anstrengend war. Sehr anstrengend.

Am Strand angekommen schloss sie ihr Rad ab. Noch war es leer auf der Insel, aber schon in wenigen Tagen würde sich das ändern. Über Ostern kamen meist die ersten Touristinnen und Touristen und das kleine Eiland machte sich bereit für eine neue Saison. Emma lief die Stufen zum Nordstrand runter und sah schon von Weitem, wie Nils vor der Surfschule stand und auf sie wartete.

»Hey, wie geht's dir?«

»Gut«, sagte sie.

»Bereit?«, fragte Nils und wies mit der Hand auf Emmas Rucksack.

Emma nickte und ging sich umziehen.

Wenige Minuten später liefen sie mit ihren Boards zum Meer. Sie schwiegen. Emmas Blick glitt zum Horizont. Dann schloss sie die Augen und tauchte mit ihren Füßen ins Nordseewasser ein.

»Noch gut kalt, was?«, sagte Nils.

»Ach was. Das passt schon«, gab Emma zurück und spritzte etwas Wasser in seine Richtung. Er lachte nur und lief mit schnellen Schritten ins Meer. Emma tat es ihm gleich. Da spürte sie etwas an ihren Füßen kitzeln und lächelte. Ein Zeichen, da war sie sich sicher. Als sie tief genug waren, glitt Emma auf ihr Board und paddelte los.

»Meinst du, hier ist es gut?«, fragte sie Nils nach einigen Metern.

»Lass uns noch ein Stück weiterpaddeln, dann haben wir auch eine gute Sicht auf die Seehundbank«, antwortete er und sie folgte ihm.

»Hier«, sagte er nach wenigen Minuten und setzte sich auf sein Board.

In der Ferne sah Emma die Seehunde, die sich in der Sonne aalten. »Danke, dass du das mit mir machst«, sagte sie.

»Gerne.«

Sie nickte und fasste nach ihrer Drybag. Ihre Finger zitterten, als sie die kleine Schatulle rausholte. Sie schloss die Augen und sah Jonathan, wie er sie anlächelte. Sie öffnete die Schatulle und stülpte sie mit einem Griff um. Die Asche wehte sanft vom Wind getragen ins Meer und vermischte sich mit den Wellen.

»Mach's gut«, flüsterte Emma leise und fuhr mit den Fingern durch das kalte Wasser.

Lange hatte sie überlegt, was sie mit ihrem letzten Brief machen sollte. Kein Ort hatte sich richtig angefühlt. Sie wollte ihn nicht zu Hause behalten. Er sollte bei Jonathan sein. Auf irgendeine Weise. Und irgendwann, als sie mit Nils darüber gesprochen hatte, war die Idee entstanden. Es fühlte sich richtig an, hier ihren letzten Brief zu verteilen.

»Sollen wir zurück oder möchtest du noch etwas bleiben?«, fragte Nils.

»Nein, lass uns zurück. Ich bin so weit«, antwortete Emma. Sie fühlte Frieden in sich.

Emma hatte noch etwas Zeit, bis sie wieder losmusste. Langsam stieg sie die Treppe nach oben und strich dabei liebevoll über das alte Geländer. Sie freute sich, dass sie gleich die Taufe der kleinen Nele mit einer Rede begleiten durfte. Lange hatte sie sich darauf vorbereitet und intensiv mit den Eltern über diesen besonderen Tag gesprochen. Es machte sie glücklich, einen wichtigen Abschnitt im Leben von anderen Menschen mit ihren Worten zu begleiten. So glücklich, wie sie vor einem Jahr nicht zu träumen gewagt hätte.

Nach dem Duschen ging sie in ihr Zimmer zurück. Sie band sich die Haare zu einem Zopf und sah in den Spiegel, der mittlerweile neben der Tür hing. Ihr Gesicht war in den letzten Monaten wieder etwas voller geworden. Sie war nicht nur körperlich abgemagert gewesen, auch seelisch. Jetzt strahlte ihr Gesicht wieder. Emmas Blick fiel auf die Wand gegenüber, zu dem kleinen Bilderrahmen, der über dem Bett hing.

Sie ging hinüber, strich über den Bilderrahmen und legte ihre Hand kurz darauf. Dann packte sie ihre restlichen Sachen ein, lief nach unten, hinaus in den schönen Frühlingstag. Sie schloss ihr Rad auf und wendete. Bevor sie losfuhr, drehte sie sich noch einmal zum Haus um. Sie erinnerte sich an viele gemeinsame Stunden mit Jonathan. An viele glückliche Momente, aber auch Momente der Trauer. Und dennoch fühlte sie sich nirgends so angekommen wie in diesem kleinen Haus auf dieser Insel. Ihr Blick fiel auf das kleine Messingschild, das neben der Tür angebracht war. »Oma Beeke & Emma Kastner« stand in verschnörkelter Schrift darauf. Ihr Zuhause.

Sie trat in die Pedale und fuhr los.

ENDE

REZEPTE DER BORKUMER HAUSFRAUEN DES HEIMATVEREINS DER INSEL BORKUM

Oma Beekes Rote Grütze

Zutaten:

- 600 g gemischte Beeren (Johannisbeeren, Brombeeren, Himbeeren, Heidelbeeren)
- 200 g Kirschen
- 200 ml Rotwein
- 200 ml Johannisbeersaft
- 200 ml Kirschsaft
- 75 g Zucker
- 1 Vanilleschote
- Saft einer halben Zitrone
- 1 Zimtstange
- 70 g Gries

Zubereitung:

1. Die Beeren abbrausen, putzen, verlesen und abtropfen lassen. Die Kirschen waschen und entsteinen.
2. Den Rotwein mit dem Johannisbeersaft, dem Kirschsaft, Zucker, der aufgeschlitzten Vanilleschote, Zitronensaft und der Zimtstange aufkochen.
3. ¼ der Beeren und den Gries zugeben. Alles köcheln lassen, bis der Gries aufgequollen ist. Dann die restlichen Früchte zugeben und den Topf vom Herd nehmen. Gelegentlich rühren und auskühlen lassen, die Vanilleschote und die Zimtstange entfernen.
4. Grütze in Schalen füllen und Vanillesauce darüber geben.

Oma Beekes Krintstute / Stutjes –
Rosinenstuten / -brötchen

Zutaten:
- 1 Würfel frische Hefe, etwas lauwarmes Wasser
- 250 g Weizenmehl (Typ 1050)
- 250 g Weizenmehl (Typ 550)
- 250 ml warme Milch
- 50 g weiche Butter
- ½ TL getriebene Zitronenschale
- 1 Ei
- 50 g Zucker
- 100-200 g Rosinen (Menge nach Geschmack)
- 125 g Weizenmehl (Typ 550)

Zubereitung:
1. Den Würfel Hefe in etwas lauwarmem Wasser auflösen. Die beiden Mehlsorten mit der Butter, der Zitronenschale, dem Ei, dem Zucker und der Milch dazugeben. Alles zu einem geschmeidigen Teig verarbeiten. Dann das restliche Mehl mit den Rosinen kneten.
2. Den Hefeteig in eine Schüssel geben und abgedeckt an einem warmen Ort gehen lassen.
3. Eine Kastenform mit Butter ausfetten, den Teig noch einmal durchkneten und in die Kastenform geben. Das Rosinenbrot mit etwas Wasser bestreichen, die Form mit einem Tuch abdecken und nochmals 30 Minuten an einem warmen Ort gehen lassen.
4. Den Backofen auf 200 Grad° C Ober-/Unterhitze vorheizen.
5. Jetzt den aufgegangenen Stuten mit Sahne bestreichen und für circa 45-55 Minuten auf der zweiten Schiene von unten backen.
6. Der Stuten ist gar, wenn man auf die Unterseite des Stutens klopft und es hohl klingt.
7. Wenn man von dem Teig Brötchen machen möchte, einfach Brötchen formen und die bei 180° C Umluft für circa 25 Minuten backen.

DANKE!

Die Idee zu dieser Geschichte trage ich schon lange mit mir herum. Um genau zu sein seit Oktober 2009, denn zu diesem Zeitpunkt ist mein bester Freund an Krebs gestorben. Wir haben uns in seinem letzten Jahr viele Briefe geschrieben – deshalb haben auch Emma und Jonathan diese Art der Kommunikation für sich gewählt. Alles andere ist allerdings meiner Fantasie entsprungen, obwohl ich auch gerne eine Oma Beeke auf Borkum hätte, zu der ich ab und zu mal fahren und mich mit leckeren Sachen verwöhnen lassen könnte. Eine Portion Milchreis mit Roter Grütze geht schließlich immer, oder? ;)

Ich hoffe, du hattest einige schöne Lesestunden mit Emma und Jonathan! Vielleicht bist du auch in einer ähnlichen Situation wie Emma und vermisst eine geliebte Person schrecklich doll oder haderst mit deinem Leben. Dann nimm dir die Zeit, die du brauchst. Sortiere dich neu und überlege, was dir in deinem Leben wirklich wichtig ist, denn du hast nur das eine Leben, und du bist es wert, die beste Zeit zu haben!

Manchmal benötigen Geschichten die richtige Zeit, um auf Papier zu kommen. Genauso war es bei dieser – gerade aufgrund ihrer wahren Anlehnung an die Freundschaft zu meinem besten Freund. Und dann braucht es auch noch die richtigen Menschen um einen herum und den richtigen Zeitpunkt, um solch eine Geschichte aufzuschreiben. Ich hatte das große Glück, im April 2022 an einem Schreibretreat mit Meike Werkmeister teilzunehmen. Dort floss nicht nur die eine oder andere Träne, sondern Meike ermutigte mich, an die Geschichte zu glauben – und sie zu schreiben. Dafür danke ich dir sehr, liebe Meike! Aber ohne Melanie von der Agentur plan and sparkle hätte diese wunderbare Woche gar nicht stattgefunden und ich vielleicht nie die Zeit und Umgebung gefunden, mit der Geschichte anzufangen. Neben Melanie möchte ich vor allem auch drei Frauen danken, die in den letzten anderthalb Jahren und damit über den gesamten Schreibprozess von Retreatteilnehmerinnen zu Freundinnen geworden sind: Daniela, Lena und Valerie, ich danke euch für die vielen, vielen Zoomstunden, die wir gemeinsam über unsere Manuskripte geredet haben, eure Anmerkungen und Ideen (Lena, den Titel gäbe es so nicht ohne dich!) und euren stetigen Support.

Aber auch wenn eine Geschichte niedergeschrieben ist, braucht es Menschen, die sie verlegen und vor allem an sie glauben. Ich bin unglaublich froh, euch, Toby und Romy vom Kopfreisen Verlag, gefunden zu haben. Ihr habt vom ersten Augenblick an Emma und Jonathan so geliebt wie ich und mir geholfen, die Geschichte in die Welt zu bringen. Romy, deine Anmerkungen im Lektorat haben das Manuskript so viel besser gemacht. Danke!

Und dann sind da die vielen Menschen, die mir zugehört haben, als ich von Emma und Jonathan geredet habe, als wären sie zwei alte Bekannte. Danke Janina, Maike und Viola für die vielen Voice-Nachrichten mit Bestätigung und Aufmunterung, wenn es mal nicht so klappte, wie gewollt. Danke an Silvia für den Austausch und erste Korrekturideen!

Wenn du beim Lesen nur ein bisschen Lust bekommen hast, nach Borkum zu fahren, bin ich mehr als glücklich, denn die Insel ist seitdem ich zwei Jahre alt bin, mein Lieblingsrückzugsort. Nicht alles wirst du zu hundert Prozent so vorfinden, wie in diesem Roman beschrieben, aber den größten Teil. Also begib dich gern auf Entdeckungsreise und lass mich wissen, ob diese kleine Nordseeinsel sich auch in dein Herz gestohlen hat!

Danke an Till, Jasmin, Olli, Zoe und meine Eltern für die wunderschönen Urlaube auf Borkum. Die nächste Runde Sanddorn geht auf mich ;)

Und zuletzt, danke an M. ohne dich würde es diese Geschichte nicht geben. Du fehlst!

ORTE IM BUCH

Viele Orte, die in diesem Roman vorkommen, findest du wirklich auf Borkum – manche sind aber auch fiktiv wie zum Beispiel Oma Beekes Haus. Reetdachhäuser sind auf Borkum eher eine Seltenheit, aber viele andere Orte kannst du besuchen.

Aquarium

Das Aquarium, in dem Jonathan arbeitet, gibt es wirklich, wenngleich Fenna, Matti und Kathrin fiktiv sind. Du findest dort in sechzehn thematisch aufgebauten Becken auf 167 Quadratmetern ganz viel Wissenswertes zur Nordsee!

Bimmelbahn

Egal ob du ab Emden oder Eemshaven fährst, du kommst immer am Hafen auf Borkum an und hast ab da die Möglichkeit, mit der Inselbahn, der Borkumer Kleinbahn, in den Stadtkern zu fahren. Es gibt zwei Haltestellen, Jakob-van-Dyken-Weg und Borkum Bahnhof. Die Bahnfahrt rundet die Ankunft auf der Insel für mich immer perfekt ab. Kopf in den Wind halten, Seeluft einatmen und abschalten!

Greune Stee

Das kleine magische Inselwäldchen lädt dich zu einem Spaziergang durch das einzigartige Niedermoor ein. Immer wieder werden hier auch kleine Wichtelhäuser entdeckt, also halte die Augen auf!

Neuer Leuchtturm

Insgesamt gibt es drei Leuchttürme auf Borkum. Den neuen, den alten und den elektrischen Leuchtturm. Steige die 308 Stufen hinauf und genieße die Aussicht vom neuen Leuchtturm, der sich mitten im kleinen Städtchen befindet.

Ostland

Auf Borkum kannst du dich am besten mit Fahrrädern fortbewegen. Leih dir einfach eins aus und radle in Richtung Ostland. Neben Reede und Borkum Stadt ist das Ostland eines von drei Stadtteilen. Kilometerweite Strände und Dünenlandschaften verzaubern mich dort jedes Mal wieder aufs Neue!

Wenn du Lust auf die Insel Borkum bekommen hast, empfehle ich dir meinen Blogbeitrag zu meiner Lieblingsinsel. Hier findest du einige weitere Tipps für deinen Urlaub auf der Nordseeinsel:

https://niederrheinblond.de/einmal-borkum-immer-borkum/

Schreib mir gerne oder markiere mich, wenn du auf Borkum bist!

PLAYLIST ZUM BUCH

You Got Me – Colbie Caillat
Love Story – Taylor Swift
How to Save a Life – The Fray
Chasing Cars – Snow Patrol
Liebe ist leise – Bosse
Family – Mother Mother
Letting Go – Hollow Coves
Der letzte Tanz – Bosse
Skinny Love – Birdy
Say Something – A Great Big World & Christina Aguilera
High Hopes – Kodaline
Not About Angels – Birdy
Heal – Tom Odell
Schönste Zeit / Akustisch - Bosse

Den Code mit der Spotify-App scannen:

… oder diesen QR-Code
mit der Smartphone-/Tablet-
Kamera scannen.

Kopfreisen Verlag – Der Verlag für
Komfortzonenverlasser, Perspektivwechsler
und Kopfreisende.

Unsere Bücher wirken nachhaltig, denn wir verlegen nicht einfach nur Unterhaltungsliteratur, sondern Herzensgeschichten mit einer bedeutsamen Botschaft. Als Roman oder Sachbuch. Aber Achtung: Unsere Autor:innen sorgen auch für Mutausbrüche und Perspektivwechsel. Es könnte also passieren, dass auch du deine Komfortzone verlässt und deine Träume verwirklichst.

Besuch uns unter:
kopfreisen-verlag.de

Dorina Vondersee / 190 Seiten

Caminocation – Wie ich auf Umwegen mein Glück wiederfand

Über dieses Buch

Der Camino schreibt die schönsten Geschichten!

Nachdem die Liebe ihres Lebens mit einer anderen Frau verheiratet worden ist, fällt Dorina in ein tiefes Loch. Um dort wieder herauszukommen, beschließt sie, den Camino Frances nach Santiago zu pilgern. Auf der Suche nach Heilung und sich selbst findet sie dort ganz besondere Menschen aus der ganzen Welt, die alle ihre eigenen Gründe haben, so eine Reise auf sich zu nehmen. Eine besondere Verbindung spürt sie zu Vida aus Litauen, mit der sie einen großen Teil des Weges wandert. Und sie lernt Peer kennen, einen Holländer, der sie vom ersten Moment an fasziniert. Bevor sie jedoch weiß, was sie für ihn empfindet, muss er schon wieder weiterziehen. Ein weiteres Mal wird Dorina damit konfrontiert, loszulassen und ihren eigenen Weg zu gehen. Allerdings hält der Camino noch weitere Überraschungen für sie bereit.

Gelegenheiten – Roman über den Mut seine Träume zu leben

Über diesen Roman

Gelegenheiten, unser Leben neu zu gestalten, gibt es jeden Tag. Doch meistens fehlt uns dafür der Mut.

Karlas Leben scheint perfekt: Penthousewohnung in Berlin, langjährige Beziehung, Karriere, Reisen, gesellschaftliches Ansehen. Doch all das fühlt sich für Karla schon lange nicht mehr richtig an. Sie verlässt deshalb ihr Leben in Berlin und will endlich ihren Traum angehen: Schriftstellerin werden. Sie zieht es in die Provence, um dort einen Roman zu schreiben. Seit Jahren schon hat sie ihn als Idee in der Schublade liegen. Doch ein altes Leben verlassen und ein neues beginnen, ist schwieriger, als sie ahnt. Hin- und hergerissen zwischen Mut, Zweifeln und den eigenen Träumen versucht sie, die zu werden, die sie einmal sein wollte.

Maria Henk / 190 Seiten

Als Rangerin im Politik-Dschungel: Wie ich in der afrikanischen Wildnis die deutsche Politik verstehen lernte

Über dieses Buch

»Der warme Fahrtwind weht mir ins Gesicht, ich atme tief ein – das ist der Inbegriff von Freiheit. Adieu, Berliner Korsett!« Maria ist Mitte dreißig und arbeitet seit Ewigkeiten in der Politik. Sie hat mehrere Wahlkämpfe mitgerockt, unzählige Politikerinterviews begleitet und so manche Krisenkommunikation gewuppt. Doch von der anfänglichen Euphorie im Job ist nichts mehr zu spüren. Das Kribbeln im Bauch ist einer abgeklärten Routine gewichen. Kaum ein Shitstorm kann sie mehr aus der Ruhe bringen. Sie beschließt, eine Auszeit zu nehmen, und beginnt eine Rangerausbildung in Botswana. Echte Wildnis statt Politik-Dschungel. Elefantentrompeten statt Politikerreden. Lagerfeuerabende statt Talkshowbesuche. Doch schnell erkennt sie: Politik-Dschungel und afrikanische Wildnis haben mehr gemeinsam, als sie je geahnt hätte …

Romy Schneider / 128 Seiten

20 Impulse, um deine Komfortzone zu verlassen – Journal für neue Perspektiven

Über dieses Journal

Dieses Journal schafft dir Freiraum für deine Notizen, Gedanken und Ideen. Und zwischendurch gibt es dir kleine Impulse, deinen Blickwinkel zu ändern, deine Perspektive neu auszurichten oder deine bisherigen Sichtweisen einfach nur zu überdenken.

Diese Impulse sind für dich, wenn dein Alltag zur Routine geworden ist und diese Routine deinen Alltag bestimmt. Wenn du dein Leben eigentlich ganz schön findest, es aber vielleicht mal wieder einen neuen Anstrich gebrauchen könnte. Jeder dieser Impulse stößt dich an, deine Komfortzone ein kleines Stück zu verlassen und neuen Schwung in dein Leben zu bringen.

Wenn du magst, schreibe anschließend jeweils auf, wie es für dich war: Was hat dich vielleicht zunächst gehindert? Wie hast du dich hinterher gefühlt? Hast du dabei etwas über dich gelernt?

Ich wünsche dir viel Spaß mit diesem Journal und beim Entdecken neuer Möglichkeiten!